NARRATIVA

889

Mirinae Lee

LE OTTO VITE DI UNA CENTENARIA SENZA NOME

Romanzo

TRADUZIONE DI
ELISA BANFI

NORD

Titolo originale
8 Lives of a Century-Old Trickster

ISBN 978-88-429-3499-8

In copertina: *Swift*, 2018, di Andrea Torres Balaguer
Art director: Giacomo Callo
Graphic designer: Davide Nasta

LE OTTO VITE
DI UNA CENTENARIA
SENZA NOME

A mio marito,
il mio ispiratore e più grande eroe

PROLOGO

L'idea mi venne nel periodo in cui stavo divorziando.

Avevo quarantasette anni ed ero sovrappeso. Nessun figlio riempiva le mie giornate solitarie e silenziose. Non che fossi una di quelle donne moderne e indipendenti che da giovani decidono di non farne. Anzi, ne avrei voluti, di figli, ma mio marito non poteva averne per colpa dell'oligospermia, o così diceva. Io avrei tentato con l'inseminazione artificiale, ma lui si rifiutava perché lo riteneva un procedimento troppo « degradante » per lui. Quando scoprii che, un mese prima di formalizzare il divorzio, era già stato in una famosa clinica per la fertilità di Gangnam con la sua nuova ragazza, che aveva dodici anni meno di lui, andai su tutte le furie. Per settimane sognai di ucciderlo a martellate. Nella realtà, ovviamente, non avevo né il coraggio né la propensione alla violenza per farlo. Tuttavia, immaginavo di piombare nel suo ufficio a Gwanghwamun come un'*ajumma* imbestialita, una di quelle donne di mezza età che aggrediscono i mariti fedifraghi nei programmi televisivi del mattino, distribuiscono manciate di volantini in cui sono riportati per filo e per segno i loro tradimenti, e si sgolano a elencare tutti i loro peccati davanti ai colleghi che li ostracizzeranno per ciò che hanno fatto. Inutile dire che non misi in atto questa fantasia: abbassarmi a compiere azioni di una tale isteria sarebbe stato *degradante* per la mia dignità. In compenso, era esaltante abbandonarmi all'idea.

Desideravo disperatamente un cambiamento. Mi iscrissi in palestra e ci andai tre volte alla settimana per un'ora. Sebbene avessi cominciato a dimagrire e mi sentissi più sana, il cambiamento fisico, da solo, non mi bastava. Fin da piccola, ero sempre stata riflessiva, mi piaceva leggere, pensare e annotare i pensieri sulla mia Moleskine. Mi serviva qualcosa di più di un corpo in forma. Mi serviva un cambiamento che interessasse anche la mia mente.

Sfogliando una rivista femminile in attesa dell'appuntamento con la mia psicologa, trovai un articolo in cui si raccontava di un medico di Singapore che aiutava i malati terminali della sua clinica a organizzarsi da soli il funerale e a scrivere il proprio necrologio. Contrariamente a quanto si sarebbe potuto pensare, spiegava il medico, molti pazienti non avevano una gran paura della morte. A preoccuparli erano soprattutto le conseguenze: il dolore e il trambusto che i loro cari avrebbero dovuto affrontare. Perciò l'iniziativa era stata accolta con un entusiasmo sorprendente. Molti affermavano di sentirsi meglio, mentalmente e fisicamente, dopo aver dato disposizioni per il proprio trapasso. Sentivano di aver ripreso il controllo, erano rinfrancati da quell'inestimabile opportunità di dare un senso al loro breve viaggio terreno.

Mostrai l'articolo al mio capo, la direttrice Haam, e le dissi che volevo avviare un programma simile per i pazienti della Golden Sunset, la nostra casa di riposo. Non potevo lamentarmi del mio lavoro: lo stipendio non era male, avevo le ferie pagate, e gli orari e le mansioni non erano pesanti. In sostanza, tenevo la piccola contabilità, ma ufficialmente ero l'assistente personale della direttrice. La signora Haam aveva poco più di cinquant'anni e due divorzi alle spalle, cresceva da sola tre figli con due cognomi diversi. L'incarico alla Golden Sunset non sembrava appassionarla più di tanto; mi aveva detto di averlo accettato soprattutto perché era un lavoro sicuro e, da madre single, ne aveva assoluto bisogno.

Tamburellò nervosamente sulla scrivania con le unghie rosso sangue e poi mi rispose che la clinica non aveva fondi sufficienti per organizzare funerali personalizzati. Ribattei che anche la sola scrittura del necrologio sarebbe bastata ad apportare un cambiamento. Seppur con riluttanza, mi diede il permesso di cominciare, ma dovetti prometterle che non avrebbe interferito con le mie prestazioni e i miei doveri principali e che, casomai, avrei fatto gli straordinari. Prima di uscire dall'ufficio, mi lanciò un'occhiata preoccupata, come se stesse pensando: *Ci sono passata anch'io.* Invece mi disse: «Mi chiami, se ha bisogno di qualcuno con cui uscire a bere qualcosa». Mentre ascoltavo il ticchettio dei suoi tacchi allontanarsi, mi domandai se fosse più facile divorziare la seconda volta.

All'inizio, il programma di scrittura del necrologio mi risultò utile da un punto di vista pratico: mi distrasse dal divorzio. I miei pensieri, che fino a quel momento erano continuamente tornati come cani fedeli a mio marito e al nostro matrimonio naufragato, cominciarono a soffermarsi sulla vita degli altri.

«Sono qui per aiutarvi a scrivere il vostro necrologio», dicevo agli anziani, con la voce più tranquillizzante che mi riuscisse. «Potete raccontarmi in breve la storia della vostra vita, le cose che vi hanno reso felici, quelle di cui siete orgogliosi e quelle di cui vi siete pentiti. Come volete essere ricordati dalle persone che vi vogliono bene e che tengono a voi.» La maggior parte di loro faceva un bel respiro e si apriva in maniera spontanea. Spesso la consapevolezza di avere a disposizione un tempo limitato genera una sincerità sorprendente, perché mette a tacere gli insignificanti rumori di fondo che offuscano la vita. Ai pochi che avevano difficoltà a cominciare, fornivo uno spunto che funzionava sempre: «Scelga tre parole – sostantivi, aggettivi, verbi, quello che vuole – che meglio definiscono o descrivono la sua vita». Tre è il numero magico che conquista tutti. Una sola parola è troppo limitante, mentre due sono spiacevoli, come a suggerire l'idea di una doppia vita. Tre, invece, è l'equilibrio perfetto, come il triumvirato, la trilogia o la trinità. Mette a proprio agio, non è né troppo né poco.

Avviandosi verso la fine della propria vita, anche le persone più modeste sentono la necessità di lasciare un'impronta in questo mondo. E scrivere un necrologio è una conferma che la vita che hanno vissuto ha avuto una sua importanza, per loro e per quelli cui volentieri hanno sacrificato i loro sogni. Agli occhi dei giovani, i necrologi sono una cosa triste e solenne, mentre gli anziani capiscono che si tratta, tra le altre cose, di un privilegio. Gli anziani, abituati a sfogliare le pagine dei giornali, sanno che un necrologio ufficiale è prerogativa di chi ha un cognome importante. E perfino i personaggi famosi devono contendersi gli spazi ristrettissimi della stampa; la maggior parte deve accontentarsi di un paio di righe e solo pochissimi fortunati si vedono assegnare un paragrafo. Una pagina intera è impossibile, ovviamente, a meno di essere un politico di alto profilo, per esempio un ex presidente, oppure un signore della guerra con influenze internazionali. Alla Golden Sunset, invece, ogni decesso avrebbe meritato un'intera pagina. Era l'idea di fondo del mio progetto: non meritiamo tutti un annuncio funebre che parli della nostra vita? Volevo credere che ogni vita e ogni morte, anche le più neglette e le più scomode, contenessero storie importanti. Così prestai orecchie e penna agli ultimi sospiri di quegli spiriti raminghi.

Quando conobbi la signora Mook, era il secondo giorno delle vacanze per il Capodanno lunare. Mi ero offerta di andare al lavoro perché, dopo il divorzio, non me la sentivo ancora di affrontare una riunione di famiglia. Sapevo quale genere di domande mi avrebbero fatto le zie e gli zii, e soprattutto i cugini, tutti felicemente sposati con figli. Insomma, non ero pronta per uno spietato terzo grado.

Al mondo non c'è luogo più desolato di una casa di riposo pubblica in un giorno di festa nazionale. Più di un terzo dei residenti non aveva parenti prossimi. Un piccolo numero di fortunati, ancora abbastanza in salute e in contatto con familiari affettuosi, era stato invitato a passare da loro un paio di giorni. Dopo che erano partiti, era calato un silenzio plumbeo, di quelli che facevano precipitare in un cupo stato comatoso anche gli anziani che la demenza normalmente rendeva iper-reattivi.

Quella sera, nella solitudine del mio ufficio, ricevetti una telefonata dalla caposala del reparto A, che ospitava quasi metà dei nostri residenti con l'Alzheimer. Non avevo molto a che fare con quel reparto, perché solo chi era mentalmente abile e presente a se stesso poteva partecipare alla stesura del proprio necrologio. Quel giorno, tuttavia, buona parte del personale era in ferie, quindi ero disponibile a dare una mano ovunque servisse.

Mi chiesero di mettermi di guardia davanti a una stanza doppia. La signora Song Jae-soon era sparita un'altra volta, mi disse la caposala. Il mio compito era quello di aspettare e, se fosse tornata nella sua stanza, avvisare immediatamente i colleghi che intanto avrebbero battuto la Golden Sunset palmo a palmo. Piazzai la sediolina pieghevole che mi ero portata dall'ufficio in modo che tenesse aperta la porta e mi ci sedetti. Col walkie-talkie in mano, guardavo il corridoio a destra e a sinistra, sperando che la signora Song Jae-soon si palesasse.

Poi mi accorsi che all'interno della stanza c'era una figura con la schiena appoggiata al muro. Una donna snella, vestita di bianco dalla testa ai piedi. Mi sfuggì un grido smorzato.

«Non si preoccupi, non sono un fantasma», mormorò la donna ridendo sommessamente. «Ci siamo già viste, non se lo ricorda?»

Si chiamava Mook Miran ed era la compagna di stanza della signora Song. Era vero che l'avevo già vista, una volta in cui ero capitata in camera loro. Lei era a letto, stava ancora svegliandosi da un sonnellino. Non l'avevo riconosciuta: in piedi, era piuttosto alta, mentre da sdraiata risultava indistinguibile dagli altri corpi anziani, silenziosi e minuti.

«Lei è la scrittrice di necrologi, vero?» Mi fece un sorrisone e il suo viso prese colore.

Mook Miran era una donna il cui strano aspetto si abbinava al nome altrettanto strano. Non avevo mai conosciuto coreani con quel cognome. Aveva una massa di capelli crespi completamente e uniformemente bianchi, che le circondava la testa come un'aureola. Gambe e braccia erano lunghe e sottili, come le zampe di un granchio. Alla luce dei neon, mi sembrava di poter leggere il suo corpo come una mappa. Sotto la pelle trasparente erano visibili le vene, tortuosi sentieri di montagna malvacei e azzurrini. Inoltre, la luce sbiancante le disegnava ombre simili a farfalle sotto gli zigomi alti.

« Sì, sono io », le confermai, ancora un po' intimidita.

« L'ho vista nel giardino delle cosmee, a parlare coi vecchi. »

La signora Mook definì « vecchi » gli altri residenti, come se lei non lo fosse. E anch'io, tra lo sguardo sveglio e il fatto che si ricordava di me, mi domandai cosa ci facesse nel reparto A.

« Dovrebbe scrivere anche il mio, di necrologio », proseguì, rivelandomi che aveva un incisivo scheggiato.

Cercai di nascondere lo stupore dicendole che, se ne aveva voglia, potevamo parlarne anche subito, mentre aspettavamo il ritorno della sua compagna di stanza. Ero sorpresa dalla sua lucidità, ma non mi fidavo sino in fondo: se l'amministrazione aveva deciso di sistemarla nel reparto dei pazienti con l'Alzheimer, doveva esserci un motivo valido.

Con pochi riguardi, le chiesi: « Si ricorda come mai si trova nel reparto A? » Volevo capire se ne valesse la pena. Non mi andava di tornare da lei la settimana dopo e trovarmi di fronte un viso dall'espressione confusa che mi gridasse: *Si può sapere chi è lei?*

La signora Mook mi spiegò che all'inizio era nel reparto generale, ma che sei mesi prima era stata spostata lì, per motivi che non le erano affatto chiari. « Secondo me, la testa mi funziona normalmente, ma sono loro a decidere, no? » sussurrò. Le fremettero le guance.

Ancora sospettosa, le posi la prima grande domanda: « Se dovesse scegliere tre parole con cui riassumere la sua vita, quali sarebbero? »

Lei andò a sedersi sul letto. Poi, lentamente, girò la testa verso il muro e restò a fissarlo. Aveva un'espressione vuota, piatta e pallida quanto la parete. Le labbra cascanti, gli occhi spenti. *Sta arrivando il blackout*, pensai, aspettandomi l'inevitabile: a breve sarebbe tornata a guardarmi e mi avrebbe chiesto chi ero e perché mi trovavo lì.

Invece sbuffò. « Pensa sul serio che si possa riassumere la vita di una persona in tre parole? » mormorò, ancora con gli occhi fissi sul muro.

La domanda mi prese alla sprovvista, però mantenni la calma esteriore. Dopo un attimo di silenzio, le chiesi quante parole avrebbe voluto.

« Quali sarebbero le sue tre parole? Ci ha pensato? »

Di nuovo, era lei a farmi una domanda, ignorando la mia.

Ero stranamente tesa. Avevo l'impressione che io e la signora Mook di colpo stessimo combattendo una guerra di domande in cui chi avesse risposto per prima avrebbe perso. Mi sforzai di accennare un sorriso: una lieve increspatura di labbra e occhi senza scoprire i denti, del genere cui ricorrevo per disarmare i vecchietti increduli. E lo feci perché non avrei saputo risponderle. Non avevo idea di quali sarebbero state le mie tre parole. Non ci avevo mai pensato, sebbene lo chiedessi agli altri di continuo. D'altra parte, nessuno l'aveva mai chiesto a me.

«Signora Mook, vuole che parli all'amministrazione?» le chiesi, servendomi del mio sorriso professionale come di uno scudo. Le dissi che, se riteneva di essere nel posto sbagliato, avrei parlato volentieri della sua sistemazione coi miei colleghi. Aggiunsi che tutti gli anziani che avevo aiutato nella stesura del loro necrologio si trovavano nel reparto generale. Sapevo che non avrebbe potuto ignorare a cuor leggero la mia domanda.

«Non è necessario», mi rispose in un tono rilassato che ancora una volta contraddiceva le mie aspettative. «Sto bene qui. E poi non è che ci sia una grande differenza, no? In nessuno dei due reparti si è autorizzati a uscire dalla struttura da soli. Oltretutto, anche se i pazienti del reparto A hanno un'ora in meno per passeggiare in giardino, nelle stanze ci sono meno letti e quindi abbiamo più spazio. Prima, nel reparto generale, condividevo la stanza con tre donne, qui solo con una. Ho più privacy.»

«Ma non è difficile convivere con la signora Song?»

Non era la prima volta che la signora Song Jae-soon faceva le bizze e, stando a quanto mi aveva riferito la caposala, le sue condizioni stavano peggiorando in fretta. Era capitato addirittura che spalmasse il muro di feci.

Sentii un altro sbuffo, stavolta più lieve.

« Mi sono offerta io di venire in camera con lei », disse la signora Mook. Un'altra risposta che non mi sarei aspettata.

« Perché? »

« Quando si ha un'idea della vita delle persone, si riesce a gestirle meglio. Anche se sono malate di Alzheimer. » Si voltò verso di me per guardarmi negli occhi. « Lo sapeva che i genitori della signora Song sono stati uccisi durante l'occupazione giapponese? »

Scossi il capo, domandandomi dove stesse andando a parare. Serrai i denti, come facevo inconsciamente quando ero spazientita.

La signora Mook mi raccontò che la sua compagna di stanza veniva da una famiglia di ricchi proprietari terrieri. I giapponesi, però, da un giorno all'altro, avevano requisito praticamente tutti i loro averi, senza dubbio con un pretesto infondato. « A quei tempi succedeva spessissimo », aggiunse con voce inespressiva. « Per fortuna i suoi genitori erano stati avvertiti da un vicino, appena un attimo prima che i giapponesi facessero irruzione in casa e la saccheggiassero. Non c'era stato tempo per nascondere gli oggetti voluminosi, ma quelli piccoli sì. »

Mi guardò di nuovo, come se si aspettasse che proseguissi io. Ricambiai il suo sguardo, ma ne sapevo quanto prima.

« La signora Song e le sue tre sorelline hanno dovuto ingoiare tutti i gioielli e gli anelli che hanno potuto, il più in fretta possibile. I giapponesi si sono presi tutte le cose di valore che hanno trovato e hanno ucciso i genitori sul posto, davanti alle figlie. Jae-soon, però, doveva andare avanti. Nemmeno il tempo di versare qualche lacrima. Ormai era lei la capofamiglia. Per qualche giorno le è toccato setacciare gli escrementi di tutte alla ricerca dei preziosi. Non avevano altro. »

La voce della signora Mook era diversa: lenta, esitante. Era rossa in viso, e sul suo collo sottile pulsava una vena violacea.

Disse che alla Golden Sunset, con l'Alzheimer che faceva scorrere il tempo al contrario, Song Jae-soon sembrava intrappolata in quel periodo della sua infanzia: la morte dei genitori e i conseguenti sforzi per mantenere le sorelline. Vedendo Song che spalmava le feci per l'ennesima volta, si era accorta che mormorava parole come « giada », « perla », « rubino ». Secondo le infermiere, erano i soprannomi delle sorelline. Ma la signora Mook sapeva che non era così.

« Non stava giocherellando coi suoi escrementi, come fanno certi pazienti affetti da demenza senile. Stava cercando i gioielli. Nella sua mente, nella sua memoria sempre più labile, è di nuovo la tredicenne che lotta per sopravvivere. »

Si alzò e si avvicinò alla cassettiera di legno in fondo alla stanza. Si accovacciò e sganciò la chiusura di silicone a prova di bambino che bloccava l'ultimo cassetto.

Prese una scatola rotonda, di latta arrugginita, di quelle che contenevano caramelle. Me la consegnò e mi fece segno di aprirla.

Dentro c'era una decina di appariscenti gioielli di plastica.

« Sono giocattoli per bambini. Troppo grossi per essere ingoiati », mi spiegò, prendendo in mano il più pesante che aveva la forma di un diamante ovale. Era di un rosa pacchiano e c'era incisa sopra l'immagine di Sailor Moon. Era grande come un bulbo oculare. « Quando mi accorgo che la signora Song ha intenzione di mettersi a esaminare quello che sa, le do questi gioielli. Le dico che li abbiamo già trovati. Così lei è contenta e la smette subito. Non c'è bisogno di usare la forza. Niente siringhe e niente tragedie. »

Senza parole, fissai Sailor Moon.

Poi spostai lo sguardo verso la cassettiera dietro la signora Mook e vidi un mucchio di fogli nel cassetto rimasto aperto. Accanto c'erano cianfrusaglie colorate, ma da lontano non capivo di cosa si trattasse. « Cosa sono? » le chiesi.

Per la prima volta la signora Mook mi sembrò un po' nervosa. Si affrettò a richiudere il cassetto. « Nulla di proibito », mi rispose con tranquillità, anche se nei suoi occhi si distingueva il bagliore della preoccupazione.

Avrei insistito, ma proprio in quel momento il walkie-talkie appoggiato sulle mie gambe gracchiò.

« La sicurezza ha trovato la signora Song », uggiolò

la caposala con un sottofondo di crepitii elettrici. «Si era addormentata nel ripostiglio dove teniamo il materiale per le pulizie. Roba da non crederci.»

Sentii passi svelti avvicinarsi, probabilmente la stavano già riaccompagnando in camera.

Guardai la signora Mook e le chiesi: «Posso tornare a trovarla?»

Mi piaceva stare nel giardino delle cosmee anche quando erano sfiorite. Mi piaceva starmene all'aperto, al sole, lontana dal puzzo di disinfettante e urina che permeava ogni angolo delle stanze e dei corridoi della casa di riposo. Inoltre, il sole ha un potere magico: talvolta, la disperazione che si spalancava ai miei piedi di notte appariva troppo fiacca, alla luce del giorno, per riuscire a turbarmi.

Anche la signora Mook sembrava diversa sotto il sole. Era un pomeriggio asciutto e senza vento. Il sole era un occhio ribollente in mezzo a un cielo azzurro acido. Lei arrivò su una sedia a rotelle spinta dall'infermiera Docgo, la più anziana del reparto A. «Avete un'ora e mezzo, poi la signora Mook deve fare il bagno», disse brusca, guardandoci con malcelata ostilità. E se ne tornò dentro.

Il sole picchiava talmente forte che mi lacrimavano gli occhi. La signora Mook li strizzava, proteggendoli con la mano appoggiata alla fronte. Così, con gli occhi socchiusi e velati da una patina acquosa, sembrava inerme e stremata quanto la maggior parte dei pazienti nel reparto A. Sotto il sole, i capelli e la veste candeggiata sembravano anche più bianchi che sotto i neon. Immobile, era una statua di gesso in forma umana.

Ma, non appena aprì bocca e si mise a parlare, fu pienamente presente.

« Non vede l'ora di scrivere di me, vero? » disse, incurvando un angolo della bocca. Stranamente, nel suo viso di anziana vidi quello di un bambino.

« Di certo non vedo l'ora di sentire cosa mi racconterà. A scrivere non ho ancora pensato. » Era la pura verità.

La signora Mook assaporò il silenzio, prima di cominciare a svolgere la matassa della sua storia. In quei pochi secondi il suo corpo ossuto sembrò risucchiare tutta l'aria attorno a lei. Ascoltandola, mi domandai per quale motivo mi sentissi tanto attratta dalle sue parole. Non era affatto ovvio. Parlava con voce lenta e bassissima. Eppure era il tipo di persona cui gli altri prestavano attenzione in maniera naturale e che raramente interrompevano. Tutto il contrario di me. Io non ero nata con quel carisma. Secondo mio marito, ero una che si lasciava influenzare facilmente. Era facile fare colpo su di me, facile prendermi in giro.

Col procedere di quella conversazione, in effetti, cominciai a sentirmi presa in giro. Fin dal principio, la storia della signora Mook, per quanto affascinante, traboccava di enormità. Quando le chiesi l'età, mi disse che avrebbe compiuto « cent'anni dopodomani ». Ma non poteva essere tanto vecchia. Ne dimostrava ottantasette al massimo. Alla Golden Sunset, di quasi centenari, ne avevo visti a bizzeffe e nessuno era pungente e malizioso come lei.

Non sapevo che atteggiamento adottare. Dovevo arrabbiarmi perché mi trattava come una stupida che avrebbe creduto a certe assurdità? Dovevo mantenermi equilibrata come una giornalista investigativa che cerca di scovare la logica in una situazione illogica? Oppure dovevo essere spettatrice entusiasta di quel teatro dell'assurdo? Con riluttanza, optai per quest'ultima alternativa e ascoltai la signora Mook sopprimendo l'impulso di chiedere precisazioni.

Disse di aver avuto tre nazionalità, nella sua vita.

«Sono nata giapponese, ho vissuto da nordcoreana e muoio da sudcoreana.»

La sua generazione era nata sotto la dominazione coloniale, quindi tecnicamente era stata giapponese. Come avesse potuto vivere da nordcoreana, però, non mi era chiaro. Le domandai se fosse scappata al Sud durante la Guerra di Corea, ma mi disse di aver ottenuto la cittadinanza sudcoreana solo quando ormai aveva i capelli grigi. «Ho passato la mia giovinezza a Pyongyang», aggiunse con disinvoltura, come se Pyongyang fosse un posto qualsiasi del mondo, dove chiunque poteva andare a proprio piacimento.

Pur essendo dubbiosa, mi limitai ad annuire. Almeno questo particolare faceva luce su uno dei misteri della signora Mook: il suo accento. Aveva un'intonazione unica, sebbene quasi impercettibile, che saliva e scendeva quando meno te lo aspettavi e che suonava brusca e musicale al tempo stesso. Mi domandai se non potesse essere una versione smorzata dell'accento del Gangwon-do, ma non riuscivo proprio a darle una collocazione geografica.

«Giapponese, nordcoreana, sudcoreana», ripetei. «Ecco le tre parole chiave per il suo necrologio. Non le sembra che riassumano benissimo la sua vita straordinaria?» Le feci un sorriso artificioso.

«Perché è così ossessionata dal tre?» mi chiese lei, inclinando la testa come un corvo. «C'è dietro un significato sacro?»

Con una goffa alzata di spalle, le risposi di no. «È una semplice questione pratica. Uno e due sono troppo limitanti, mentre un numero come il nove, per esempio, sarebbe eccessivo e risulterebbe scoraggiante. Tre è il numero perfetto che tutti riescono a riempire.»

La signora Mook si girò di scatto, stavolta come un piccione, quando si ritrae. «Ah.» Un suono ibrido, a metà fra una risata e uno sbuffo. Adesso guardava dritto verso i raggi del sole, dorati come il miele, che colpivano di sbieco il giardino delle cosmee. Strizzò di nuovo gli occhi. «Otto, allora.»

«Come, otto?»

«Le darò otto parole. Un compromesso. Secondo lei, nove sarebbero troppe e, secondo me, tre sono troppo poche. Quindi otto. Lo consideri un segno di rispetto per il suo metodo, cara la mia scrittrice.» Mi fece l'occhiolino. Ma sembrò quasi un fremito involontario della palpebra.

« E quali sarebbero queste otto parole? » le chiesi, osservando il sorrisetto malizioso che era tornato a incresparle un solo angolo della bocca.

« Schiava. Artista della fuga. Assassina. Terrorista. Spia. Amante. E madre. »

Rimasi in silenzio. Vidi i suoi occhi illuminarsi come un albero di Natale. Era euforica per avermi spiazzata e moriva dalla voglia di conoscere le mie parole.

« Ma sono sette, non otto », osservai.

« Allora mi ha ascoltata sul serio », ribatté, e il suo sorriso malizioso si allargò.

Mi domandò quale storia volessi ascoltare per prima e le risposi: « Assassina ».

Scoppiò a ridere. Si disse meravigliata. Non le sembravo una che avrebbe scelto senza esitazione la storia di un omicidio. Pensava che mi sarei buttata su amante o madre.

Dissi che non aveva capito niente di me e le chiesi: « Chi ha ammazzato? »

Lei schioccò la lingua. « Non corriamo troppo », rispose.

LA QUINTA VITA

Vergine fantasma al confine nordcoreano

1961

Non era davvero un fantasma, ovviamente. E non eravamo nemmeno sicuri che fosse vergine. Però la chiamavamo così per i suoi vestiti: l'*hanbok* in tela di canapa spessa e grezza, di un grigio talpa chiaro, un abito indossato solo da chi partecipa a un funerale o dalle vergini fantasma nelle fiabe popolari, bellezze ammalianti ed eteree che andavano incontro a una fine prematura ed erano così condannate a patire l'angoscia di non aver mai preso marito. A me piaceva il raggelante fruscio di quella canapa inamidata, quando lei faceva le capriole come un cagnolino impazzito nell'erba alta e argentea dei prati lungo il fiume Imjin. Aveva un viluppo di capelli incolti, sempre adornato da un fiore fresco scelto da lei. Poiché appariva solo d'autunno, di solito era una cosmea o un dente di leone. In rare occasioni coglieva un dente di leone troppo maturo, che si era già trasformato in un batuffolo di semi puntuti. Allora, per colpa del vento, sembrava che le avessero vomitato un'acquosa pappa di riso sui capelli. A me, però, quella sua stranezza piaceva.

Nessuno voleva ammetterlo apertamente, ma sapevamo tutti che era bella. I ragazzi ne erano tanto spaventati quanto affascinati; dicevano che vedeva i fantasmi e riusciva perfino a parlare con loro. Credo che fosse per via degli occhi un po' appannati; aveva iridi insolitamente grandi, come se avesse masticato un papavero per un'ora. Il suo sguardo sinistro, spesso accompagnato da una risata acuta e singhiozzante, tanto che veniva da chiedersi se non stesse soffocando, ti passava attraverso come se fissasse una creatura spaventosa in agguato dietro di te. Perciò, ogni volta che la incontravamo tra l'erba alta lungo il fiume Imjin, il cuore cominciava a batterci all'impazzata. Era avvolta nel mistero. Nessuno sapeva che età avesse; con quell'aspetto sconcertante poteva collocarsi tra i quindici e i trentacinque anni. Nessuno conosceva la sua famiglia, nessuno sapeva da dove venisse.

A quell'epoca, tuttavia, non era insolito che nella nostra regione andassero e venissero personaggi strani. La guerra aveva prodotto innumerevoli orfani, i cui genitori erano morti o erano rimasti bloccati al Nord quando la nazione si era divisa in due. Il mio amico Yong ne era un triste esempio. L'unico familiare che gli era rimasto era il fratello maggiore Wan, una figura ingombrante che gli faceva da madre, padre e Dio combinati insieme. Yong non era il tipo che ti saresti scelto per amico. Era il ragazzino più basso della classe, ma anche il più rumoroso e spesso l'orecchio sinistro gli sanguinava senza motivo. Mio padre lo chiamava « quel delinquente scappato dal circo ». S'impastava i capelli unti e spettinati con la brillantina del fratello, che era fatta col lardo, forse per mascherare la sporcizia; il risultato era un puzzo inaudito, un misto di fogna e mattatoio. Feci comunella con lui in seconda, quando mi difese dai bulli di quinta che mi davano del piccolo comunista perché ero nato al Nord. Ci pestarono insieme, finché non cominciò a dondolarci un dente ciascuno. Mi disse che era nato anche lui al Nord e, sebbene nessuno dei due avesse alcun ricordo dell'altro lato del confine, l'inglorioso passato comune ci aveva uniti, trasformandoci in fratelli di sangue.

Il nostro villaggio, Geumpari, si trovava nella parte settentrionale della regione del fiume Imjin. Era talmente vicino al trentottesimo parallelo che nelle giornate limpide e senza vento si sentiva la propaganda radiofonica nordcoreana. Io e Yong avevamo provato spesso a imitarne i toni istrionici e affettati. Lui mi aveva detto che vicino a Panmunjeom c'era una *yeoulmok*, una strettoia di rapide dove il fiume era così basso che perfino un bambino avrebbe potuto guadarlo. Al di là s'incontrava solo qualche soldato prima della zona demilitarizzata, mi aveva spiegato tutto eccitato. Mi chiedeva sempre di accompagnarlo nella spedizione segreta in Corea del Nord che un giorno avrebbe fatto. Io gli rispondevo sempre di sì, ben sapendo che era una di quelle cose che pianificavamo ma che non avremmo mai realizzato. A ogni modo, l'Imjin era la nostra principale fonte di divertimento: ci passavamo le estati a nuotare e a placare la fame coi pesci e con le rane che abitavano le sue acque fangose. D'autunno ci aggiravamo nell'erba alta che ne copriva le sponde e che a volte ci arrivava fino al mento, con la febbrile speranza d'intravedere la vergine fantasma. Mia madre mi ripeteva di stare lontano dalla riva perché era capitato che, dopo forti piogge, saltassero fuori vecchie mine americane, ma questo non era bastato a scoraggiarmi. Ero in quel periodo della vita in cui un no categorico suscita un sì incuriosito.

Yong fingeva di saperne più di tutti, sulla vergine fantasma. Un giorno, sfogliando la copia di *Playboy* di suo fratello, piena di orecchie, dichiarò di punto in bianco di sapere da dove venisse.

« L'altro giorno ho sentito che viene dalla Casa Rossa di Munsan, quella vicino alla base americana. L'avevano venduta da piccola e qualche anno fa è riuscita a scappare. Da allora vaga per la nazione fingendosi pazza e ritardata. Per non esserci riportata con la forza, ovvio. » Yong lo affermò con tale spassionata sincerità che quasi volli credere alla sua versione del mito.

« Ma figurati! Col cazzo, che viene dalla Casa Rossa! » lo contraddisse suo fratello.

Wan sostenne di aver già chiesto conferma alla vecchia tenutaria del bordello, essendone il secondo cliente per importanza dopo gli yankee. Lei gli aveva assicurato che nessuna delle sue ragazze era mai uscita dalla casa, a meno che non fosse tra le fortunate che avevano sposato un soldato americano e si erano trasferite con lui negli Stati Uniti.

«Significa che quella *patata* è ancora tutta da assaggiare!» disse Wan, schioccando le labbra. Lui e Yong fecero la risata sghemba dei cattivi da quattro soldi nei fumetti americani e io, per la prima volta, disprezzai il mio amico.

Senza nulla togliere a Yong, avevo sempre odiato suo fratello. Ne odiavo il viso subdolo, dal mento aguzzo e dal naso stretto e appiattito, che puzzava di *soju* e di guai lontano un chilometro. Era l'incubo di ogni genitore: un teppista scurrile e violento, che passava le giornate a ingollare rum economico, fumare erba e stringere amicizia con ignobili principesse yankee. Dato che non l'avevo mai visto lavorare, mi domandavo dove trovasse i soldi che scialacquava in alcol e puttane. Se provavo ad affrontare l'argomento con Yong, però, lui ammutoliva.

Poco tempo dopo, seppi la verità da mio padre.

Quel giorno pioveva forte. Lui rincasò a tarda sera trasudando un odore acre di *makgeolli* troppo fermentato e di vomito. Senza dirmi una parola, mi trascinò in cortile, accese la fioca lampada notturna sotto le grondaie e cominciò a colpirmi sulle orecchie, sulle clavicole, sullo sterno e sulle ginocchia. Svegliò la mia sorellina, che venne a rannicchiarsi nella penombra sotto gli spioventi e, turbata, si afferrava i piedi nudi mentre osservava in silenzio. Sapevamo entrambi come comportarci: non gridavamo, non piangevamo. «Ti avevo avvertito, stronzetto che non sei altro, che ti rompevo il collo, se ti beccavo un'altra volta con quel delinquente scappato dal circo! » strillava mio padre. L'esperienza mi aveva insegnato a subire, tenendo la bocca e la mente chiuse, finché la sua rabbia non si consumava. Di solito si fermava quando cominciavo a sembrare un calzino bagnato e il mio corpo sanguinava copiosamente da almeno due punti.

Mio padre lavorava alla base militare statunitense. Gli avevano dato la qualifica di « responsabile dello smaltimento » perché si occupava dell'immondizia. Quel lavoro era il sogno di tutti: dava accesso al paradossale paradiso americano che loro chiamavano spazzatura e per noi era un tesoro. Nelle nostre mani fameliche, qualunque cosa trovava un nuovo utilizzo e un nuovo scopo. Dal calderone degli scarti di cibo, che chiamavano « il pastone dei porci », veniva il nostro apporto di proteine e calcio: brandelli di salsiccia, grumi malvacei e rigonfi di carne in scatola – « brutta ma buona », diceva mia madre – e ossi di manzo alle cui rotondità era rimasta attaccata un po' di carne succosa con cui preparavamo il *gomtang*, un denso brodo che ci avrebbe fatto crescere ossa d'acciaio, come quelle dei robusti yankee. Le loro uniformi logore, tinte di nero, diventavano le nostre uniformi scolastiche. La spessa fodera di lana bloccava le raffiche del vento invernale che proveniva da nord. I loro fumetti di Superman e Batman, tutti spiegazzati, diventavano per noi testi sacri da leggere prima di dormire, le parole indecifrabili tradotte in storie inventate che raccontavo a mia sorella strappandole un profondo sospiro di appagamento, con cui cedeva al sonno. Per farla breve, crescevamo a spazzatura americana.

E il lavoro del fratello di Yong era rubarla. Doveva aver cominciato introducendosi di nascosto nella discarica dove lavorava mio padre per sottrarre cibo e stracci. Col tempo, però, i furti si erano trasformati in vere e proprie rapine. Insieme con qualche altro delinquente sfaccendato, si era messo a razziare armi e, quando i camion militari che trasportavano rifornimenti erano costretti a rallentare sulle ripide e tortuose strade delle montagne di Geumpari, Wan sgattaiolava sul cassone come una scimmia fantasma; mentre davanti un suo compare distraeva l'autista, lui si affrettava a lanciare più armi che riusciva agli altri, pronti a prenderle giù dal camion. Quando l'autista si accorgeva di essersi fatto fregare e correva dietro il veicolo, i banditi si erano già dati alla macchia nella valle che conoscevano come le proprie tasche.

Più ci guadagnava Wan, più ci perdeva mio padre.

Anche mio padre metteva le mani su pezzi di attrezzature statunitensi. Circa tre volte all'anno, mi svegliava nel mezzo della notte e mi ordinava di scavare con lui dietro la latrina, dove seppellivamo grossi sacchi di ferraglia. In seguito, ricevevamo sempre la visita a sorpresa di uomini in uniforme che mettevano a soqquadro la nostra misera casa. Perciò, quando mio padre minacciò Wan di denunciarlo, lui ricambiò la minaccia, con un sorriso a trentadue denti che alludeva al lavoro sporco che facevamo dietro la latrina.

Immagino che mio padre, insultandomi e pestandomi, volesse insegnarmi che a conti fatti la nostra vita vicino al confine nordcoreano era un gioco a somma zero: una lotta incessante in cui si picchiava o si veniva picchiati, si rubava o si veniva derubati.

A un certo punto i ragazzi cominciarono a chiamarla Yadada invece di vergine fantasma, perché si erano accorti che quest'ultimo era un nome troppo ordinario per una creatura tanto surreale. Volevamo un nome come si deve, inventato da noi, che non si potesse confondere con nient'altro.

Yadadadada era il suono che emetteva quando i ragazzi la inseguivano o quando lei inseguiva loro. Ululava la prima sillaba, *ya,* con un risonante tono baritonale e poi accelerava e arrivava alla chiave di violino con una precisione da eunuco per finire sugli ultimi *da* con un trillo metallico che ti lacerava i nervi come la zampata di una lince. I ragazzi lo trovavano allarmante e divertente al contempo, dicevano che la sua voce era sia da maschio sia da femmina e cercavano sempre nuovi modi per disturbarla, solo per risentire quel suono.

Sostenevano che *Yadada* era l'unica parola con un minimo di senso che era in grado di pronunciare, perché era l'unica che le avevano sentito pronunciare.

Dentro di me, io ridevo della loro ingenuità.

Spesso ero io a difenderla, quando gli altri mettevano in atto i soliti trucchetti per farla ammattire, come cercare di rubarle il fiore che aveva nei capelli. Quel giorno era un esemplare straordinario: una cosmea colossale, con petali più lunghi del dito medio di mio padre, di un colore che andava dal viola sangue nel centro fino al rosa stucchevole lungo i bordi. Era un fiore di dimensioni e tonalità così incredibili da far sembrare la sua chioma rigonfia insolitamente piccola e il suo viso sinistro ancora più inquietante. Glielo sottrassero mentre sonnecchiava nel prato, sperando di strapparle uno *Yadada*. Ma non funzionò.

Quel pomeriggio nei suoi occhi c'era un vuoto che non avevo mai visto: una foschia estranea imbevuta di stanchezza. Non potevo sapere cosa l'avesse causata, ma speravo che la restituzione del fiore la facesse sentire meglio. Aspettai con pazienza che gli altri non avessero più voglia d'infastidirla e se ne andassero ognuno per la sua strada. Raccolsi il fiore che avevano gettato sulla riva fangosa del fiume e, con estrema cura, tolsi dai petali le goccioline di terra. Quando mi sembrò abbastanza pulito, tornai di corsa al prato e ritrovai la vergine fantasma nel punto in cui prima stava sonnecchiando: adesso guardava fisso il gorgogliante Imjin, con lo stesso vuoto negli occhi. Appena mi vide, si accigliò; tuttavia, quando le porsi la cosmea, il suo viso s'illuminò all'istante, come la mia sorellina di tre anni alla vista di una tavoletta di cioccolato contrabbandata da mio padre.

Mentre mi beavo della sua contentezza, rivolto verso il suo sorriso raggiante come verso un sole, lei balzò in avanti, mi afferrò la mano e la tirò a sé. Ebbi un tuffo al cuore quando mi guardò negli occhi. I suoi emanavano un bagliore spettrale.

Nel falsetto più tenero del mondo, disse: « *Yalu, Yalu* ».

E, dopo un altro inquietante sorriso a un centimetro dal mio naso, si addentrò nell'erba alta saltellando.

Io restai dov'ero, immobile come un ranocchio morto, i piedi incollati al terreno dove gli steli argentei erano stati schiacciati dal suo sonno.

Mi risuonava in testa il fruscio del suo *hanbok*, insieme con quello *Yalu, Yalu*.

Insomma, mi rifiutavo di chiamarla Yadada. Per me lei era Yalu, la mia Yalu privata.

A mano a mano che i miei sentimenti nei suoi confronti s'intensificavano, l'amicizia con Yong s'indeboliva. Forse la perdita dell'amico d'infanzia, graduale o improvvisa che sia, rientrava tra quelle che si considerano le esperienze della crescita. E non era solo da parte mia: anche Yong aveva cominciato ad allontanarsi da me di pari passo con la crescente ammirazione per il fratello, della cui banda ambiva a far parte.

Marinava la scuola più spesso. Prima lo faceva solo nel giorno di mercato a Munsan, quando una volta al mese si svolgeva l'enorme raduno di commercianti provenienti da ogni parte del Paese, che vendevano e acquistavano tutto quello su cui riuscivano a mettere le mani, dai tori strepitanti agli stuzzicadenti. Io, però, invece di sentirmi solo, cominciai ad apprezzare la solitudine perché voleva dire avere più tempo per Yalu.

Lei, in compenso, stava diventando più sfuggente. Passavo in rassegna i suoi soliti posti: il prato argenteo di erba alta, le risaie dorate vicino a Panmunjeom, l'allevamento di maiali abbandonato di Imjingak. Si diceva che quella fattoria stregata fosse il suo rifugio notturno. Era appartenuta a una famiglia stabilitasi a Geumpari qualche anno dopo la tregua tra Nord e Sud. Il padre si era suicidato dopo aver perso tutto il bestiame per un'epidemia di afta epizootica, e la famiglia se n'era andata poco dopo. La gente stava alla larga dalla fattoria per paura del contagio e dei fantasmi che la infestavano. Solo alcuni spacconi affermavano di esserci stati dopo il tramonto e avevano messo in giro la voce di averci visto Yalu mentre straparlava in una lingua incomprensibile, presumibilmente posseduta dallo spettro dell'allevatore di porci.

Nonostante il mio affetto per lei, non andai mai alla fattoria col buio. Quel posto era già apparso nei miei incubi: maiali insanguinati, con le zampe mozzate, che si agitavano nel recinto sudicio colmando l'aria di grugniti tonanti e squittii puntuti come spilli. Perciò ci andavo solo di giorno, quando era inondato dal limpido sole autunnale. Non entravo mai, limitandomi a lasciare all'ingresso doni per Yalu: fantastici denti di leone e cosmee colti sulle pendici dei monti, pesci gatto eviscerati e salati, rane maculate che catturavo nel fiume.

Ci vollero settimane prima che lei ricomparisse.

Era il giorno dopo la fine di un prolungato periodo di pioggia. Sentendomi fortunato, corsi all'ingresso della fattoria abbandonata con un secchio pieno di pesci ben nutriti appena pescati nel fiume gonfio di acqua piovana. Il cielo era azzurro come un opale, non c'era nemmeno una nuvola in vista. Eppure alla fattoria l'aria era fredda, perché i salici piangenti bloccavano la luce del sole con una cascata di rami verdastri che ricadevano giù danzando al ritmo della brezza autunnale.

Di colpo sentii il sole frantumarsi nel mio cranio, riempirmi la vista di virgole al neon ondeggianti, che pulsavano a tempo col battito rallentato del mio cuore. Alla velocità di una lumaca al galoppo, il mondo si mise a volteggiare in senso orario, l'orecchio destro affondò nella terra e ne sentii sulla lingua il gusto ferruginoso. L'orecchio sinistro ronzava di uno stridore smorzato ma rumoroso, come un calabrone arrabbiato.

E poi arrivò il dolore, penetrante come un punteruolo da ghiaccio. Il dolore - così famelico che ingollò tutti i miei sensi - andava e veniva. Nello sfarfallio della mia mente, vidi due piedini avvicinarsi leggeri. Mi sollevò tra le sue braccia asciutte, mi strinse al petto e si mise a correre.

Con la coda dell'occhio vidi Geumpari passare alla velocità della luce, con il suo fiume, i pendii e le risaie, saturati di un'estraneità da dagherrotipo. Il mio sguardo, però, era fisso su Yalu: le narici che si allargavano e si restringevano con la respirazione; la clavicola sporgente che mi sfregava la guancia; il collo nerboruto scurito dal sole. *Che velocità! Che presa!* mormoravo dentro di me, meravigliato della forza di quella corporatura minuta. Il suo sguardo sinistro si abbassava di tanto in tanto a incrociare il mio e, sorridendo tra le lacrime, affermava che tutto sarebbe andato bene, me lo sussurrava con la sua strana voce da controtenore: « *Yalu,* tesoro, *Yalu, Yalu* ». Giuro sulla testa di mia madre di averla sentita dire « tesoro », in mezzo agli *Yalu* nitidi e risonanti come i rintocchi serali della campana del tempio. *Tesoro,* mi aveva mormorato. Sì, proprio così; no, non era stato il mio cervello febbricitante a inventarsi quello che volevo sentire. Era venuto dalla sua lingua, dalla sua voce eterea. Poi vidi le due figure vestite di bianco abbagliante che correvano verso di me. E poi... basta.

Cominciarono a chiamarmi « ragazzo prodigio ».

Mi dicevano che avrei potuto perdere la gamba sinistra dal ginocchio in giù; che sarei potuto restare completamente sordo dall'orecchio sinistro; che, nel caso peggiore, sarei potuto perfino morire, se fossi rimasto lungo disteso a dissanguarmi alla fattoria, privo di sensi.

Quando mi risvegliai, la prima cosa che vidi fu il viso rigato di lacrime di mia madre. « Te l'avevo detto di non andare da quelle parti dopo le piogge, stupido », mormorava. Nonostante la nota di rimprovero nel suo tono, sapevo che era al settimo cielo perché mi riaveva con sé, tutto intero e pienamente cosciente. Secondo il medico, la mia ripresa era quasi miracolosa. Si sarebbe aspettato un'infezione che mi lasciasse il piede deformato e l'orecchio sordo. Invece li avevo ancora tutti e due. Certo, zoppico ancora e ho perso il settanta per cento dell'udito, e la gamba e l'orecchio sono coperti di increspature e cicatrici di varie misure. Ma chi se ne importa? Quelle parti del mio corpo sono sopravvissute e io, di conseguenza, sono sopravvissuto allo scoppio di una mina antiuomo. Il dottore dichiarò con orgoglio che, tra le vittime delle mine da lui curate, ero l'unico che sarebbe stato dimesso con tutti i suoi arti.

Non ero io, però, il prodigio. Era Yalu che avrebbero dovuto chiamare così. Mi raccontarono che era arrivata all'ospedale ansando come un animale selvatico, col *jeogori* rosso fiammante, zuppo del mio sangue.

Aveva corso da Geumpari a Munsan stringendomi al petto, senza mai fermarsi: circa dodici chilometri lungo una mulattiera tortuosa e accidentata che risultava impietosa e ostile perfino per i potenti mezzi militari americani. Secondo gli abitanti del villaggio, il fantasma maschile che c'era dentro di lei aveva dimostrato la sua grinta. A me sembrava invece una piccola divinità, nascosta dentro un corpicino esile.

La convalescenza fu dolce. Non dovevo andare a scuola; per la prima volta dopo moltissimo tempo, divenni il centro dell'attenzione di mia madre; e gli altri abitanti mi trattavano come una specie di eroe di guerra e venivano a trovarci portando gnocchi di riso cotti al vapore e succo di ginseng amarognolo, per aiutarmi a star meglio. L'unico aspetto negativo era che non potevo vedere Yalu, perché non mi era permesso uscire. Mia madre temeva che sarei andato ancora al fiume, quindi faceva tutto ciò che era in suo potere per evitarlo. In compenso, venni a sapere che mio padre ci era andato: era tornato sul luogo dell'esplosione per raccogliere frammenti di rame e polvere da sparo che avrebbe rivenduto per una discreta somma.

Stranamente, non avevo fretta di rivedere Yalu. Sentivo che ormai eravamo irrevocabilmente legati e le nostre strade future erano destinate a incontrarsi. Mi concessi tutto il tempo di sperare, limando con cura il discorso che le avrei fatto non appena mi fossi ripreso, per esprimerle la mia gratitudine e i miei sentimenti per lei. Non avevo idea che non l'avrei mai più rivista.

Yong venne a trovarmi una notte autunnale di luna piena, prima dell'inizio delle lunghe vacanze di Chuseok. Sapeva che mio padre faceva il turno di notte. « A me e mio fratello non sfugge nulla di quello che riguarda i militari stanziati nella regione», mi disse, grondante di orgoglio.

Ci sedemmo sulla panca di legno in cortile. E per un minuto guardammo la luna corpulenta che ci inondava di un bagliore dorato, in totale silenzio come due tartarughe. Cercai di non dimostrarglielo, ma ero contento di vederlo. Mi era mancato, mi dispiaceva che non fosse venuto a trovarmi prima.

Quando glielo confessai, notai la sua espressione irrigidirsi e sul labbro superiore gli sbocciò un luccichio di sudore.

«Allora non hai idea del casino che è successo?»

«Cosa intendi?»

«Intendo, quelli di Seul che ci hanno invaso il villaggio e tutto il resto.»

Scossi la testa con vigore e colsi nel suo sguardo una scintilla premonitrice, un baluginio giallastro di ansia, di eccitazione.

«Promettimi che non lo dirai a nessuno, ad anima viva, nemmeno a tua madre e a tua sorella», sussurrò Yong con voce tremante.

Mi morsi il labbro screpolato. Sentii il sangue sulla lingua. Lo incitai a continuare.

«Girano delle voci, ma solo io e mio fratello sappiamo tutto quanto. Sai che lui ha messo gli occhi su Yadada, già da un po' di tempo.»

Fece una pausa, qualche secondo in cui studiò il mio viso di soppiatto. Contrito, curioso, crudele, tutto insieme. Come dovrebbe essere chi fa una confessione.

«Una notte mio fratello è andato all'allevamento, sai, per tenerle compagnia. Fa sempre cose del genere, quando ha bevuto troppo.»

Yong s'interruppe per ridacchiare, la testa piena di qualche ricordo disgustoso che condivideva col fratello, ma di cui a me non importava nulla. A me interessava solo sapere che cosa era successo a Yalu. «Continua», gli dissi brusco.

«Per fortuna quella sera lei c'era, così mio fratello ha provato ad avviare un discorso e poi... capito? A toccarla un pochino. Povera ragazza, chissà quanto si sentiva sola in un posto del genere, senza nessuno.»

La voce di Yong echeggiava quella di Wan. Il mio viso s'indurì come una lastra di granito. Non riuscivo a muovere la lingua. Mi sembrava di vedere le mie dita che stringevano un collo. Se fosse quello di Wan o quello di Yong, non avrei saputo dirlo.

«Si sono azzuffati per un po' e mio fratello ha detto che quella sembra secca come un chiodo, ma che è forte come un tendine di toro. Alla fine, quand'è riuscito a metterle una mano nelle mutande... lì è scoppiato il casino. Una roba da non credere. Figurati che in mezzo alle sue cosce ha scoperto...»

«Che era un maschio?» tagliai corto, madido di una crudele speranza.

«No!» gridò lui, aggrottando la fronte scura. «Che cazzo dici? Sei un pervertito.» Mi guardò male, una lunga occhiata significativa. «Mio fratello ha sentito un pezzo di metallo, freddo e pesante... *una pistola.*»

« Una pistola? »

Yong mi fece segno di non alzare la voce e si chinò in avanti per guardarsi attorno con circospezione, come se temesse che qualcuno si fosse appostato tra i cespugli per registrare la nostra conversazione. Poi, a voce bassa, ruppe il breve silenzio. « Hanno ricominciato a lottare e, ovviamente, stava vincendo mio fratello, ma quella troia ha raccolto un sasso e l'ha colpito sulla testa. Così è riuscita a scappare. Però mio fratello le aveva preso la pistola e le ha sparato. L'ha sentita strillare. »

Strillare. Quella parola mi ficcò in gola un macigno.

« La pistola che aveva non era una delle solite. Lo sai che mio fratello è capace di distinguere una M1900 da una M1911 anche toccandole a occhi chiusi. Quella, però, non era americana. Sull'impugnatura aveva un cerchiolino con dentro una stella. » Yong fece un respiro profondo. Poi mi guardò come per incitarmi, in attesa di una specifica reazione che io ero troppo confuso per fornirgli. « Non ci arrivi? » Sospirò. « Era di fattura comunista. La troia viene dal Nord. »

Silenzio. Pungente come un ago.

Capii l'enormità della cosa: una bizzarra mastodontica verità, nuda e cruda, la cui mole colossale ostruiva la mia vista. Aprii la bocca, ma non ne uscì nulla.

Yong si accese una sigaretta. « Hanno detto che era una Makarov. Roba sovietica, capito? Nemmeno mio fratello ne aveva mai vista una. » Fece un lungo tiro ansioso. « Io e mio fratello, comunque, siamo patrioti.

Quindi abbiamo raccontato tutto. Il giorno dopo, il villaggio era invaso da tutti questi agenti venuti da Seul. La maggior parte non era nemmeno in uniforme. Sono persone serie, queste. Ci hanno fatto giurare di non dire una parola su questa storia, quindi devi tenere la bocca chiusa anche tu», disse Yong con religiosa solennità, stringendomi le spalle con entrambe le mani.

«Ma non capisco. Cosa pensano che stia facendo qui da noi?»

«E lo chiedi a me? Che cazzo ne so io?» Yong tamburellava nervoso sulla panca di legno, il respiro sibilante. «Almeno si spiega come faceva a essere così forte e veloce, la troia. Figurati che non sono riusciti a trovarla.»

Al sentirglielo dire, le mie palpebre cominciarono a sfarfallare, a sbattere rapide come ali di falena.

«Quando le ha sparato, mio fratello l'ha sentita strillare. Ma è scappata. E non l'hanno trovata. Non ha lasciato tracce di sangue. Forse il proiettile l'ha solo sfiorata. Magari l'avessero presa, maledetta talpa dei rossi, per poco non ha ammazzato mio fratello.»

Guardando Yong, mi sentii in colpa. In quel momento non me ne sarebbe importato nulla della morte di Wan. Non me ne sarebbe importato nulla se Yong avesse fatto una morte lentissima causata da migliaia di aghi infuocati. Purché Yalu vivesse.

In quel preciso momento, feci un patto con Dio, nel quale non sapevo nemmeno di credere: se l'avesse lasciata vivere, non ci sarebbe stato bisogno che le nostre strade future s'incrociassero. Sarei stato ben contento di andare avanti con la mia vita, senza sentir parlare mai più di lei. Purché vivesse.

Non m'interessavo di politica e l'ideologia che aveva tracciato il confine non significava nulla per me. Anche se era una nemica, volevo che sopravvivesse.

Yang continuò a blaterare per un pezzo – dei commerci in cui era coinvolto con suo fratello, delle numerose ragazze con cui usciva – facendomi sentire sempre più diverso da lui a ogni secondo che passava.

Solo quando mi salutò intravidi il bambino che era stato. Mi disse che era contento di trovarmi bene e che probabilmente da quel momento in poi non l'avrei visto spesso a scuola. Io fui triste e felice di vederlo andar via.

Dopo, rimasi da solo in cortile per un po'. Guardai la luna circondata dalla sua bruma, così piena e calma, così indifferente alle tragedie di noi mortali lungo il confine. Ne risucchiai la pallida luminosità finché i miei polmoni non cominciarono a formicolare, consapevole che a distanza di uno, due anni sarebbe rimasta sempre la stessa, bella e insensibile, mentre noi altri eravamo destinati a sbiadire, a perderci di vista o semplicemente a cambiare.

Rientrai in casa. E scoppiai in singhiozzi.

Sentii il piccolo mostro tremante in fondo alla mia pancia pulsare nel cavo soffice sotto lo sterno. Era l'uccellino dell'infanzia che meritavo e della quale ero stato derubato. Seppi che da quel momento non sarei più stato un bambino.

La mia sorellina, che doveva compiere quattro anni di lì a una settimana, si svegliò. Mi fissò in una foschia onirica, con la bocca socchiusa. Accoccolata in braccio a me, diede una rapida occhiata alla casa, controllando in automatico se ci fosse nostro padre. Ancor più confusa per la sua assenza, mi appoggiò una manina sulla spalla che ancora sussultava in silenzio, mentre con l'altra si stringeva i piedi nudi e freddi. Vidi i suoi occhi riempirsi di un terrore che ben conoscevo. Era il mio turno di consolarla, di dirle che era tutto a posto. L'abbracciai forte, le accarezzai i capelli, come facevo sempre prima di metterla a letto, e le dissi: « Yalu, tesoro, Yalu, Yalu ».

LA PRIMA VITA

Quando smisi di mangiare la terra

1938

Da piccola, mangiavo la terra.

Non lo facevo per povertà, né per curiosità: era un puro e semplice istinto, lo stesso di quando hai sete e vuoi l'acqua.

Al mio corpo capitava, ogni tanto, di essere assetato di terra e non avevo altra scelta che assecondarlo.

Ciò non significa, però, che mangiassi la terra semplicemente per riempirmi la pancia: ne assaporavo il gusto, il sentore pungente e la consistenza che non hanno eguali al mondo. La mia capacità di apprezzare le sottigliezze mi consentì di padroneggiare l'arte di mangiare la terra fin dalla più tenera età. So che è difficile da capire per i non-geofagi, la maggioranza dei quali è convinta che, quando mangiamo la terra, ce ne cibiamo come iene che si riempiono la bocca di carne, accecati dalla fame.

Io, invece, non mi riempivo mai la bocca: era sempre un pizzico, raramente più grande dell'unghia del mio mignolino, non più pesante di una moneta di rame da dieci won. Solo in questo modo si riesce a sentirne tutto il gusto rugginoso, spalmandone i granelli sulla lingua in modo che sia più facile per il palato afferrarne la consistenza, soffice e ruvida al contempo.

Aspettavo di trovare la terra perfetta, con la viscosità del riso jasmine cotto al vapore, abbastanza pastosa da formare un grumo ma anche friabile al punto di poterlo spazzare via soffiando forte. Troppa umidità rovina la terra, la fa diventare una melma che la bocca associa alla cacca. Il colore, a prima vista, dev'essere quello del cioccolato al latte. Se la guardi da vicino, però, scoprirai minuscole particelle variegate. La maggioranza è di un beige delicato e conferisce alla perla di terra il suo caratteristico sapore avvolgente di nocciola. Le particelle fuligginose sono cavalli scuri, i cui zoccoli ruvidi sprigionano sulla lingua l'amaro del caffè. I granuli bianchi, luccicanti come gemme ma duri come selce, sono i più rari: conferiscono una liscia nota metallica, come il sangue sul labbro. La giusta combinazione di tutto questo può trasformare un pizzico di terra in un pizzico di paradiso nella bocca di chi la mangia. Io adoravo il modo in cui mi scivolava sul palato, crepitando come la carezza della lingua di un gatto. Pur sapendo che mi scheggiava i denti, non riuscivo a smettere.

Mio padre pensava che fosse opera di uno spirito maligno. Gli anziani del villaggio erano concordi: secondo loro, di solito, si trattava del fantasma di un bambino morto di stenti che se la prendeva con un bambino vivo e cercava di placare la propria fame facendogli ingoiare terra. Mio padre diceva che bisognava scacciarlo, quindi ogni volta che mi sorprendeva a farlo me le dava di santa ragione. Nemmeno bastoni e pietre, però, riuscivano a scoraggiarmi. Anzi, peggioravano la situazione, perché mi davano il brivido, il piacere segreto del proibito.

Mio padre non mi conosceva. Non avevamo nulla in comune; tranne, parole sue, il sangue che ci scorreva nelle vene. Era un pescatore analfabeta che non aveva mai creduto nell'importanza dell'istruzione. Viveva in un mondo semplificato, per lui le cose erano o bianche o nere; non era in grado di cogliere i toni del grigio. Beveva solo per ubriacarsi, mangiava solo per riempirsi. Non sapeva apprezzare la miriade di sapori del cibo e delle bevande perché parole come « sfumatura » e « sottigliezza » per lui non erano mai esistite. Non sarebbe mai diventato un intenditore, in nessun campo. Non era come me; non era come la mamma.

Lei, al contrario, era una donna sofisticata, dotata di una squisita abilità nel cogliere sapori e odori. Mi ha insegnato a distinguere le erbe medicinali dalle loro cugine velenose: la *sahwa* ha un odore amaro, mentre la *sanak* emana un aroma pungente e intenso, come fagioli di soia fermentati, mi diceva accigliata. Mi ha mostrato anche come si distinguono i cachi buoni da quelli cattivi senza toccarli: il gambo di quelli maturi è avvizzito e marrone, mentre il frutto è quasi vermiglio.

Sua degna allieva, osservavo il mondo coloratissimo con gli occhi spalancati per riconoscerne tutte le sfumature. Nel nostro mondo, il rosso non era mai semplicemente rosso: era vermiglio come il caco maturo, scarlatto come le foglie autunnali dell'acero, porpora come il sangue rappreso e appiccicoso, violaceo come un livido fresco.

Non c'era da meravigliarsi che io e la mamma avessimo un vocabolario tanto ricco. Ci era necessario, se volevamo descrivere tutte le sfumature di colori e sapori, di profumi e sentimenti, che percepivamo nel nostro mondo. Perciò, a dodici anni, mi esprimevo già molto meglio di mio padre: lui sapeva dire solo che aveva fame, mentre io ero affamata o addirittura famelica. Non gli piaceva che una ragazzina usasse espressioni per lui non sempre comprensibili. Ogni volta che mi sentiva pronunciare un termine che al suo orecchio suonava esoterico, schiaffeggiava la mamma e le lasciava sul viso una manata violacea.

La mamma era la perfezione: intelligente, bella, raffinata e affettuosa. Eppure aveva dovuto pagare un prezzo altissimo per la sua unica minima imperfezione: l'eccesso di compassione. Pensavo che fosse quello il motivo per cui era rimasta sposata con uno stupido ubriacone come mio padre: tutta colpa del *jeong*, un attaccamento malsano, una pietà superflua. Lei proveniva da una famiglia abbiente. Suo padre era uno stimato medico di Seul, da cui aveva imparato a leggere e scrivere, ad apprezzare la letteratura e la gastronomia, a scegliere le erbe giuste per preparare i rimedi a migliaia di malattie. Ma l'occupazione giapponese aveva mandato tutto all'aria. Suo padre era stato accusato di far parte della resistenza coreana e gli invasori avevano requisito tutti i suoi beni. Temendo di perdere anche la figlia, lui l'aveva data in sposa al figlio di un contadino del Nord, lontano da Seul. La mamma non rivide mai i suoi genitori, che morirono entrambi in prigione. E, poco dopo, ebbe me.

Abitavamo a Heoguri, un piccolo villaggio agricolo alla periferia settentrionale di Pyongyang. Non aveva nulla a che vedere col centro di Seul, dove la mamma poteva andare nelle biblioteche e a teatro, ma lei sapeva sempre trovare il meglio in tutte le situazioni. Nella stagione della pesca dei tonni e delle balene, mio padre usciva in mare e vi restava per mesi, e quei periodi furono i più felici della mia infanzia. Tutti i giorni, io e la mamma andavamo a piedi al Sacro Cuore, un orfanotrofio con annessa una fabbrica di fiammiferi sul confine tra Pyongyang e Pyongannamdo. Era uno dei primi edifici « moderni » del Nord. Nel piattume delle casupole dai tetti di paglia, quella fortezza di cemento a tre piani dominava su tutto il resto con la sua struttura spigolosa, grigia come la cenere. L'orfanotrofio era stato fondato dai missionari canadesi e la mamma guadagnava qualcosina aiutandoli con le faccende domestiche e altre piccole mansioni. Ma i soldi non erano la sua motivazione principale: io e lei prendevamo lezioni d'inglese insieme con gli orfani e gli operai. L'insegnante era il pastore Arnaud Peltier, un missionario del Québec che parlava correntemente anche francese e coreano. La prima volta in cui lo vidi, mi mancò il respiro: i miei occhi non si erano mai posati su un occidentale, un essere umano che non avesse gli occhi castani e i capelli lisci corvini. La sua testa era coperta di fiamme scoppiettanti, tutte arricciate dal calore vermiglio. « Riccio e pel di carota », si definiva il pastore. Nonostante l'aspetto, lo trovai subito simpatico. Aveva viaggiato moltissimo ed era un'enciclopedia vivente, che ci raccontava interminabili storie sull'altra parte del mondo. Mi piacevano le vicende dell'Antico Testamento, soprattutto quelle sull'arca di Noè e su Sansone, e quasi tutte quelle di Shakespeare, che consideravo uno scrittore fantastico, perché i suoi drammi erano infarciti di morti, amori e tradimenti, come *Romeo e Giulietta* e *Otello*. Con quello straniero dalla testa infuocata, nella sua torre di cemento cinereo, io e la mamma viaggiavamo per il mondo.

Al villaggio c'era chi sparlava di noi, sostenendo che imparare la lingua di quei diavoli stranieri equivalesse a vender loro l'anima. La mamma mi disse che non dovevo farci caso, che erano provinciali e non capivano l'importanza del linguaggio. « Le parole non sono solo parole, tesoro. Sono molto più che un semplice strumento per farsi capire. Possono addirittura cambiare il tuo modo di pensare e, tramite le parole, tu stessa puoi influenzare il modo di pensare degli altri. Non è mai una cosa a senso unico.»

Anche se non capivo esattamente tutto quello che diceva, annuii con convinzione e col cuore gonfio di orgoglio. Non avrei potuto desiderare una mamma più intelligente.

«Considerale come un'arma. Perché credi che tuo padre si offenda quando tu usi espressioni che lui non conosce? Hai capito?»

Io continuavo ad annuire, pur essendo infastidita. Come si permetteva mio padre di offendersi, quando non faceva altro che maltrattare la mamma? Ma non volevo contraddirla, perciò tacqui. E continuai ad andare alle lezioni d'inglese, non perché le vedessi come un'arma ma, più semplicemente, perché mi piaceva.

La mamma era anche l'unica persona al mondo secondo cui mangiare la terra non era sbagliato. A suo dire, ciascuno di noi ha gusti diversi e ogni tanto c'è qualcuno che ne ha d'insoliti. «Ma insolito non vuol dire sbagliato, tesoro», mi disse, con gli occhi che sorridevano come due mezzelune.

Allora io le chiesi quali altre cose strane mangiassero le persone.

«Il pastore Peltier mi ha detto che in Francia mangiano le lumache e che sono una prelibatezza!» La mamma aveva il sopracciglio alzato, come una bambina davanti a un piatto di cavoli bolliti.

«Disgustoso!» le sussurrai io, coprendomi la bocca con entrambe le mani al pensiero di quelle creaturine vischiose che mi strisciavano nello stomaco. Poi, però, mi scappò una risatina di sollievo: mi sentivo molto meno strana. La mamma rise con me, quindi specificò che mangiare la terra andava bene se non finiva per causare problemi di salute e che, crescendo, me ne sarebbe passata la voglia, nello stesso modo in cui avevo abbandonato i vestiti da bambina e smesso di fare i capricci.

Ma mio padre non fu d'accordo. Volle risolvere la faccenda a modo suo. E, come sempre, non chiese l'approvazione di nessuno.

Era stato uno scaricatore di porto a dargli l'idea, un lavoratore non qualificato, rozzo e ottuso come lui. Un completo estraneo che non sapeva nulla di me.

Erano diventati amici, mio padre e quel cretino, mentre erano all'ancora al largo di Busan e, senza dubbio, erano andati insieme nelle taverne e nei bordelli del porto. Così era venuto fuori che il vecchio scaricatore aveva una sorella più giovane che mangiava la terra. Aveva cominciato da bambina con piccole quantità, ma col tempo ne era diventata dipendente, tanto che in una giornata ne inghiottiva a manciate. Peggio ancora, si era messa a mangiare altre assurdità, come ragnatele, larve di cicale e perfino le proprie feci, sprofondando sempre di più nella follia, finché non aveva perso interesse per gli abiti e il linguaggio umani.

L'uomo aveva confidato a mio padre quale fosse la cura che lui non si era potuto permettere di pagare alla sorella.

Il *gut*: l'esorcismo di uno sciamano.

Mio padre non disse nulla a me e alla mamma. Capimmo cosa stava succedendo solo quando lo sciamano arrivò, con la sua veste di seta lucida a righe rosse, gialle e blu, di un'intensità accecante. Mio padre mi aveva già legata prima del suo arrivo, sospettando che sarei scappata nei boschi, se avessi saputo cosa mi attendeva.

Mi scaraventarono in mezzo al cortile, come una gallina che sta per essere buttata nel brodo bollente, circondata da decine di abitanti del villaggio con gli occhi scintillanti di eccitazione per lo spettacolo cui avrebbero assistito. Tra loro, vidi mio padre: il viso impassibile, inanimato come una gamba di legno. Stava trattenendo la mamma. Con le braccia piegate dietro la schiena, lei si dibatteva. Piangeva in silenzio.

Lo spietato sole di mezzogiorno mi picchiava sulla testa, ero madida di sudore. Tre uomini che lo sciamano si era portato dietro si misero a cantare, levarono voci acute e pesanti, come lamenti funebri, in mezzo a un frastuono di gong, tamburi e flauti di legno che mi spaccava i timpani.

Quando la musica cessò, lo sciamano mi si avvicinò brandendo due lunghe spade scintillanti, cantando in una tonalità ancora più alta, come un gatto in calore, sovrastando l'ululato del coro. Mi sibilò contro. Mi sputò addosso. E mi maledisse con un linguaggio truce. La sua vocetta infantile era carica di veleno. Mi fece tremare le ossa, gli occhi mi si riempirono di lacrime roventi.

Poi mio padre avanzò verso di me. Aveva le braccia allargate, ma in viso un'espressione ancora fredda. Vidi che teneva in mano un coltello, con cui tagliò le corde che mi legavano mani e piedi. Non appena i miei arti furono liberi, sentii un peso schiacciante sulla schiena. Alzai lo sguardo e lo vidi sopra di me: con le ginocchia mi aveva immobilizzato il tronco e le gambe. Mi legò la mano destra alla coscia destra. Mi afferrò la mano sinistra e me la tirò sopra la testa; la tenne ferma a terra, col palmo rivolto al cielo.

Lo sciamano venne verso di noi. Posò una delle due spade e si mise a roteare l'altra, sopra la mia testa, come se stesse scrivendo una lettera nell'aria. Poi, con la punta della spada, mi fece un taglio sul palmo.

Attraverso la foschia della calura, il sudore e le lacrime pungenti, vidi sgorgare dalla mia mano un liquido grumoso, beige. Emanava un odore acre di vomito. Guardai impotente i coaguli densi riversarsi sul terreno, inzaccherarlo... finché non vidi tutto nero.

Ripresi i sensi a notte inoltrata, avvolta da una fredda umidità.

Mi guardai la mano sinistra. Coperta di strati di tela grezza, sembrava un guantone da boxe rattoppato alla bell'e meglio, porpora per il sangue coagulato.

I miei genitori dormivano. Mio padre russava piano,

il suo alito puzzava di alcol. Aveva il braccio attorno al collo della mamma. Lei aveva il viso gonfio, segnato da linee di lacrime asciutte.

Sgattaiolai fuori nel buio della notte, affannata, boccheggiante come un pesce fuor d'acqua. Corsi lungo la strada fino al boschetto di betulle al margine meridionale di Heoguri, il luogo sicuro delle mie riflessioni private, dove i rami contorti e le rigogliose foglie color verde muschio mantenevano il terreno umido e tiepido tutto l'anno, incoraggiando la crescita ombrosa di felci, funghi ed erbe velenose. Là - lo sapevo per certo - avrei trovato il fine terriccio color cioccolato che era la perfezione.

Nel tetro fitto degli alberi, feci una cosa che non avevo mai fatto.

M'inginocchiai, affondai le dita nel terreno setoso e ne presi una manciata - non un pizzico -, me la infilai in bocca tutta quanta e la inghiottii senza assaporarla. Continuai a buttare giù una manciata dopo l'altra, finché il mio cuore non insorse e rigettò quel peso.

Passato il tremore, rialzai la testa faticando a mettere a fuoco. Davanti a me vidi un mucchietto di terra rigurgitata la cui superficie color giada scintillava della mia bile, del mio odio acido, del mio disprezzo per il mostro con cui non avevo nulla in comune, se non il sangue che ci scorreva nelle vene. Ad aprire in due il suo cuore, non avrebbe rivelato altro che nero.

Un mese dopo, il mostro partì: era la stagione della caccia alle balene, che l'avrebbe tenuto in mare per mesi, lontano da noi. Costrette ad andare a salutarlo, io e la mamma restammo per un po' sul limitare del villaggio, agitando la mano quando si voltava, come se la lunghezza di quell'attesa gli desse la misura della nostra ubbidienza.

Guardando la sua schiena rimpicciolirsi fino a diventare un granello di sporcizia, pregai per la prima volta in vita mia. Pregai il Dio canadese, unico creatore e supervisore del mondo, che il pastore Peltier aveva lodato con fervore nelle sue interminabili storie.

Fa' che non torni, mai più. E sarò tua discepola per sempre.

Ma fu il linguaggio del Dio Bianco a causare l'inizio della fine.

Per ironia, lo fece con una sola parola, e per giunta una parolina di un'unica sillaba, tre semplici lettere.

Il fatto è che si trattava di lettere inglesi.

SEX

Gli abitanti del villaggio la trovarono scritta sul pilone di cemento sotto il ponte di Heogu. Era l'unico ponte moderno che c'era, l'avevano costruito i canadesi insieme con la fabbrica di fiammiferi; pur essendo piccolo, lo usavano tutti, compresi i contadini che andavano alle risaie coi buoi e i ragazzi che sonnecchiavano sotto il suo arco per ripararsi dal solleone.

Il primo a vederla fu un bambino: una scritta misteriosa, nera come la fuliggine, probabilmente tracciata con un pezzo di carbone, a lettere grandi quanto il suo corpicino. La mostrò agli amici e poi ai genitori, morendo dalla voglia di sapere cosa significasse.

Io ci andai dopo qualche giorno. Riconobbi le forme - la S, la E e la X maiuscole - e dissi agli altri bambini che erano lettere dell'inglese, la lingua dei bianchi. Chiunque le avesse scritte, voleva essere sicuro che non si cancellassero facilmente: i contorni erano nitidi, ma a guardare da vicino si vedeva che le curve erano state tracciate più volte, tanto che non sembravano scritte, bensì colorate. Non poteva essere stato un bambino. Escludendo me, nel nostro villaggio nessuno era abbastanza bravo da fare un lavoro così elaborato, che oltretutto richiedeva la conoscenza di una lingua straniera.

Dissi che non avevo mai visto quella parola e che non sapevo cosa significasse. Non era una bugia in senso stretto, perché non ricordavo di averla imparata in classe. In fondo, però, avevo già capito. Mi pareva che il significato fosse evidente dal modo in cui le lettere si presentavano: la curva sensuale della S, il perentorio divieto della X, e nel mezzo la E, come un tridente pronto a trapassare la vicina alla sua destra. Mi rivolsi alla mamma per cercare conferma alla mia intuizione. Lei mi sorprese, rifiutandosi di parlarne. Così alla fine dovetti consultare il dizionario d'inglese, dono del pastore Peltier, che la mamma teneva nascosto nella scatola del cucito.

Per me, il suo rifiuto di parlarne fu più sconvolgente della parola in sé. Di rado aveva segreti. Solo a posteriori capii le sue motivazioni: era un modo per proteggermi. Conosceva fin troppo bene la realtà del mondo in cui vivevamo. In un posto come Heoguri, capire un linguaggio peccaminoso poteva trasformarsi in un peccato, imparare una lingua straniera significava vendere l'anima al diavolo straniero.

A uno sguardo superficiale, si sarebbe detto che nessuno parlasse di quella faccenda. Invece, le voci si propagarono come fiamme silenziose nella vegetazione e rinfocolarono la curiosità e i sospetti della gente, il desiderio di puntare il dito. Alla fine della settimana, come per magia, tutti sapevano cosa significasse la scritta.

La mamma aveva ragione. Le parole sono potenti. Magiche, perfino.

E la magia nera di quell'unica parola s'impossessò di tutto il villaggio.

Fece sparire la gente: da un giorno all'altro il ponte – fiorente mecca di Heoguri fin dalla sua costruzione – si svuotò. Le donne che portavano i cestini del pranzo ai mariti al lavoro nelle risaie deviavano il loro tragitto, allungandolo di un'ora. Tutte le madri proibirono ai figli di andarci a giocare e alcune arrivarono perfino a frustarli, quando li sorpresero a fissare la scritta. Trattavano il ponte come se fosse maledetto. Come se fosse stato stuprato, profanato dalla lordura della parola del diavolo straniero. Come se, essendogli associati in qualunque modo, si corresse il rischio di contrarre una lebbra morale.

Il mostro ritornò nel pieno di quella frenesia, quando le accuse volavano ancora come pugnali invisibili. La mamma non si pronunciava, perché non ci teneva affatto a lasciarsi coinvolgere. Il suo silenzio non servì, ma pensandoci a posteriori mi rendo conto che nulla sarebbe servito. È l'assurdità del sospetto: non è realmente un sospetto, ma una convinzione ingentilita da una maschera. Ci vuole solo un po' di tempo, e alla fine si trasforma a tutti gli effetti in certezza.

E non ci volle molto perché il sospetto di mio padre assumesse la forma definitiva.

Il fatto che a lezione d'inglese venissero altre trenta persone - ventidue orfani e otto operai impiegati dalla fabbrica - non gli sembrò rilevante. Sebbene fossero tutti liberi di girare per il villaggio nel loro tempo libero, perché non dovevano ubbidire alle regole imposte da genitori impiccioni, mio padre non sospettò mai di loro. I suoi occhi roventi, fin dal principio, furono puntati su me e la mamma.

Vedevo il mostro dagli occhi verdi crescere ed evolvere nella sua forma solida ogni volta che interrogava la mamma. Cominciava sempre con le solite accuse generiche: « Chi sarà stato l'imbecille che ha fatto una cosa del genere? Chiunque sia, andrebbe bruciato vivo, quello sporcaccione. Se lasci andare la bambina al ponte, ti faccio piangere a forza di frustate. Faresti meglio a dirmi chi è stato, donna, perché lo so che tu lo sai ». Alla fine della settimana, la certezza era arrivata ed esibiva denti aguzzi: « Dimmi la verità, subito. Sarò buono e ti perdonerò, non voglio punirti. Come faccio a costringerti a parlare senza farti del male? Vuoi proprio che ti ammazzi insieme con quel diavolo bianco? È questo che vuoi? »

Poi trovò il dizionario.

In realtà il volumetto rilegato, di per sé, non dimostrava nulla. Lui sapeva già che prendevamo lezioni d'inglese e che la mamma guadagnava qualcosa aiutando i sacerdoti del Sacro Cuore; era con quel denaro che pagavamo l'affitto e compravamo da mangiare, perché tutto quello che guadagnava lui come pescatore gli bastava appena per mantenersi ubriaco. Stava solo cercando un pretesto concreto, per quanto risicato, come Otello col fazzoletto di sua moglie. Quando la mamma respinse le accuse con decisione, lui diede in escandescenze, pretese di sapere perché avesse nascosto il dizionario sul fondo della scatola del cucito, sotto le matassine di filo e i puntaspilli.

La mamma non cedette. E lui esplose.

Con una mano la prese per i capelli e la trascinò fino al ponte, mentre con l'altra agitava in aria il dizionario, come un predicatore di strada che brandisce la Bibbia. Di tanto in tanto, mi mollava un calcio quando cercavo invano di morsicarlo, di prenderlo a calci a mia volta sulle caviglie per liberare la mamma.

« Non lo vedi che è la tua calligrafia? Non la riconosci, brutta troia? » chiese il mostro, spingendo la fronte della mamma contro il pilone di cemento.

« No, non è la mia calligrafia, lasciami, per favore », lo supplicò lei.

« Se non lo vedi, te lo faccio vedere io », le rispose, colpendola in viso col dizionario. Quando la copertina fu viscida del suo sangue, gettò il volume in acqua e continuò a picchiarla col pugno.

Smise solo quando né io né lei fummo più in grado di emettere nessun suono.

Lo sentii sussurrarle all'orecchio, ansante: « Prova a fregarmi un'altra volta e ti consegno ai giapponesi. Così tua figlia crescerà senza mamma. Pensaci bene ».

Quel giorno, sotto il ponte, la mamma perse un occhio.

E io persi l'ultimo brandello di speranza nell'aiuto divino.

Da quel momento in poi, seppi che per il nostro futuro potevo contare solo su me stessa.

La mamma ci mise tre giorni a riprendere del tutto conoscenza. E la terza notte dovetti assistere di nuovo allo spettacolo nauseante del mostro che dormiva con lei, aggrappato a lei come una sanguisuga famelica, il braccio attorno al suo collo.

Guardai la coppia persa nel sonno. E provai un disprezzo che mi fece contorcere le budella.

Il viso sereno del mostro aveva un sorrisetto sardonico. *Ho io la tua mamma,* sembrava sussurrare, con una fasulla voce infantile piena di veleno, come il fratellino ingordo che non avevo mai avuto. *È mia, è di mia proprietà. Non potrai mai strapparmela.*

E, per la prima volta in vita mia, disprezzai anche la mamma. La odiai perché non era capace di allontanare il braccio di quel diavolo; la odiai per la sua impotenza.

Allora capii, in quel preciso momento, cosa dovevo fare. Qual era il dovere da compiere prima che il mostro privasse la mamma della sua luce e soffocasse il mio amore per lei.

Ancora una volta, corsi fuori nell'oscurità umida. Mi fiondai verso il boschetto di betulle dove mi sentivo più a casa che in casa nostra, verso il luogo verdeggiante che pullulava della vita ombrosa di muschi e funghi, dove sapevo per certo di trovare la terra perfetta.

Ma non era la terra che cercavo, stavolta. Cercavo un odore.

Era l'odore di spazzatura scaldata dal sole, dolciastro e repellente. Un odore di olio di sesamo stantio e fagioli di soia fermentati. Cercavo l'arachide dei serpenti, la *sanak*. Era un'erba che prendeva il nome dal suo aroma particolare: la cugina velenosa della varietà medicinale *sawha,* il fiore dei serpenti.

Solo chi aveva olfatto e gusto molto sviluppati, come me e la mamma, sapeva riconoscerne la tossicità.

Ma solo io potevo farmi carico di quel compito: l'eccesso di compassione di cui soffriva la mamma non gliel'avrebbe consentito. In fondo, c'era almeno una cosa per cui potevo ringraziare mio padre: ero proprio sua figlia e nelle mie vene scorreva il suo sangue. Era quel sangue a scalzare l'eccesso di compassione ereditato dalla mamma e impedirmi di avere pietà del diavolo, che non la meritava. Stavo per esorcizzare il demone dall'alito alcolico.

Anni dopo, venni a sapere che tutti gli assassini ritengono di avere motivazioni legittime per il crimine che hanno commesso. Io non facevo eccezione: ero convinta che la mia decisione si potesse giustificare, se non persino perdonare. E, in verità, non mi sentivo in colpa.

Immagino che la differenza tra me e un assassino psicopatico fosse che io, almeno, mi sentivo in colpa per il fatto di non sentirmi in colpa. In più, non avevo tratto nessun piacere dal compiere l'atto. Per quel che ne sapevo, invece, per uno psicopatico sta tutto nell'atto in sé, nel vedere la vittima soffrire e morire.

Io non ci tenevo affatto a vederlo morire, per quanto lo detestassi. Perciò gli preparai il pasto al mattino presto e poi portai fuori la mamma a raccogliere funghi. Rincasammo nel tardo pomeriggio.

Quello che trovammo non fu un bello spettacolo.

Le sue labbra, velate di sangue e schiuma, rosseggiavano. Come anche gli occhi, le cui pupille si erano rivoltate all'interno del cranio. Ormai ridotti a due rigonfiamenti iniettati di sangue, si opposero ai miei tentativi di chiuderli. Alla fine gli tolsi il giubbetto trapuntato e glielo misi sopra la testa.

La mamma non era una stupida. Capì subito cosa fosse successo. Per due giorni rimase stordita e si rifiutò di parlarmi, ma sapevo che alla fine tutto si sarebbe sistemato. Avevamo solo bisogno di un po' di tempo per abituarci alla nuova realtà delle nostre vite.

Non potevamo fargli il funerale, quindi avremmo dovuto dire ai nostri compaesani che era andato di nuovo a caccia di balene. La terza notte, quando sul villaggio calò la cupa mezzanotte, avvolgemmo il corpo in un sacco di patate, lo trascinammo fino al boschetto di betulle e lo seppellimmo quanto più in profondità ci riuscì.

Sulla via di casa, camminando pesantemente fianco a fianco con la mamma, mi domandai quanto ci sarebbe voluto perché il corpo sparisse. Calcolai che, grazie al calore e all'umidità del terreno sotto il folto d'alberi, non ci avrebbe messo molto a diventare tutt'uno con la terra. Forse nemmeno sei mesi, giacché li separava solo la tela grezza.

Immaginai il suo viso nella terra, gli occhi chiusi delicatamente. Le guance e le labbra sarebbero state le prime a dissolversi, invitando il suolo a riempirgli la bocca come se lo stesse ingerendo. I brandelli della sua carne in decomposizione, staccandosi dallo scheletro, si sarebbero mescolati al resto, sporcando e contaminando la mia terra perfetta.

Allora mi parve di veder prendere corpo la mia più grande paura.

Affondavo le dita nel terreno soffice del boschetto e ne raccoglievo una manciata per infilarmela in bocca, ma sollevando le mani le scoprivo annerite dal sangue di mio padre.

Fu in quel momento, quando mi trovai davanti al colore del mio peccato, che smisi di mangiare la terra.

LA TERZA VITA

Abbattere le pareti

1950

Di rado dormivamo con un tetto sopra la testa. Spesso l'unica possibilità di trovare un riparo per la notte era offerta dalle case abbandonate perché crollate dopo un incendio. Le stelle vegliavano sui nostri visi accigliati, rapiti dal sonno. Nonostante il freddo notturno che scorreva giù dai soffitti maciullati, dormivamo bene. Mangiavamo quello che riuscivamo a trovare. Sopravvivevamo.

Sto usando il plurale ma, durante la Guerra di Corea, era un concetto elusivo. Poteva includere una persona del Nord e una del Sud, un comunista o un capitalista, non aveva importanza. Ogni notte cercavo di coniugarmi al plurale con un estraneo, un altro corpo umano accanto al mio nel buio pallido, per tenermi al caldo e proteggermi dalla solitudine. Prima mi rannicchiavo, appoggiavo gli avambracci e gli stinchi sulla schiena dell'altro e, se questi non si ritraeva, avvicinavo anche la pancia al suo tepore, avvolgendo piano piano le sue spalle con entrambe le mani. Era stupefacente come la maggior parte non facesse nessuna resistenza. La mattina dopo, poteva capitare che ci battessimo con le unghie e coi denti per un pezzetto di radice di campanula cinese, ma nelle notti all'addiaccio eravamo solo corpi tiepidi che avevano bisogno di calore umano. A volte, dopo che gli altri piombavano nel sonno, infilavo le dita nelle tasche interne dei loro abiti e prelevavo le cose di valore che ci trovavo: dolciumi, monete d'argento, la fialetta di una pozione miracolosa contro la febbre tifoide.

Mi ricordo che parlavo della guerra già prima che iniziasse. Ero giovane e ingenua. Frequentavo le lezioni d'inglese del pastore Peltier, un missionario canadese che gestiva un orfanotrofio e l'annessa fabbrica di fiammiferi nel villaggio nordcoreano in cui ero nata. Facendoci un rapido riassunto della storia americana, ci aveva parlato di un particolare tipo di guerra, in cui i fratelli combattono gli uni contro gli altri. La guerra non si combatte sempre tra nazioni diverse, aveva sottolineato il pastore, la cui carnagione lattea si era tinta di rosa come le natiche di un porcellino. Gli occidentali la chiamano « guerra civile », aveva detto, e nella mia mente puerile avevo riso della stupidità dell'uomo bianco, dell'ironia di definire « civile » il fratricidio, una forma di guerra molto più brutale di una guerra normale.

All'inizio, la guerra non fu che un fastidio. Quando tornai al mio villaggio dopo anni di lontananza, i compagni con la fascia rossa al braccio si erano già infiltrati nella vita quotidiana degli abitanti e li tormentavano con incontri obbligatori e raduni settimanali, spesso convocando perfino le donne sposate per addestrarle come sentinelle. Le persone avevano cominciato a sparire. Le voci sul caldo Sud, dove non c'era l'obbligo di prestare servizio coi partigiani, attiravano i sognatori del Nord; come mia madre e mia sorella, che secondo i vicini se n'erano andate al Sud molto tempo prima.

Anche altri sparivano nel nulla. Una notte, una famiglia del villaggio accanto al nostro era morta, stando a quanto si sussurrava, uccisa da un missile che aveva sbagliato bersaglio. Dopo qualche mese di fuochi artificiali sopra le nostre teste, finalmente assistemmo all'arrivo degli yankee e cominciò quella che chiamavano « l'altalena ». Il villaggio fu diviso a metà, come una concubina indigente votata al servizio di due uomini, indecisa su quale dei due scegliere per sopravvivere. Di giorno gli yankee e i soldati del Sud battevano le strade coi loro camion, distribuendo viveri e facendo domande; dopo il tramonto, i guerriglieri macilenti che si nascondevano sulle montagne scendevano ad appostarsi attorno all'abitato come fantasmi affamati, per procurarsi di nascosto cibo e informazioni. In quella strana situazione, faide familiari e piccole liti tra vicini degeneravano in tragedie sanguinose. Alla luce del sole, qualcuno accusava il vicino di essere un simpatizzante comunista; alla luce della luna, il figlio della vittima lo denunciava come lacchè degli yankee. Chi era sospettato di essere rosso veniva portato via sui camion militari e non faceva mai ritorno, mentre molti presunti filoamericani venivano giustiziati sul posto. A giorni alterni, si dava la caccia ai comunisti o ai traditori, e la falce dentellata della guerra oscillava di qua e di là, polverizzando tutti quelli che le capitavano a tiro.

Io non ero disposta a diventare una vittima innocente. Mi diressi a sud, col desiderio infantile di riunirmi a mia madre e mia sorella che ancora covava nei recessi della mente.

Durante il giorno camminavo e saccheggiavo, ampliando sempre di più la mia definizione di cibo, dalla zuppa di orzo alle mele selvatiche, dalle ortiche bollite alla corteccia. Durante la notte, sottraevo il tepore al corpo degli estranei, sotto la luce smorta della luna che filtrava dentro qualche casa bruciata.

La notte in cui decisi di diventare un maschio, però, non ero in una casa. Si trattava di una ex scuola, il riparo notturno più grande che avessi trovato fino a quel momento. Era stato un edificio moderno, costruito dai giapponesi durante la Seconda guerra mondiale, che gli yankee avevano riconvertito in caserma; nel bel mezzo della Guerra di Corea lo stavano usando temporaneamente come campo profughi. Ero sdraiata in una delle aule e guardavo il tetto rattoppato, squarciato dalle granate e ricoperto di lamiera ondulata. Anche sotto le lamiere, tuttavia, sentivo l'odore della luna pallida. Le finestre senza vetri ne invitavano l'alito gelido, suscitandomi un desiderio fisico di calore umano.

Trovai una schiena perfetta. Apparteneva a una donna, né giovane né vecchia. Aveva spalle arrotondate avvolte da carne soffice. I fianchi floridi traballavano ogni volta che si rigirava. Aspettai finché non smise di agitarsi. Feci un sospiro flebile e acuto proprio dietro il suo orecchio, per disarmarla, anche nel sonno, col mio tenero alito femminile. Stavo per aggrapparmi a lei con tutta la delicatezza possibile, le braccia piegate come una mantide in agguato. Ma i predatori notturni stavano già entrando dalla finestra. Bisbigliavano, il respiro accelerato. Capii la natura dei loro bisbigli perché comprendevo la loro lingua. Erano yankee. Due. Uno bianco e uno nero. Le infilarono in bocca una palla di stoffa. Lei si contorse con foga mentre la portavano via, scuotendo i fianchi a ogni moto di protesta, finché un ceffone non la zittì. Attraverso la finestra senza vetri della scuola, mi giunsero i rumori sforzati e sommessi dello stupro.

La mattina dopo, battei le vie alla ricerca di un cadavere ragazzino. Lo trovai facilmente, della mia misura. Lo spogliai degli abiti maschili: mutandoni lunghi di lana, una maglia pesante e pantaloni di tela grezza. Colore della ruggine, odore di pesce avariato. Prima d'indossarli, mi fasciai il seno con la mia sciarpa di cotone. Per fortuna avevo già i capelli corti.

Ero alta per essere una donna, ma bassa per essere un uomo. L'altezza perfetta per un ragazzino.

Tanto sono donna solo a metà, pensai con un ghigno, perché nella mia pancia mancava l'utero.

Mio padre, prima di schiaffeggiare me o mia madre, diceva sempre che le donne sono come ragazzini: arenate per sempre nell'immaturità, non imparano e non crescono mai, perciò hanno sempre bisogno di un ceffone. Avrei voluto sussurrargli, se fosse stato ancora vivo, che i ragazzini, a differenza degli uomini, non venivano arruolati; e, oltretutto, le loro parti intime correvano meno rischi di quelle delle ragazze.

Ne ho passate di peggio, mi dissi. *Sopravvivrò anche a questo.*

Nel mio viaggio dal Nord al Sud non vidi nemmeno una casa che non fosse bruciata o menomata.

Il cielo era gravido di rumore, quello dei cacciabombardieri che lo occupavano in pianta stabile: quando pascolavano relativamente rilassati emettevano un borbottio sommesso; poco più lontano, sopra le colline cespugliose, cominciavano a fare le fusa o a ringhiare come segugi; infine, quando meno me l'aspettavo, una flatulenza tonante mi bersagliava i timpani e incendiava ogni tetto di paglia in vista.

Dopo alcuni giorni, però, potevo ormai nascondermi tra i cespugli per fare i miei bisogni senza battere ciglio, nonostante l'orchestra di aerei ululanti e le loro deiezioni letali. I bombardamenti erano talmente onnipresenti che da un certo momento in poi cominciai a pensare che sopravvivere fosse solo questione di fortuna.

Per questo il mio cuore sussultò di meraviglia quando vidi il treno che attraversava il confine. Era sconvolgente che tante persone fossero sopravvissute a quel fuoco d'inferno: il treno traboccava di rifugiati, la sua superficie viva brulicava di corpi, come cirripedi che ammantano il relitto di una nave.

Mi ritrovai in mezzo alle centinaia di persone che viaggiavano sopra i vagoni merci. Il vento in faccia si fece sempre più tagliente a mano a mano che il convoglio accelerava nel freddo della notte. Ma rubare il tepore di un altro corpo era impensabile. Dovevo spremere ogni grammo di forza che avevo per tenermi aggrappata al bordo del tetto d'acciaio. Non riuscirci avrebbe significato perdersi. Vidi molti corpicini scomparire, cadere sotto l'implacabile sferragliare del treno notturno. Le sottili strisce di spazio che lasciavano vuote venivano riempite dai lamenti delle loro madri.

Per me, il Sud era il luogo delle case non annerite dalla fuliggine.

Busan era la destinazione finale d'innumerevoli orfani di guerra. Essendo una delle città più meridionali della Corea, non era stata presa dalle forze comuniste, quindi la sua regione era l'unica scampata ai bombardamenti. Le case di Busan, come la falange di sfollati che vi giungevano per sfuggire ai rossi, erano sopravvissute, le fiamme non ne avevano reclamato muri e tetti.

Ciononostante, il numero di abitazioni esistenti non era adeguato al crescente flusso di sopravvissuti umani. Le colline rocciose della zona di Ami si erano rapidamente trasformate in una baraccopoli. Ogni settimana erano spuntate nuove file di capanne, come funghi dopo la pioggia. I ritardatari che non riuscirono a trovare riparo sulle colline sciamarono verso il cimitero. Si trattava del cimitero giapponese, costruito durante l'occupazione, e lasciò il posto ai *pondok* degli sfollati, fatti di pareti di fango, tetti di lamiera arrugginita e casse da imballaggio abbandonate. Così, gente che aveva subito l'occupazione occupava ora il luogo di riposo degli occupanti defunti, trasformando l'ultima dimora dei morti in dimora dei vivi, le pietre tombali in pietre angolari, dando al luogo un nuovo soprannome: Biseok Maeul, « la città di lapidi ».

Spuntarono come funghi anche i mercati, dal momento che gli sfollati, spinti dalla fame, si radunavano lungo le strade per vendere e comprare, barattare e aggiudicarsi tutto quello su cui riuscivano a mettere le mani. Il più gettonato era il mercato dello scatolame, dove si commerciavano cibi in scatola americani: le razioni C, infatti, erano tra le poche fonti stabili di nutrimento. Il pezzo più prelibato erano gli spaghetti col ragù, ma anche würstel e fagioli erano apprezzatissimi.

C'era una domanda incessante di gomme da masticare confettate e Lucky Strike, oltre che di mostrine dei soldati morti, ricercate come rarità da certi pazzoidi che le conservavano come ricordini o le usavano come apriscatole.

La concubina ormai non aveva più dubbi su chi le avrebbe garantito la sopravvivenza: almeno dalla cintola in giù, ovvero al di sotto del trentottesimo parallelo, la vita ruotava esclusivamente attorno agli yankee. A me non importava chi dovevo servire, se capitalisti o comunisti, purché mi dessero un pasto caldo e non mi picchiassero. Ero, tra le altre cose, una sopravvissuta.

Un giorno, mi avvicinai a loro. Credevo che il travestimento da ragazzino mi proteggesse. Nel mio inglese quasi privo di accento, chiesi semplicemente: « Avete un lavoro per me? » Li presi alla sprovvista, erano un gruppetto di soldati fermatisi a fumare una sigaretta all'ingresso del mercato dello scatolame. Mi fissarono per qualche secondo, senza parole; due erano rimasti addirittura con la bocca aperta, da cui usciva il fumo. « Vattene, ragazzino », mi rispose in coreano un coreano che era con loro, agitando la mano come per scacciare un moscerino.

« Parlo bene l'inglese », insistetti. « Ho bisogno di lavorare. » Non avevo più paura delle botte: erano quattro giorni che non mangiavo.

« Dove l'hai imparato? » mi chiesero, dopo essersi scambiati occhiate incuriosite, accompagnate da risa. Uno dei soldati, la sigaretta accesa penzolante all'angolo della bocca, indicò al coreano di avvicinarsi e gli mormorò all'orecchio qualcosa che non sentii.

Seguii il coreano dalle labbra sottili e dagli occhi di civetta. Mi disse, con un sorriso sghembo, che un lavoro per me ce l'avevano, anche se ero troppo giovane e troppo segaligno per fare il soldato. Col mio inglese, mi spiegò, avrei potuto fare da interprete. Mi promise che mi avrebbero nutrito e dato un tetto sopra la testa. Il mio stomaco gorgogliante disse di sì ancor prima della mia bocca. « Sei un orfano di guerra, vero? Come ti chiami? » mi chiese.

« Yongmal. » Non era il mio nome e non era nemmeno un nome da maschio.

Mi fecero salire sulla camionetta.

« Dove andiamo? » chiesi.

Senza guardarmi, l'uomo disse all'autista: « Alla Casa ».

« Dove andiamo? » chiesi allora all'autista, guardandolo negli occhi riflessi nello specchietto retrovisore.

Invece di rispondermi, lui abbozzò un sorriso spento ed emise uno strano suono, un gracchiare convulso, come quello di un animale di piccola taglia che ansima. Finse di grattarsi la guancia con la mano destra.

La Casa non era una casa. Una volta, era stata una scuola.

L'edificio era intatto. Sul tetto non c'erano cicatrici di vecchie voragini. Non mancava nessuna finestra.

Anzi, i vetri erano spessi un dito, protetti da sbarre di ferro larghe quanto un polso. Le lacrime di ruggine che ne colavano rigavano i muri di cemento, come le strisce sull'uniforme dei carcerati.

Un altro edificio scolastico moderno costruito dai giapponesi e riconvertito a scopo bellico.

Lo chiamavano « la Casa » per comodità, ma il nome completo era « la Casa delle scimmie ». A volte, gli abitanti del villaggio vicino lo chiamavano « il Camion », perché era grigio e lungo, come un enorme camion militare.

Vidi le facce delle donne alle finestre del primo piano. Si aggrappavano alla rete metallica dietro i vetri, gli occhi colmi di lamenti silenziosi, le dita serrate.

Come scimmie, aggrappate alla gabbia.

Le teste oscillavano incessantemente, le spalle erano scosse da fremiti.

« So che non è un bello spettacolo », mi sussurrò l'uomo. « Ma ti ci abituerai. » Mi disse che erano donne malate e che lì, al primo piano della Casa, venivano curate. Io le avrei aiutate diventando l'interprete dei loro malanni. Era un compito semplice: tradurre dal coreano in inglese e dall'inglese in coreano quello che veniva detto dalle ragazze, dai due medici e dai soldati americani in visita.

La verità è che la Casa non aveva bisogno di presentazioni. Avevo capito tutto non appena i miei occhi avevano incontrato i loro. Avevo capito quale dolore pativano: l'oscillazione e i fremiti, le urla e il sudore erano causati dall'eccesso di penicillina somministrata a quei corpi. Conoscevo già, da cima a fondo, la lista dei loro malanni. Sapevo già cosa fosse quella Casa, a cosa servisse in realtà.

Un brivido mi percorse la nuca e tutta la spina dorsale, andando a fermarsi nella zona pelvica, dove rimase per un po'. Mi appoggiai le mani sulla pancia, dove una volta c'era l'utero.

Mi sentii immolata nell'intimo.

Come la mia esistenza, anche la struttura della Casa era ironica.

In contrasto con la modernità dell'esterno in cemento grigio, dentro era quasi tutto di legno dalle tonalità calde: pavimenti, travi, colonne. Il parquet di cedro emanava sempre un gradevole aroma speziato, anche dopo che in ogni angolo erano comparse macchie color rame, di sangue. Le donne mi raccontarono che l'edificio non avrebbe dovuto essere una scuola. Era stato progettato come casa di vacanza, sussurravano, per la concubina di un prefetto giapponese. L'uomo voleva costruire una sontuosa villa in legno per la sua amante di sangue misto, ma era morto all'inizio della Guerra del Pacifico (nome che trovavo paradossale quanto « guerra civile »), lasciando incompiuta l'opera. Più avanti, nel corso del conflitto, l'edificio era stato terminato e riconvertito in scuola, dove gli invasori speravano di plasmare i mocciosi coreani per farne leali difensori dell'impero.

E poi, la Casa. Ospitava dodici donne senza fissa dimora, ma il numero era variabile. Secondo il custode dal viso di civetta, le loro case erano andate perse nel conflitto o ne erano state scacciate per via del doppio gioco che facevano. « Pur definendosi donne del Sud, amanti della libertà, di nascosto ricevevano sacchi di riso dai comunisti », mi spiegò. « Adesso, qui alla Casa, avranno una seconda possibilità di servire il loro Paese mettendosi al servizio dei soldati del suo maggiore alleato, le forze americane, gli eroi che sono venuti a salvarci dalla malvagità dei comunisti. » Il custode sottolineò che la loro salute era fondamentale, perché poteva influire direttamente su quella degli yankee che andavano e venivano. « È a questo che serve il primo piano. Lì cerchiamo di eliminare sul nascere i sintomi di malattie trasmissibili. »

Il primo piano era quello che aveva dato all'edificio il suo nomignolo e anche quello dove incontrai Jenny la prima volta. Il suo vero nome era Jae-soon, ma i soldati la chiamavano Jenny. Col tempo, avevano cominciato a chiamarla tutti così. Fin dall'inizio, la vidi nuda: petto di piccione e piedi di piccione, sembrava un uccello altissimo. A differenza delle altre, non abbassò mai lo sguardo. I suoi occhi senza vergogna seguirono costantemente i miei e quelli del medico americano durante la visita, come se volesse scovare un codice segreto nelle nostre azioni. Mi metteva a disagio. Sembrava che mi vedesse per quello che ero, che stuzzicasse la trasformista sotto il travestimento maschile. Nella mia mente la classificai come *occhio di falco*. Sulla cartella clinica la classificai come *guarita*.

Jenny fu l'unica a cercare di fuggire dalla Casa, sebbene senza successo. Una notte, il custode mi svegliò e mi ordinò di suonare l'allarme. Corse al primo piano e io lo seguii. Attraverso l'inferriata, la vidi. In qualche modo era arrivata in cortile e stava correndo a piedi nudi verso il bosco. Scorsi un soldato, l'autista del camion, che la seguiva a lunghe falcate, senza fretta. « Corri, bellezza, corri! » le gridava, ridendo, mentre con una mano si tirava su i pantaloni, la patta mezza aperta. Presto sparirono entrambi, quasi contemporaneamente, nel buio degli alberi. Quando tornarono, Jenny venne spedita subito al primo piano. Passò tre giorni nell'angolo più cupo della Stanza delle scimmie, le vene delle cosce rigonfie per via dei cocktail di iniezioni cui fu sottoposta a forza, le urla a riempire l'edificio, come se fosse posseduta.

Jenny mi ricordava una mia vecchia amica. E per questo la ammiravo e la compativo. Sognavo il suo coraggio, la sua temerarietà. Eppure mi domandavo se dalla Casa si potesse mai veramente fuggire.

In fondo, però, io ero fuggita.

Prima della Casa, c'era stata la Stazione, il luogo che aveva prosciugato la mia adolescenza.

La discarica, altrimenti detta « piano della macelleria », dove la memoria esisteva solo a brandelli e frammenti.

La Stazione era un'abbreviazione di Stazione del conforto.

Avevamo imparato sulla nostra pelle cosa significasse quel *conforto*. Un gruppo di adolescenti coreane affamate, pronte a lasciare il loro Paese per andare in Giappone. Una fabbrica, ci era stato promesso. Ma non era una fabbrica di oggetti, bensì di uomini, di soldati giapponesi, nella giungla di Semarang, di zanzare, sangue e sudore rugginoso.

Soldati, ogni santo giorno. Sobri e ubriachi. A volte senza un occhio o senza una falange. L'unto delle loro mani. Del loro sudore. Il seme, salato come pesce, che gocciolava. Prima le urla. E poi il silenzio della rinuncia. Nelle nostre vene nuotavano oppio, penicillina, mercurio. Ci picchiavano, ci cantavano la ninnananna. Le ragazze morivano. L'una dopo l'altra. Di malaria. O per le botte, soffocate. E per tutti i malanni che ti colorano di nero e di viola in mezzo alle gambe. Morivano per un utero rubato, senza anestesia, gli occhi socchiusi a guardare il nodo caldo strappato dal loro corpo, un pugnetto avvolto di sangue.

Il suicidio era un sogno proibito.

Alla Stazione del conforto avevo conosciuto Yongmal, la proprietaria del mio pseudonimo: un nome strano, a dire il vero, in cui il carattere del drago e quello del cavallo erano accostati, cosa che accadeva di rado nei nomi femminili. Yongmal era il giullare, il pagliaccio. Con le sue storie, ci teneva sveglie di notte. Non erano mai riusciti a chiuderle la bocca, nemmeno dopo averle rotto due incisivi. Quando le luci si spegnevano, lei cominciava a bisbigliare, ci sussurrava sul collo. Le parole sgorgavano: il nome di sua madre, i sospiri di suo padre, l'anno in cui era nato il suo primo pony, il giorno del suo primo ciclo, il primo vino che aveva assaggiato; le storie incredibili delle sue cavalcate e dei suoi primi amori, tutta la dolcezza e la stupidità dell'infanzia; storie di casa. Eravamo innamorate del suo sorriso sdentato, delle sue risatine. Ogni notte, coi suoi racconti, abbatteva le pareti della nostra prigione.

Il pensiero di casa nostra svaniva a poco a poco, in quel posto, ma Yongmal lo manteneva vivo. Sebbene sia morta alla Stazione, voleva che io sopravvivessi. Voleva che scappassi e me ne tornassi a casa. Pensavo che, in un certo senso, lei era stata fortunata perché non sapeva che la nostra casa non c'era più, inghiottita da un'altra guerra; non sapeva che mi avrebbero ributtata fra quelle mura, proprio le mani che mi avevano salvata: quelle degli Alleati, dei soldati americani che avevano posto fine in grande stile alla Guerra del Pacifico.

Col passare del tempo, capii perché mi avessero dato quel lavoro d'interprete e responsabile in via ufficiosa della Casa. Ai loro occhi ero un ragazzino, non un uomo, quindi era improbabile che allungassi le zampacce sulla loro carne, razioni di guerra riservate agli yankee. Facevano di tutto per mantenerle incontaminate, per conservare sani e funzionanti i loro corpi combattenti. Dovevano aver pensato che la loro Casa e il segreto che custodiva fossero al sicuro con me. Non sapevano di aver lasciato entrare un bacillo, uno di quelli con dentini aguzzi che ne avrebbero rosicchiato le fondamenta.

Quando rinchiusero Jenny nella Stanza delle scimmie, toccò a me stare di guardia per assicurarmi che non scappasse di nuovo e non morisse. Per la maggior parte del tempo non fu del tutto in sé, riusciva solo a lamentarsi o gridare. Tuttavia, nei rari sprazzi in cui mostrava il suo vero essere, parlammo. L'attrazione che provavo per lei era pari al turbamento: sapevo dove l'avrebbe condotta la sua audacia. L'avevo già visto succedere e non avrei potuto sopportare di perdere anche lei. Però parlavamo. E di nascosto le portavo più cibo e acqua di quanto non le spettasse. Io ascoltavo, era quasi sempre lei a parlare. Avrei avuto anch'io delle storie da spifferare, ma mi sforzavo di tacere, era meglio per entrambe. Come Yongmal, Jenny parlava molto di casa sua. Mi disse anche com'era arrivata lì: per colpa di due sacchetti di orzo. « La mia sorellina pativa la fame da giorni, quindi l'ho preso con gioia e ho scritto il mio nome sulla loro lista. Come facevo a sapere cos'era il Namrodang?» gemette. «Una ragazzina che la scuola non l'aveva mai vista neanche da lontano...»

A poco a poco, mi abituai alla routine della Casa. Jenny mi aveva aiutata a capire come andavano le cose. C'erano due dottori, uno coreano e uno americano. Quello coreano veniva più spesso, ogni volta con un'infermiera e una scatola piena di aghi e fiale. Il bianco si presentava solo a intervalli di qualche settimana. Non aveva un coinvolgimento diretto nelle cure, era piuttosto un osservatore: leggeva i referti, prendeva nota di miglioramenti e peggioramenti. E una volta al mese, proprio come alla Stazione, tutte le donne venivano prese, caricate sul camion e portate all'ospedale militare in città, dove erano sottoposte a controlli più accurati.

Sapevo dove si trovavano le scorte di materiale sanitario: al primo piano, nel magazzino improvvisato cui non avevo accesso, vicino all'ingresso della Stanza delle scimmie. Il rapace custode notturno, il coreano, teneva sempre con sé la chiave. Ero convinta che non si fidasse di me sino in fondo, quando si trattava delle ragazze e delle cose di valore. Ma per me non era un problema. Avevo una dote naturale per il borseggio ed ero sopravvissuta alla guerra rubando, senza vergognarmene. Non solo rubavo il calore di altri corpi, mi prendevo anche gli oggetti di valore che ci trovavo. Pasti, soldi, medicinali, tutto. Qualsiasi cosa custodissero in seno, mi sosteneva un giorno dopo l'altro.

E il veleno non mi era estraneo, niente affatto. Era un volto già visto in mezzo alla folla, che mi faceva un sorriso furtivo. Era una sentinella di guardia alla mia tasca piena di oscuri segreti. *Con te, ho già steso due uomini,* mi sussurrava all'orecchio. E per me il veleno era femmina, perché si dice che sia un mezzo tutto femminile di conseguire il fine: subdolo e insidioso, perciò non abbastanza virile. Per me era l'unico metodo concepibile, indifesa com'ero, privata della possibilità di scegliere e della dignità. Quando le mani che dovrebbero proteggerti cercano di stritolarti, non ti vergogni di ricorrere ai denti che ti rimangono. Il veleno era, quant'è vero Dio, autentica democrazia, perché non discriminava le sue vittime: ricchi o poveri, comunisti o capitalisti, donne o uomini.

Sebbene la tentazione ci fosse, non rivelai mai chi ero né a Jenny né a nessun'altra donna della Casa. Desideravo ardentemente salvarle, sì, ma feci in modo di non affezionarmi. Non chiacchieravo con loro. Evitavo o ignoravo i loro sguardi supplichevoli. Sapevo che quei visi li avrei rivisti in sogno per molto tempo anche dopo che il puzzo dei bombardamenti si fosse dissipato. Mi sforzavo di non ricordare i loro nomi, bisillabi familiari che mi sarebbero usciti di bocca con facilità, se gliel'avessi consentito. Tranne nel caso di Jenny, ovviamente.

Sentivo che lei, come Yongmal, era entrata nella mia

vita grazie a una forza che non potevo controllare. Speravo che i suoi occhi di falco, le sue occhiatine allarmanti eppure eccitanti, non perdessero mai l'infida voglia di lottare. Speravo di ricordarla sempre così. Perciò quando arrivò il giorno – la mattina del controllo medico mensile in città, la mattina in cui legai i polsi delle donne con ingannevoli nodi scorsoi, che si sarebbero sciolti facilmente tirando piano piano, dopo aver infilato la pistola del custode nelle mutande di Jenny, un'arma cui mancava un solo proiettile, quello conficcato nel cranio della guardia addormentata, e che le dissi di estrarre soltanto una volta che il camion avesse rallentato sulla stradina ripida e tortuosa attraverso le montagne, per sparare alla nuca dell'autista non appena lei e le altre si fossero liberate dalle corde senza far rumore; la mattina in cui avevo rifilato all'autista del camion la mezza verità riguardo al custode che non si reggeva in piedi perché aveva bevuto troppo, come al solito; la grande mattina del loro unico tentativo di fuga, nella speranza che la fortuna le assistesse – feci una cosa che non avevo programmato: abbracciai Jenny. L'attirai a me e la strinsi da dietro, rubandole un frammento di tepore e donandole un po' del mio, così io avrei avuto qualcosa di lei e lei di me. Sentii le sue costole sporgenti fare le fusa tra le mie braccia. Nessuna delle due si mosse. Anche se durò solo un attimo, in quell'attimo i mali del mondo non potevano toccarci.

Il problema più grave era la Casa stessa. Anche col custode, con l'autista e con la guardia fuori gioco, la

Casa non avrebbe cessato di esistere e per noi sarebbe stato impossibile sfuggirle, perfino dopo esserne uscite. Per questo avevo cominciato a rubare combustibili, tutto quello che era amico delle fiamme: la benzina del camion, il cherosene della stufa, l'alcol disinfettante nella cassetta bianca del medico, perfino il liquore puzzolente che il custode accumulava dietro le mensole della cucina. Avevo versato un goccio di fluido tossico nella sua bottiglia e riempito la mia siringa di morfina. Provavo un'ironica gratitudine nei confronti del medico e del custode; come molti schiavi, avevo imparato a passare per stupida, mentre tenevo sempre un occhio e un orecchio aperti, per raccogliere ogni briciola di sapere dai miei maestri. Quant'era stato strano, alla fine, vedere il viso pacifico del custode arrendersi al grande sonno, mentre di solito aveva sempre un'espressione ansiosa: i grandi occhi nervosi vagavano incessantemente, costantemente pronto a piombare su un topolino di passaggio. Gli avevo dato il sollievo di cui aveva bisogno, ma che non riusciva mai a trovare.

Conoscevo il ventre molle della Casa, nascosto sotto la pelle resistente. L'esterno color grigio ferro era solo un rivestimento che proteggeva la fragrante struttura di legno.

Se proprio non potevamo uscire dalla Casa, pensavo, perché non rivoltarla come un guanto?

Con tutta la cura possibile, iniettai nel suo scheletro i liquidi che avevo rubato, imbevendo ogni colonna e ogni trave, ogni angolo del parquet col profumo pungente delle sostanze infiammabili, il cui aroma dolce e sinistro mi alleggeriva la testa che fluttuava per le stanze come se non avessi più un corpo, ma solo uno strano sorriso a incurvarmi le labbra.

Mi sarei potuta allontanare subito. Invece salii piano piano sulla montagna dietro l'edificio e m'infilai nel folto del bosco. Restai tutta la mattina nascosta, a osservare.

Attraverso le inferriate, vidi gli uccelli di fuoco sbattere le ali, riscaldarsi per prendere il volo. *Brucia, sì, brucia!* Le mie labbra si muovevano mute.

Che bellezza. Quanto piacere provai. Bruciare qualcosa, vederlo fondersi, scomparire nella danza delle selvagge lingue ambrate che si aizzavano l'un l'altra per capriccio. Successe molto più in fretta di quanto non mi aspettassi: cento di quelle lingue roventi s'infilarono attraverso le sbarre alle finestre, leccando, accarezzando il muro, soffiando fiammate nere sul grigio monotono. Ben presto, a causa di un mutamento nel corso del vento, la Casa esalò un ultimo respiro, proiettando nella mia direzione lucciole che erano i resti di quelle belle fiamme. Mi solleticarono il viso lasciandomi sulla pelle macchioline di oscurità che probabilmente non sarei mai riuscita a lavar via. Le avrei sfoggiate con orgoglio. Le travi del tetto cominciavano già a crollare, innalzando un tonante scroscio di applausi. Per l'ultima volta, mi portai l'indice al naso e inalai il profumo del cherosene che mi era rimasto addosso. Me ne lasciai inebriare. Poi guardai bene le fauci in disfacimento che erano state finestre con le sbarre d'acciaio. Probabilmente pensavano che quelle inferriate avrebbero custodito i loro sporchi segreti per sempre. Non sapevano di aver lasciato entrare il bacillo sbagliato, un bacillo incendiario, una trasformista voltagabbana che avrebbe dato fuoco alla baracca, decisa ad abbattere ogni parete di quella maledetta Casa.

LA SECONDA VITA

Contastorie

1942

A raccontare storie erano bravi, bisognava ammetterlo. Ne usavano tante, tutte diverse, per adescarci.

Per Soori fu la promessa di far rilasciare suo padre: le dissero che le sarebbe bastato andare a lavorare in Giappone per due anni in una fabbrica di *senninbari,* cinture di stoffa, e suo padre, che era stato arrestato per evasione fiscale senza esserne colpevole, sarebbe tornato in libertà. Per Nami fu l'istruzione: lei era la migliore della classe, pur essendo poverissima, e le sembrò un'occasione unica l'offerta di una borsa di studio per la scuola superiore e l'università in cambio di due anni di lavoro in un calzaturificio. Per Jayoung l'esca fu il caramello: quarta sfortunata figlia femmina di una famiglia indigente e senza figli maschi, non ci pensò due volte prima di accettare l'impiego in una fabbrica di dolciumi di Osaka. Le promisero di ricompensare le sue fatiche non col biasimo per il fatto d'essere una ragazza, bensì con una paga cospicua e un bel sacchetto di caramello, per assecondare la sua incorreggibile golosità.

Per me, fu un occhio.

Mi convinsero che avrei potuto rimediare al danno subito da mia madre all'occhio destro. «Nel miglior ospedale di Tokyo, il più moderno, si fanno miracoli», disse l'ufficiale Kinoshita. «Così la benevolenza dell'impero vi risarcirà per quello che tuo padre, suddito dell'antica dinastia coreana, ha distrutto.» Non posso dire di non aver avuto dei sospetti, ma ero troppo disperata per assecondarli. Dopo l'improvvisa morte per intossicazione alimentare di mio padre, la salute di mia madre, lasciata mezza cieca dalle mani animalesche di quell'uomo violento, era peggiorata rapidamente. Per via del danno alla vista e delle vertigini, non aveva più potuto lavorare alla fabbrica di fiammiferi. A peggiorare le cose, tre mesi dopo la morte di mio padre, la mamma aveva scoperto che ci aveva lasciato un regalo d'addio: un seme che le stava crescendo nella pancia. Perciò, mentre le ragazze della mia età provenienti da famiglie ricche cominciavano le scuole medie, a me toccava invece mantenere una sorella neonata e una madre quasi cieca. Le mie fatiche incessanti, tuttavia, bastavano appena a procurarci tre pasti al giorno. Quando l'ufficiale Kinoshita ci espose la sua proposta - uno stipendio decente e un'operazione all'occhio per mia madre, in cambio di due anni del mio lavoro in uno stabilimento tessile di Nagoya - accettai, sicura che le cose non sarebbero potute andare peggio.

A volte, quando erano troppo stanchi per inventarsi

storie, lasciavano perdere. Prelevavano dalla strada le adolescenti dal viso fresco, le caricavamo sulle camionette e partivano. Mija e Yongmal erano arrivate così alla Stazione. Si trovavano al mercato, in pieno giorno, davanti alla bancarella dei dolciumi, e stavano aspettando che il venditore tagliasse il *taffy* alla zucca in perfetti rettangolini dorati. Mija stava contando le monete quando un braccio le aveva afferrato la vita e una mano la treccia. Era rimasta troppo sconvolta per gridare, ma aveva sentito Yongmal opporsi strenuamente, prendere a calci negli stinchi il soldato, morsicargli il braccio. Nonostante tutto, anche Yongmal era finita sul cassone della camionetta, sputando un dente insanguinato che uno stivale militare le aveva spaccato. Entrambe dicevano di essere invidiose di noi altre, che avevamo almeno potuto salutare i nostri familiari. Avevano il cuore spezzato al pensiero che i genitori potessero credere che erano scappate di casa. Secondo me, però, in fin dei conti non faceva differenza. Anzi, credere che fossero scappate era meglio della verità, meglio di sapere che erano finite alla Stazione.

Con le loro storie, ridefinivano tutto.

Prima ci cambiarono nome. Jayoung divenne Sawako, che significa « dolce ». Jobasan dichiarò che era il nome perfetto per una che adorava il caramello e il cioccolato. Mija, che alla Stazione era la più piccola per età e corporatura, divenne Akiko, che significa « bambina ».

Il nome di Yongmal fu scelto personalmente dall'ufficiale Kaneda, che la prese prima che lo facessero i soldati di grado inferiore. «Chiamatela Anzu», ordinò a Jobasan con un sorriso enorme. «Il suo didietro ha il sapore aspro di un'*anzu* acerba.» Un'albicocca. Yongmal, ovviamente, ci impediva di chiamarla così quando non c'erano loro e giurò che non avrebbe più toccato un'albicocca in vita sua. Soori era Saori e Nami Namiko, probabilmente per assonanza. Io non mi rifiutai di usare il nome di battaglia che mi avevano assegnato: adottandolo, avrei scisso la donna della Stazione dalla vera me stessa, la ragazzina scaltra e spumeggiante di Heoguri, in Corea. Da quel momento in poi, quindi, mi chiamai Kaiyo.

«Non dimenticate che siete suddite leali dell'impero giapponese», ci disse Jobasan. «Perciò abbandonate tutte le abitudini coreane, a cominciare dalla lingua.»

Non solo le loro storie ridefinirono i nostri nomi, ma cambiarono anche il significato di parole che ben conoscevamo. Quella che chiamavano fabbrica non era affatto tale e il luogo che chiamavano Giappone non era il Giappone che conoscevamo. La nostra destinazione finale si rivelò essere Semarang, in Indonesia, una delle innumerevoli località asiatiche dove sorgevano basi militari giapponesi. Avremmo lavorato dentro la base, in quella che chiamavano Stazione del conforto. Cosa volesse dire, lo imparammo già la prima notte. Eravamo in un edificio precario, fatto quasi interamente di bambù, diviso all'interno in venticinque stanzette separate da sottili pareti di corteccia intrecciata. Ciascuna di noi, ventiquattro ragazze in totale, fu rinchiusa in una stanza. Poi, qualche ora dopo, arrivarono gli ufficiali. E ci fecero quello che migliaia di altri soldati ci avrebbero fatto, ripetutamente, ogni singolo giorno passato alla Stazione, fino al termine della Seconda guerra mondiale. Quella prima notte sentii tutto lo spettro di suoni che il terrore umano può generare. Prima strilli acutissimi, poi ruggiti gutturali, come quelli di un animale in trappola. A volte il rumore s'interrompeva di colpo, dopo un tonfo metallico smorzato o un botto che faceva tremare la parete, quindi seguivano imprecazioni in giapponese. Alla fine, dopo che l'ultimo ufficiale fu uscito gongolando, si levarono all'unisono gemiti soffocati. Non trascorse molto tempo prima che la profonda e umida trincea della notte inghiottisse i lamenti e risputasse gocce di singhiozzi ansanti. E poi, finalmente, il silenzio: un'immobilità rassegnata, grigia e pesante come l'occhio morto di mia madre.

Durante il giorno, numerosi soldati mi derubavano del «conforto», una cinquantina per ogni giorno feriale, duecento nel fine settimana. Quando perdevo i sensi, mi rovesciavano addosso un secchio d'acqua ghiacciata perché mi risvegliassi e continuassi a fare il mio dovere fino al tramonto. Quando l'inguine si gonfiava di piaghe bordeaux, il sedere sanguinava e il dolore ci impedíva di camminare, ci iniettavano oppio in vena, anche otto o nove iniezioni nei fine settimana, per soddisfare la domanda crescente.

Di notte, in segreto, ci sussurravamo l'un l'altra, nella nostra lingua, i dolorosi ricordi di casa, che ci facevano sorridere, a volte ridere a crepapelle, e poi piangere. Yongmal sembrava non esaurire mai le parole. Era loquace, non si riusciva a farla tacere. I primi giorni insistette anche a parlare in coreano davanti a Jobasan e ai soldati, finché non le ruppero un altro incisivo e la lasciarono zoppicante. Mancandole i due denti davanti, pronunciava le *s* sibilando e ci faceva ridere. Lei lo sapeva e ne approfittava nel suo chiacchiericcio notturno. Una volta chiamò Jobasan «quella ffftupida fffanguifffuga fffenza palle», innescando risatine soffocate che si diffusero tra le ragazze come il fuoco tra gli sterpi. Non ci stancavamo mai di sentire le storie di Yongmal. Le invidiavo moltissimo l'infanzia che aveva vissuto e il modo in cui ne parlava.

Veniva da una famiglia benestante della regione di Pyongan. Suo padre, che da uno zio senza figli aveva ereditato una grande fattoria dove si coltivavano pere, era un uomo mite e pacato, con una voce vellutata e occhi placidi, tondi come quelli di un vitello. Sua madre, che governava la casa e la fattoria con pugno di ferro, aveva fiuto per gli affari e braccia robuste, era tagliata per faticare. Sebbene fossero molto diversi per carattere, i genitori di Yongmal avevano costruito una famiglia sana, piena d'amore, allegria e cibo. Lei aveva perfino un cavallo. L'aveva chiamato Baram, che in coreano voleva dire sia « vento » sia « desiderio ». Baram era goloso, « perfino più di Jayoung », precisava Yongmal con un sorriso malizioso. Era difficile soddisfare le sue richieste e spesso lei rinunciava ai suoi dolciumi per accumularli dentro la federa del cuscino e usarli quando addestrava l'animale. A volte era stata costretta a rubare il costoso zucchero bianco dalla cucina o a comprare il *taffy* alla zucca al mercato, con la sua mancia. A differenza della maggior parte degli uomini, che trovavano volgare una donna in sella a un cavallo, suo padre era contento di vederla insieme con Baram perché con lui era sempre vivace.

La storia che ci piaceva di più, e che Yongmal ci raccontò innumerevoli volte, era quella di lei che se la filava il giorno del suo matrimonio. Quando aveva scoperto che i genitori volevano farla sposare, era rimasta sconvolta. Ed era bastata una sbirciatina alla foto del futuro marito per riempirla di orrore: un uomo pallido e allampanato, che sembrava più vecchio di lei di almeno dieci anni, con due grosse cicatrici tonde sopra l'arcata del sopracciglio destro, come segni di punteggiatura. Era un sarto benestante di Pyongyang, figlio di un amico d'infanzia di suo padre, un vedovo tredici anni più vecchio di lei. Yongmal si era sentita tradita: possibile che suo padre, uomo liberale e pacifico, avesse ideato un piano tanto arcaico a sua insaputa? Lui le aveva spiegato che era per il suo bene. « In giro si dice che i giapponesi portano via le ragazze non sposate », le aveva detto, con la fronte corrugata da un'insolita tetraggine. Ormai Yongmal sapeva cosa intendesse, ma all'epoca era troppo innocente per capire. La mattina del matrimonio, vestita con l'abito di lucido taffetà rosso sangue, l'unica cosa cui pensava era la ribellione. Rimasta sola nella sua stanza buia, dietro una tenda di mussola bianca, mentre tutte le altre donne della casa erano impegnate a preparare le pietanze per il banchetto, si era sfilata l'abito rosso e, come un serpente che sguscia fuori della pelle morta, era sgusciata fuori della finestra che dava sul cortile, per sgattaiolare fino alla stalla e montare in sella a Baram. Erano usciti dal cancello sul retro senza che nessuno se ne accorgesse. E quando erano arrivati al sentiero che si addentrava nel bosco, al sicuro, Yongmal aveva lanciato al galoppo il cavallo, che per la prima volta nella sua vita si era dimostrato degno del suo nome.

Lanciati verso il ponte, quando mancava appena una decina di metri al confine dell'abitato, avevano visto una figura minuta. Era un uomo basso e tracagnotto, chino sotto il peso di due enormi involti marroni. Teneva gli occhi fissi su di loro. « Che spettacolo dovevamo essere », sussurrava Yongmal. « Una ragazzina con addosso la sola biancheria di seta, in groppa a un cavallo altissimo che correva verso di lui come un tornado! » All'uomo tremavano le ginocchia e uno degli involti gli era caduto, rovesciando il contenuto granuloso sul ponte. Lei non avrebbe rallentato, ma all'improvviso Baram aveva sbuffato. Aveva nitrito forte e si era fermato di colpo, catapultandola in aria. L'ultima cosa che Yongmal ricordava era il gelo del fiume sulla nuca, poi era svenuta. Aveva ripreso i sensi nella sua stanza, circondata dai genitori, dalla servitù, dal medico e dall'uomo del ponte. Era un venditore ambulante e stava portando lo zucchero bianco ordinato da sua madre per il dessert del banchetto nuziale. Mentre Baram si abbuffava della polvere bianca sparsa sul ponte, il venditore l'aveva ripescata dal fiume. Per sua fortuna non si era fatta molto male, quindi per sua disgrazia tutto era proseguito secondo i piani, sebbene la sposa starnutisse in continuazione e avesse il labbro superiore gonfio e grosso come una noce. Per parecchi giorni, raccontava, il ponte zuccherato era rimasto una sosta obbligata per i cani di tutto il vicinato e i muli di passaggio.

Noi attendevamo, con curiosità e orrore, il racconto della prima notte col marito indesiderato. Ci diceva di aver avuto una vaga idea di quello che sarebbe successo e di essere stata pronta a lottare con le unghie e coi denti, perfino con le candele accese nella stanza, se necessario. «La vita è piena di sorprese», mormorava. «Non mi ha toccata neanche con un dito.» Le aveva detto, con voce fluida e argentea, che dopo una giornata tanto lunga e faticosa voleva lasciarla riposare. Quello che Yongmal si aspettava non era successo nemmeno il giorno dopo, né quello dopo ancora. Intanto lei si era accorta che non era brutto come nella foto: la sua corporatura goffa e allampanata risultava in realtà elegante – maestosa, perfino – grazie al completo in stile occidentale che si era confezionato. Le piaceva il suo modo di sorridere, con gli occhi prima che con la bocca. Era meravigliata che le si rivolgesse con gli appellativi onorifici nonostante la differenza di età tra loro. Le piaceva parlare con lui, sentire la sua voce dolce dalla cadenza misurata, come se recitasse una poesia. A poco a poco anche le sue cicatrici avevano cominciato a farle tenerezza: sembravano dargli un certo non so che, come se quel sopracciglio fosse perennemente inarcato dalla curiosità e dalla meraviglia per il mondo che le descriveva con tanto trasporto. Amava Pyongyang e pensava che l'avrebbe amata anche lei, ma le assicurava che non c'era fretta. «Sarai tu a decidere quando», le diceva, con gli occhi scintillanti.

Alcuni dettagli minori della storia cambiavano leggermente a ogni replica: una volta Baram era un pony, non un cavallo – un semplice lapsus –, e il ponte sul fiume ogni tanto sembrava piuttosto un guado di sassi in un ruscello. Ma ciò non bastava a farci piacere di meno quel racconto. Ci strappava sempre un sospiro di soddisfazione e ci lasciava la nostalgia del mondo che avevamo perduto. Non le chiedevamo mai di ripeterci quello che era successo dopo: Yongmal e Mija, la serva che era cresciuta in casa sua come una sorella minore, scomparvero mentre andavano al mercato a comprare dolciumi per Baram. «Avrei dovuto abbracciare mio marito», diceva Yongmal a voce bassa, arrochita dal rimpianto. «E dirgli che avevo cominciato a volergli bene, già dopo pochissimo tempo.» Mija scoppiava in singhiozzi che le levavano il fiato. Noi, in silenzio, tentavamo di assorbire un frammento del loro dolore e lo seppellivamo nel profondo del nostro ventre. Jayoung, che giaceva accanto a Mija, se la stringeva al petto abbondante. Frugava nelle tasche dove teneva il caramello e gliene infilava un pezzetto nel pugno.

Io e Yongmal eravamo simili sotto molti aspetti. Secondo le altre, eravamo entrambe sveglie e cocciute. Ce la mettevamo tutta per non piangere davanti a chi ci derubava del conforto. Ci somigliavamo, perfino: peso e statura uguali, zigomi alti e viso squadrato che attiravano l'attenzione degli uomini pur risultando scostanti. « Voi due potreste passare per sorelle », aveva esclamato una volta Jobasan, dopo avermi chiamata Anzu per sbaglio, sebbene fosse a due passi da me. A unirci, poi, era anche la passione per le storie.

A differenza di Yongmal, che attingeva a quelli di casa sua, io evitavo i ricordi. Soprattutto gli ultimi ricordi della mamma. Dopo la morte di mio padre, era deperita giorno dopo giorno. Sembrava che la pancia, crescendo, le risucchiasse la ragione, il lume dell'intelletto. Non era quella, la storia che volevo portarmi dentro. C'era un abisso tra la mia adorata mamma, donna moderna e intelligente che mandava la figlia a lezioni d'inglese da un missionario straniero, e la donna dallo sguardo velato la cui volontà di vivere era svanita insieme col suo persecutore.

Avevo fatto una vita di sacrifici, segnata dalla violenza. Con le sue azioni e le sue parole, mio padre aveva consumato la mia infanzia. La Stazione si era presa la mia adolescenza. Eppure non mi sentivo una donna. Anzi, nei miei occhi vedevo un vecchio: un ometto rattrappito, che non si stupiva più di nulla, che non si aspettava niente dalla vita se non l'inevitabile fine.

Di tanto in tanto, quando la disperazione rischiava di sopraffarmi, per non perdere la ragione pensavo alla terra del mio villaggio, Heoguri. Pensavo al boschetto di betulle, dove le foglie verde muschio mantenevano il terriccio umido e caldo tutto l'anno. Da bambina, lo mangiavo. Mi piaceva assaporarne la consistenza, soffice e friabile al contempo; il gusto tiepido e burroso che racchiudeva una nota finale amara, metallica. Dopo la morte di mio padre, dopo averlo seppellito in quel boschetto, avevo smesso di mangiare la terra. Alla Stazione ricominciai a farlo, quando morì la prima di noi ragazze. Fu Soori a soccombere alla nostalgia di casa. La vigilia della sua morte, mi prese un incontrollabile bisogno di mangiare la terra. Speravo che riportasse i miei sensi al mondo esterno alla Stazione, quello che conoscevo una volta, il mio boschetto di betulle. Ma la terra di Semarang non aveva niente a che vedere con quella di Heoguri. Era troppo fine, troppo setosa; aveva la consistenza della polvere o del gesso, senza l'asprezza amara e metallica che cercavo.

Dato che quell'espediente era fallito, entrai di nascosto nel rifugio di qualcun altro: mi persi nei racconti di Yongmal, fingendo di vivere la sua infanzia, per quanto fugace si rivelasse. Durante quei voli di fantasia diventavo lei, l'amata figlia che prima della Stazione non aveva mai conosciuto la malvagità, e le regalavo un finale alternativo alla morte in quel luogo: ritornava dal padre placido, dalla madre robusta, tra le braccia delicate del suo flessuoso innamorato che non aveva mai smesso di aspettarla.

La realtà non era rosea come le storie che ci raccontavamo in segreto, di notte.

Alcune di noi restavano incinte e si vedevano strappare l'utero col bambino che conteneva. Sopravvivevamo miracolosamente alla procedura, ma non potevamo più concepire.

Con la perdita di Soori, però, fummo costrette a domandarci a chi sarebbe toccato dopo di lei. Era stata la prima a perdere il contatto con la realtà. Aveva cominciato a chiamare tutti i soldati Appa, cioè « papà » in coreano; con una vocina infantile, farfugliava cose senza senso sulla sua famiglia e spesso faceva risatine di gola, ansanti. Sembrava che avesse dimenticato del tutto il giapponese, non era più capace di rispondere in quella lingua, nemmeno al nuovo nome che le era stato dato, Saori. Smetteva di blaterare in coreano solo quando dormiva, così un giorno l'ufficiale Kaneda aveva deciso di farla tacere. Prima le aveva ficcato in gola la canna della pistola, poi le aveva fracassato la mandibola con l'impugnatura.

Era palese che non ce l'avrebbe fatta. Eppure non l'avevano portata via. L'avevano lasciata dov'era, all'ingresso della Stazione, perché la vedessimo bene. C'erano voluti quasi due giorni – il respiro gorgogliante come quello di una neonata, gli spasmi intermittenti della metà del viso ridotta a una poltiglia sanguinolenta – perché il suo corpo a poco a poco scivolasse in un silenzio esangue.

Poi, un giorno, Mija si piegò in due stringendosi la pancia. Era la più piccola e la più dolce delle ragazze, l'ultima che avremmo voluto perdere. Ma un vortice di dolore al basso ventre la risucchiò. Passò le prime ore del mattino a gemere, rannicchiata a terra come un gamberetto. Il sangue le sgocciolava fino alle ginocchia. Quando Jobasan e un infermiere la condussero via, molte di noi piansero, e Yongmal più di tutte, ovviamente. Mezz'ora dopo, la vedemmo tornare, sempre stringendosi la pancia, ingobbita ma sorridente. Con nostro enorme sollievo, si scoprì che Mija non era malata: era il suo primo ciclo mestruale. Yongmal l'abbracciò e non la lasciò andare per almeno dieci minuti, senza dire una parola. Mija aveva dodici anni.

Tuttavia, l'angelo della morte venne a prendersi un'altra ragazza. Toccò a Nami, un mese dopo. Era la più intelligente di noi, quella che parlava meglio il giapponese, il piccolo genio che voleva diventare la prima donna medico del suo paese, dopo la guerra. Aveva la pancia gonfia e sanguinava da settimane. Quando svenne perché la febbre continuava a salire, l'infermiere la portò via, solo per restituircela un'ora dopo, quasi priva di conoscenza e in preda a dolori fortissimi. Qualunque cosa le avesse fatto, non era riuscito a migliorare le sue condizioni, per non dire che le aveva peggiorate. Nami morì nel giro di una settimana. In mezzo alle gambe era diventata di un nero violaceo, come il cielo durante un temporale.

Col protrarsi del conflitto, che soffocava le nostre già flebili speranze, la crudeltà dei soldati aumentò. Gli stupri erano accompagnati dalle botte. Anche la poca quiete notturna di cui godevamo veniva invasa sempre più spesso da ufficiali ubriachi e schiamazzanti. Si sentiva l'odore della paura, un accenno di fragilità mascherata da durezza. Era l'unica cosa che li rendeva vagamente umani.

Una sera, l'ufficiale Kaneda venne da me completamente ubriaco. «Spogliami, Kaiyo», mi disse, con voce sorprendentemente tenera. Sapevo cosa voleva: che mi comportassi come la sua dolce concubina, che gli togliessi di dosso gli abiti intrisi di guerra, che gli lavassi i piedi stanchi mentre gli indoravo la pillola dicendogli che sarebbe andato tutto bene. Mi rifiutai. Gli risposi di no. *Se vogliono violentarmi, che mi violentino*, pensavo. *Non ho il potere di fermarli.* Ma soddisfare le loro necessità emotive era tutta un'altra cosa. Lui strizzò gli occhi, le pupille scure luccicavano come pelli di foca. Il seguito fu quello che mi aspettavo: schiaffi e pugni, il sapore tiepido e metallico del sangue che mi sgorgava dalle gengive. Sentii l'irridente falsetto del mio no riecheggiare dalle sue labbra contratte. Strinse l'elsa della spada e la estrasse dal fodero con un lungo movimento sibilante.

Pensai che fosse arrivato il mio turno. Chiusi gli occhi.

Me li fece riaprire una voce femminile che disse: « Avanti, infilzami ». Era una voce piena di mistero, ma ne riconoscevo il tintinnio ansante e roco. « Quella non dovrebbe servire a mozzare la testa dei soldati nemici? » proseguì. « Non vorrai sporcare col sangue di una inutile *josenpi* la preziosa spada che ti ha affidato l'imperatore? »

Kaneda era immobile, la bocca socchiusa. Suo malgrado, aveva già abbassato la spada.

La voce legnosa di Yongmal continuò: « Che razza di uomo sei? Osi definirti un ufficiale dell'esercito imperiale? Vergognati ».

Il corpo scheletrico di Yongmal era in piedi davanti a me, il bacino inclinato a sinistra, verso la spada abbassata.

Kaneda era livido. Si capiva che stava già riprendendosi dallo shock. « Brutta *josenpi* », sbottò. Il fremito della sua voce riverberò sui muri. « Come osi nominare l'imperatore con la tua boccaccia sudicia? » Strinse l'elsa della spada con entrambe le mani, tanto forte che le dita impallidirono. Lentamente, la alzò e ne avvicinò la lama curva al mento di Yongmal.

Lei sgranò gli occhi, accennò un sorriso.

Nella mia mente passò un pensiero fulmineo: *Vuole morire.*

« Avanti. Sono curiosa di sapere cosa si prova. Il mio cuore è proprio qui. » Abbassò la camicia scollata, denudando il seno sinistro, la pelle gialla come pergamena, punteggiata di bruciature di sigaretta.

L'indomani riflettei sui miei molti interrogativi. Era stata la sua voce misteriosa, piena di una serenità da far accapponare la pelle? Voleva davvero morire? E perché lui aveva tentennato? Soprattutto, perché alla fine aveva rinfoderato la spada? Com'eravamo sopravvissute alla nottata, io e Yongmal?

Non molto tempo dopo, la vidi tossire un grumo di sangue. « Ferme! Non avvicinatevi! » ci gridò. Era tubercolosi. Le era venuta in seguito a un attacco di malaria. « Non mi resta molto tempo, conosco il mio corpo », aggiunse in un sussurro. Poi espirò profondamente, ma era difficile dire se si trattasse di un sospiro o di una risata soffocata.

« Ecco perché non avevi paura », le dissi, e lo dicevo anche a me stessa.

« Avevo paura, eccome », rispose lei sorridendo. « Pensavo che il cuore mi sarebbe uscito dal petto, a essere sincera. »

« Ma allora... »

« Ho pensato che tanto sarei morta comunque, che differenza avrebbe fatto? E poi quel vigliacco sapeva che ho la tubercolosi. Non si è voluto sporcare col mio sangue.» Mi fece l'occhiolino e il suo sorriso sdentato si allargò. Quel sorriso disarmante che emanava malizia e innocenza infantili era l'immagine che avrei sempre associato al suo nome. Yongmal morì un mese dopo.

Le storie di Yongmal non l'avevano salvata, ma salvarono molte altre ragazze della Stazione, me compresa.

Eppure, dopo la sua morte, la nostra vita non fu più la stessa. Le chiacchierate notturne erano spesso punteggiate di silenzi. Nessuna era disposta a raccontare quanto lei, e nessuna era altrettanto brava a farlo. Il silenzio della notte ci ricordava costantemente la sua assenza. E rubò la lingua a Mija, che smise di parlare. Sembrava essere sprofondata in una rassegnazione totale, probabilmente l'unica forma di resistenza che poteva permettersi.

Dopo aver saputo della malattia di Yongmal, l'ufficiale Kaneda aveva cominciato a venire da me, di notte. E, dopo che lei morì, quelle visite diventarono regolari. Sapevo d'essere la seconda scelta, in sostituzione della sua ragazza preferita, che non c'era più, perché avevo quella stessa caparbietà che lo faceva ammattire ma che lo stuzzicava, gli stessi lineamenti marcati che stimolavano la sua fantasia di picchiatore, gli stessi zigomi alti che risaltavano bianchi alla luce delle lampade a gas. Eravamo il tipo di donna che gli piaceva torturare, domare e scoparsi. Una delle molte volte in cui era ubriaco, mi disse che era stato lui a creare me e Yongmal. «Sono stato io a darle il nome di Anzu e a te quello di Kaiyo», biascicò. E mi chiese se sapessi cosa significava il mio nome. Gli risposi che non volevo saperlo, ma me lo disse lo stesso. «'Perdono', Kaiyo. Vuol dire 'perdono'.» Mi guardava con gli occhi colmi di viscida nostalgia, come se aspettasse un mio cenno di assenso. Gli dissi che la parola «perdono» non mi piaceva affatto, anzi, era quella che mi piaceva meno di tutte. Per la precisione, era un vocabolo fasullo, ingannevole. Quella notte i miei seni dovettero subire una decina di bruciature di sigaretta, proprio com'era toccato a Yongmal.

Una quotidianità fatta di tormenti ti spinge a trovare la bellezza nei recessi più inattesi. Dopo la morte di Yongmal e l'intollerabile silenzio delle nostre notti, a salvarmi dalla minaccia della follia fu ciò che ad altri sarebbe potuto sembrare una banalità: le immagini che vedevo una volta alla settimana fuori delle pareti della Stazione, quando ci mandavano all'ospedale militare per i controlli medici periodici. Accovacciata nel retro del camion sferragliante – la peluria degli avambracci che s'imbeveva del sole accecante del Pacifico – mi riempivo gli occhi degli abitanti del luogo. I loro visi color nocciola, radiosi, mi colmavano di gioia. Erano gli unici visi umani che vedevo, all'infuori di quelli mugolanti dei soldati giapponesi. Mi sembrava che fossero i miei più fedeli alleati, amici intimi cui poter confidare i miei segreti e i miei dolori più oscuri. L'immagine di loro che svolgevano le mansioni della vita di tutti i giorni - un anziano minuto e sdentato che pedalava piano piano su un risciò nel torpore sonnolento della giornata; un gruppo di contadini che si dirigevano nei campi chiacchierando e ridendo; una madre robusta con un neonato farfugliante legato al petto e un altro figlio appeso al braccio - era la quintessenza di una deliziosa normalità. Se capitava che il camion dovesse rallentare dietro una fila di bufali stracarichi, riuscivo perfino a sentirli parlare nella loro lingua, talmente dolce e confortante che gli occhi mi si riempivano di lacrime. I toni giocosi e cinguettanti mi giungevano alle orecchie come una filastrocca di quelle che mi canticchiava mia madre, piene d'intimità e ineffabile consolazione. In quel viaggio di otto minuti, tutto a scossoni, il tempo si fermava; quel momento brevissimo era una dose di forza, speranza e bellezza, che mi consentiva di sopravvivere un'altra settimana all'inferno, perché dentro di me mi riconoscevo ancora. Era un momento tutto mio e loro non potevano inquinarlo, non potevano rubarmelo. Mi ci aggrappavo con tutte le forze.

Il controllo medico settimanale mi forniva anche un aiuto pratico.

Sebbene alla base ci fosse un'infermeria, col diffondersi sempre maggiore delle malattie veneree tra i soldati eravamo costrette a sottoporci a controlli regolari, effettuati da un dottore all'ospedale militare. Alla quarta visita, il dottor Mitsuyama mi rivelò il suo vero nome: Kim Young-soo. Era nato e cresciuto a Seul, ma si trovava a Tokyo per terminare gli studi di medicina quando era stato arruolato nell'esercito giapponese. «Stiamo cercando di sopravvivere in un campo di battaglia che non è il nostro», mi sussurrò in coreano, gli occhi infossati che scintillavano di rimpianto.

Fu tramite lui che cominciai ad accumulare le pillole: *keumgyerab*, per la malaria, con dentro il chinino. A ogni visita, senza farmi notare, gliene chiedevo un paio. Il mio obiettivo era metterne insieme quaranta. Avevo cominciato dopo la morte di Yongmal. Non vedevo altro modo di conservare almeno un briciolo di dignità, se non ponendo fine alla mia vita quando mi avessero prosciugata dell'ultima goccia di speranza.

Poi, però, si cominciò a percepirlo: l'inizio della fine. Giorno dopo giorno, l'aria attorno a noi sembrava addensarsi, si respirava l'alito acido e sinistro della paura. Lo percepivamo nelle urla degli ubriachi. Lo vedevamo negli sguardi abbattuti che a volte emergevano nonostante la durezza esteriore. Perfino i soldati semplici si presentavano sbronzi alla Stazione, in pieno giorno. Si vociferava che certi ufficiali passassero più tempo a farsi di oppio che a studiare tattiche militari. Per la prima volta vidi Kaneda svenirmi davanti, sotto il duplice effetto di whisky e oppio. Jayoung mi disse che un soldato dal temperamento instabile aveva commesso il *seppuku,* il suicidio per svisceramento, antica pratica dei samurai che avevano perduto una battaglia. «Gli yankee stanno arrivando», mi sussurrò, col respiro accelerato dall'eccitazione.

A un certo punto il dottor Kim mi disse, con la fronte corrucciata e uno sguardo filosofico negli occhi scuri, che la fine delle cose comincia gradualmente, ma poi arriva all'improvviso. Il giorno in cui mi consegnò la quarantesima pillola di *keumgyerab,* mi comunicò pure che ormai la fine era dietro l'angolo. «Presto le forze americane attaccheranno la base. Potrebbe essere domani o tra un mese.» Mentre lo ringraziavo e lo salutavo, sentii il cuore sbatacchiarmi nel petto come un uccello in trappola. Lui mi fece un sorriso stentato. Mi chiamò un'ultima volta col mio nome coreano e m'invitò con un gesto ad avvicinarmi. Sottovoce, mi chiese di fargli una promessa. «Quando comincerà l'attacco, può darsi che i giapponesi vogliano radunarvi nel rifugio antiaereo. Non andateci. Li addestrano a non arrendersi mai. Non risparmieranno nessuno, nemmeno se stessi. Capito?»

Quella stessa notte, Kaneda venne da me, mezzo ubriaco come al solito. Si portava sempre dietro il suo bicchiere e opache bottiglie di vetro azzurro piene di alcolici di scarsa qualità. Osservando la sua disperazione, respirando la sua insicurezza, di colpo mi resi conto che c'erano moltissime cose al mondo che quell'uomo non sapeva. Anzitutto, sarebbe rimasto sorpreso nel vedermi fare qualcosa che non avevo mai fatto prima, senza esserne costretta: versargli da bere con entrambe le mani, gli occhi bassi in segno di modestia. Non si aspettava che l'avrei lasciato sguazzare nella mia improvvisa arrendevolezza e in un bieco senso di conquista, mentre annuiva silenzioso ricordando Yongmal e i suoi giorni di gloria, tra i fumi dell'alcol. « Io ti ho creata », biascicava. « E per questo dovrai morire come la mia piccola Kaiyo, il mio perdono, al pari di Anzu che era la mia piccola dolce albicocca. » Poi, tra lacrime e risa sballate, m'incise sul fianco la forma irregolare di un'albicocca col coltellino militare, che aveva già conosciuto il sapore del sangue di altre ragazze. Non si aspettava proprio che avrei subito in silenzio.

Quanto poco mi conosceva, dopo tutti quegli anni a spingersi dentro ogni apertura del mio corpo. Il pensiero mi strappò una risata silenziosa, tinta di commiserazione. Ciò che quell'uomo non sapeva era che anch'io raccontavo storie. Come lui e Yongmal. Ero stata io a imbastire il finale della storia di mio padre: quando le sue violenze sulla mamma erano diventate intollerabili e le avevano fatto perdere un occhio, avevo escogitato il modo per mettere la parola fine, avvelenandolo e allestendo per i nostri compaesani una messinscena credibile della sua morte. In segreto, l'avevo sepolto nel boschetto di betulle e avevo raccontato in giro che era partito per la caccia alle balene; poi, un mese dopo, mi ero spedita un telegramma che ne annunciava la scomparsa in mare durante una tempesta.

Sebbene aborrissi la fisicità della morte che avevo dovuto causare, mi era venuto naturale inventarmi quel corollario. Più avanti mi sarei chiesta se fosse stata la mia impudenza a istupidire la mamma dopo la morte di mio padre: scoprire che la sua dolce bambina era capace di compiere una tale diavoleria senza battere ciglio l'aveva sconvolta.

Un'altra cosa che Kaneda non sapeva di me era che Kaiyo non era il primo nome alternativo che mi veniva dato. Prima di lui, un uomo più anziano, un bianco, mi aveva già battezzata con un nome straniero: Deborah. Era il pastore Peltier, il missionario canadese che teneva le lezioni d'inglese cui mia madre mi portava tutte le settimane, quando era ancora la donna giovane, intelligente e moderna che ammiravo. Ecco, dunque, un'altra cosa che Kaneda non avrebbe mai saputo di me: il giapponese non era l'unica lingua straniera che conoscevo. Al termine della mia infanzia come Deborah, avevo imparato a parlare e scrivere in inglese. Sì, sapevo anche scrivere, e quando il dottor Kim era venuto a sapere di quella mia abilità segreta, alla trentottesima visita, mi aveva chiesto di aiutarlo a scrivere un messaggio cruciale in inglese: un SOS per le forze americane, su una strisciolina di carta da parati gialla, in cui avevo descritto l'esatta ubicazione e la situazione della base di Semarang; lui l'avrebbe consegnato di nascosto a un inserviente della lavanderia che, a sua volta, l'avrebbe passato a uno dei ricognitori americani.

Ma c'era ancora un'altra storia che volevo imbastire,

stavolta tutta farina del mio sacco. Kaneda aveva inventato il mio nome e io avrei scritto per lui un finale segreto. Non avevo scelta, in ogni caso, perché la morte marciava verso di me da ogni direzione. Con quel piano avrei avuto almeno una possibilità, per quanto striminzita, di vendetta e di sopravvivenza. Avrei interpretato sino in fondo il ruolo della concubina, della geisha sottomessa, come lui aveva sempre desiderato; gli avrei versato il vino e acceso la pipa caricata col fiore peccaminoso, mentre nelle bottiglie del whisky infilavo le pillole sbriciolate, un po' alla volta, quando lui usciva per urinare, finché il suo corpo non avesse ceduto, scivolando piano piano in un sonno appiccicoso. Il dottor Kim mi aveva spiegato che il *keumgyerab* causava una morte sanguinosa, con copiose emorragie da tutti i forellini del corpo. Per giustificare tutto quel sangue, avrei dovuto compiere per conto di Kaneda l'atto della sottomissione estrema: il *seppuku*. Se avessero scoperto che l'avevo avvelenato, sarebbe stata la mia fine. Se invece avessero creduto che Kaneda aveva scelto un suicidio degno di un guerriero, magari sarei sopravvissuta.

Il dottor Kim aveva ragione. La fine delle cose comincia gradualmente, ma poi arriva all'improvviso. Impugnata la *katana* di Kaneda, guardai il suo corpo, le contrazioni mute dei suoi arti, nell'ultima battaglia che non avrebbe potuto vincere: quella contro la potente trinità di alcol, oppio e chinino. Alzai la spada, gliela puntai sull'addome, a sinistra, meravigliata per la mia calma e la glaciale fermezza con cui la stringevo. Mi stavo domandando che genere di pensieri gli sarebbe passato per la mente se avesse aperto quegli occhietti da girino, quando sentii il primo boato.

Riecheggiò dall'angolo più a est della base in onde sorde, oniriche e intangibili, come se riguardasse qualcun altro. Il secondo boato, invece, giunse come un ceffone in pieno viso, di quelli che ti lasciano l'orecchio immerso in un silenzio denso. Era più vicino, lo sapevo perché il pavimento aveva tremato sotto i miei piedi nudi. Poi suonò la sirena. Lasciai cadere la spada e mi precipitai fuori.

Sentii un uomo gridare: « Se ci tenete alla vita, correte al rifugio antiaereo, tutte quante! »

Esplose un'altra bomba. Zolle di fango secco cadevano dal tetto riempiendo i corridoi di una nebbiolina giallognola. Si sentivano colpi di tosse, grugniti smorzati, piagnucolii.

« Al rifugio! Presto! » strillò di nuovo la stessa voce maschile, seguita dallo schiocco di un fucile che veniva caricato. Scaraventata a terra, annaspai per ritrovare la voce.

In un attimo, la Stazione risuonò di un vortice di passetti strascicati: le ragazze, che cercavano di mettersi in salvo. Rendendomi conto che in realtà correvano verso la morte, nella testa sentii un ticchettio d'orologio. Avrei voluto gridare la verità. Ma, pur avendo una visuale limitata, potevo scorgere un soldato giapponese col fucile imbracciato a un passo da me; all'ingresso della Stazione, un altro teneva d'occhio le ragazze che si precipitavano fuori della porta fracassata. Mi accucciai, nascosta dietro l'angolo del corridoio principale. Attesi. Quando spuntarono altri piedini, feci lo sgambetto. La ragazza mi cadde accanto con un tonfo. Era Jayoung. Le premetti una mano sulla bocca e la guardai scuotendo la testa. Lei, con gli occhi sgranati, annuì. Le indicai la latrina vicino alla porta posteriore e insieme ci dirigemmo carponi in quella direzione. «Credo che siamo rimaste solo noi due», mi sussurrò Jayoung, ansando. «Mi ero attardata a cercare Mija.»

Dopo che ci fummo calate nella fossa color tabacco, sentimmo le raffiche. La prima fu rapida e serrata, la seconda pigra e intermittente. Io e Jayoung restammo mute come tombe, immobili come statue, sperando che il tetto di paglia della latrina non ci crollasse addosso. Altri boati, altri tonfi, così forti che li sentivamo in gola. Poi il terremoto che si mangiò un angolo del casotto e invitò ad accomodarsi il pizzicante sole del mattino. Il sibilo dei proiettili, le note pastose delle ogive che fendevano l'aria, le urla gutturali degli uomini morenti. Le nostre orecchie sopravvissero a un'ora di clamore letale, che sembrò un'eternità, e poi tornarono a discernere il silenzio vero.

Il silenzio fitto, il fischio spettrale, ovattato e acuto al tempo stesso.

La rumorosa assenza di suoni che si sente solo dopo un bombardamento.

Quando io e Jayoung sgusciammo fuori, attraverso

la spaccatura nell'angolo del casotto, con l'orlo dei vestiti gocciolante di melma marroncina, l'intera base sembrava ammantata da quel silenzio.

L'aria era satura dell'odore pungente e tenace delle esplosioni, del tanfo fetido della carne carbonizzata, del puzzo ferroso, metallico e muschiato di tutto il sangue fuoriuscito, schizzato, marcio.

Erano rimasti in piedi solo la nostra latrina sghemba e l'estremità settentrionale della Stazione. Quella meridionale, dove giaceva il corpo di Kaneda, era ridotta a un cumulo accidentato di pietre miste a frammenti di corteccia e rami anneriti. Anche attraverso il fumo, riconobbi il suo braccio scuro e peloso, che spuntava dalle macerie. Accanto stava formandosi una pozza oleosa color sangue di bue, dalla superficie iridescente alle prime luci dell'alba.

Io e Jayoung eravamo in lacrime. Che il mio fragile corpo fosse sopravvissuto sembrava impossibile, eppure era gratificante a un livello profondo, intenso, animalesco. Al tempo stesso, uno smisurato dolore cominciò a gonfiarsi nelle mie viscere. Gradualmente e poi all'improvviso, aveva detto il dottor Kim. Fu quell'« all'improvviso » a colpirmi. Mi domandavo come fosse possibile che un'impresa che ci era sembrata irrealizzabile - porre fine alla nostra schiavitù - venisse compiuta dagli americani con tanta facilità, quasi in un batter d'occhio. La Stazione del conforto, la fortezza inespugnabile del male, era crollata di botto, come se non avesse aspettato altro.

Incespicando, con le mani alzate in segno di resa, mi diressi verso il rifugio antiaereo. Jayoung mi seguiva in silenzio. Mi accorsi che i soldati giapponesi avevano fatto le cose di fretta: un paio di piedi impolverati si vedeva già all'ingresso. Non avevano nemmeno atteso che le ragazze si trovassero nel buio del rifugio. Avevano cominciato a sparare non appena l'ultima aveva varcato la soglia. Dopo la prima raffica frettolosa, però, si erano presi il tempo di controllare ogni corpicino e di sparare al minimo segno di vita. Erano rimasti fedeli al loro motto fino alla morte: « Quello che succede alla Stazione muore con la Stazione ». Ma non avevano calcolato che a scamparla sarebbe stata proprio la peggiore: la trasformista, la contastorie.

Trovammo subito Mija. Riconobbi i suoi piedini ancora prima del viso: calzavano le scarpe di cuoio ammuffito di Yongmal, più grandi di una misura. In quel sonno letale, erano pallidi e languidi. Le tolsi le scarpe. Io non ne possedevo, e poi volevo qualcosa che mi avrebbe ricordato sia Yongmal sia Mija. Gli occhi di Mija fissavano il vuoto. Jayoung le si sedette accanto e le lisciò i capelli scompigliati. Poi s'infilò una mano in tasca e trovò un ultimo pezzetto di caramello incartato in una stagnola raggrinzita. Lo scartò e lo depose nella manina di Mija.

Ci trascinammo fuori del rifugio. Il rivolo di sangue che fluiva dall'ingresso era diventato più denso, sia per colore sia per portata, e tingeva il suolo di un ricco rosso scuro. Mi chinai per guardare a terra. Assorbendo il sangue dolente delle mie compagne, il terreno setoso di Semarang, sempre troppo blando e insulso, aveva assunto una grana nuova: la grossolana amarezza metallica, grintosa, piena di colorito, vigore e mordente. Ci affondai le dita, in profondità. Ne presi una manciata e la inghiottii tutta in una volta.

LA QUARTA VITA

Il neo e io

1955

Questa è la storia di un neo.

Grande all'incirca come un pisellino, di un color melanzana chiaro. Lui ricorda benissimo la sensazione che provava toccandolo: si rizzava impertinente quando lo schiacciava, ma s'inclinava arrendevole se lo spingeva da un lato accarezzandolo. Una piccola stranezza di lei che lui non avrebbe mai dimenticato.

Le idiosincrasie di quel corpo erano tutte da gustare. Quanta tenerezza gli suscitavano. Gli zigomi alti e il mento leggermente squadrato, caratteristiche insolite che la maggior parte degli uomini non avrebbe trovato belle in un viso femminile. E poi le spalle ossute, due increspature che s'innalzavano voraci ogni volta che faceva quella sua risata gutturale... Gli risuona ancora nella testa, non cessa mai di ripetersi.

Ha immaginato di rivederla, certo di riconoscerla all'istante. Innumerevoli volte ha sognato il momento in cui la scorge in mezzo alla folla: una volta è in un roboante assembramento di rossi radunatisi nelle strade di Pyongyang per festeggiare il compleanno del leader supremo; un'altra volta, in un'accozzaglia di visi informi nella valle di Daedo, dove un tempo c'era una colonia clandestina di lebbrosi. Indipendentemente dalla situazione, lui l'ha sempre individuata subito.

Nella realtà, però, è lei a riconoscerlo per prima.

Quando arriva al suo laboratorio di sartoria, vede tre uomini dietro la vetrina elegante. Appena entra, tre paia d'occhi convergono su di lei. Gli uomini indossano tutti un abito grigio scuro, sono tutti alti e snelli. Ma lei si avvicina senza indugio a suo marito. Sa cosa cercare: due cicatrici tonde sopra il sopracciglio destro, come segni di punteggiatura.

Gli prende il viso tra le mani, quasi stesse accarezzando un animale delicato. « Marito mio. *Marito mio.* »

Lo ripete due volte. La prima sale fino a una tonalità acuta, interrogativa; la seconda cala come il tepore di un intenso sollievo. Ha gli occhi pieni di lacrime. Eppure il suo sorriso è assordante.

Un fantasma. Un'apparizione. Per qualche istante, lui non si fida dei propri occhi. Ma si accorge ben presto di non poter dubitare delle dita che gli toccano le guance. Esamina il suo viso alla ricerca dei segni: gli zigomi sporgenti e il mento spigoloso. Ci sono entrambi.

È lei. Yongmal. Sua moglie.

La sua amata compagna di un tempo tanto breve, che un giorno era svanita. Come una fantasia sbriciolata, senza un addio, senza lasciare traccia. Sono passati più di dieci anni. Era uscita con la cameriera, per andare al mercato a comprare dolciumi per il suo pony.

Qualcuno diceva che era fuggita per sottrarsi al matrimonio combinato. Tutti, al villaggio, sapevano che ci aveva già provato. Quel tentativo era fallito e il matrimonio si era celebrato come previsto.

L'uomo però ritiene che la seconda sparizione sia stata diversa. Sebbene il loro rapporto fosse cominciato per obbligo, come ogni matrimonio tradizionale, erano riusciti a innamorarsi. Lui, silenzioso e introverso, si era fatto conquistare dall'audacia di lei, mentre Yongmal, piena di grinta, era rimasta affascinata dalla sua pazienza e dalla sua gentilezza. Si attraevano, come i poli opposti di due calamite. Ogni giorno che passava, avevano condiviso qualcosa in più. Sempre più risate di lei, sempre più sguardi furtivi di lui, che facevano da scudo al battito forsennato del cuore. E qualche segreto condiviso. I bisbigli dei loro discorsi erano maturati in sorrisi d'intesa. Dopo tre mesi di matrimonio, ormai si amavano.

Era un sentimento unilaterale? Sono stato cieco fino a questo punto? Nonostante l'iniziale convinzione che l'affetto fosse reciproco, da allora in poi non ha più smesso di domandarselo.

Fino a oggi.

Il primo giorno di nuovo insieme passa nel torpore.

Hanno la testa tra le nuvole, entrambi storditi dal

colpo di fortuna che è capitato loro, da una beatitudine talmente acuta da esserne frastornati.

Lei, però, ha bisogno di pensare con lucidità. Sa che toccherà a lei raccontare. Sarà obbligata a riempire il baratro che contiene due guerre, la Seconda guerra mondiale e la Guerra di Corea, oltre dieci anni di assenza. Gli dirà solo la verità. Il punto è cosa raccontare e cosa tralasciare.

Anche *quando* raccontare è importante. Per fortuna, lei lo conosce bene. Una delle caratteristiche che le piacciono di più in lui è che sa attendere. Ha già avuto modo di sperimentare la sua pazienza: sebbene ne avesse ogni diritto, per legge e per tradizione, lui non aveva toccato con un dito la giovane moglie senza il suo consenso. « Dev'essere una scelta tua, Yongmal, non mia », le aveva detto. Sa che amarlo è come lasciarsi inzuppare da una pioggerellina: succede col tempo, a poco a poco. Ma, nell'istante in cui lo vede nella sua sartoria, sa di essere già fradicia.

La verità è che resta sorpresa da lui. È molto più bello di quanto immaginasse. Si aspettava un anziano allampanato dal colorito itterico. Invece non è né ossuto né pallido. È un uomo snello dal portamento eretto, elegante come un fenicottero, un animale che aveva visto tanto tempo prima sul libro d'inglese. E non le dispiace quel suo aspetto vecchio stile: i capelli sale e pepe si addicono molto al completo grigio che indossa. Le piace guardare i fili argentati che scintillano quando inclina la testa, pensieroso, sotto le luci al neon del negozio. Quello che non la sorprende è il suo sorriso: grazioso come dovrebbe essere, si trasmette dagli occhi alla bocca, e non viceversa, come nella maggior parte delle persone. Si accorge, da sopravvissuta a due guerre, di aver completamente dimenticato cosa sia un sorriso sincero.

È mio marito, sussurra di nuovo tra sé. L'aspetto fisico conta poco per lei, in fatto di amore, eppure si crogiola nella bellezza inaspettata del suo sposo. Non crede alla sua fortuna: non avrebbe mai immaginato che la persona da lei desiderata per le parole che diceva e il calore che emanava potesse essere anche appagante nel fisico.

Per la prima volta in vita sua, desidera un uomo.

Si domanda fino a quando potrà rimandare la loro prima notte. Il matrimonio non è mai stato consumato. Non sa come svelargli il suo nuovo corpo. A preoccuparla non sono le cicatrici: il buio della notte le nasconderà. La vera preoccupazione è un'altra: prima di scomparire, il suo corpo non conosceva uomo. Poi, però, ne ha conosciuti a migliaia. La guerra glieli ha fatti conoscere con la forza. Come farà il suo corpo a fingersi ignaro? Come farà a disimparare quello che ha dovuto imparare per anni? Una cosa la rassicura: il suo corpo non sa come si fa l'amore. È la pura verità. Da quel punto di vista, non ci sarà bisogno di fingere: non ha nulla da disimparare. Sotto quell'aspetto, sarà la prima volta, la *sua* prima volta.

Lo guarda di nuovo in viso. È già innamorata delle

sue cicatrici. Le piace toccarle. Sono una delle sue caratteristiche distintive. Si domanda se lui penserebbe lo stesso delle cicatrici di lei. Crede di sì. Ma non vuole correre il rischio, non ancora. Preferisce assicurarsi che i suoi sentimenti per lei si rafforzino di nuovo, prima di fare rivelazioni troppo sconvolgenti.

È commovente che lui abbia notato le scarpe. Gli è bastata un'occhiata. Sono state le scarpe a fargli pronunciare il suo nome. Yongmal! L'ha formato con le labbra, ma si è sentito a malapena. Aveva la voce roca, gli occhi lucidi. Sì, le scarpe dovevano essere state decisive. Era stato lui a farle realizzare per lei. Aveva scelto il cuoio, il colore scuro. Ne aveva disegnato il modello con la punta tonda invece che aguzza, come si usava a quei tempi, perché potesse indossarle anche per cavalcare. Ormai non somigliano affatto a com'erano state all'inizio. Rovinate dal tempo e dalle guerre, il loro lustro color granata è diventato un senape ammuffito. Il tallone si è talmente assottigliato che presto si bucherà. Eppure lui le ha viste per quello che erano, per quello che sono sempre state. Come lei si aspettava, la sua acutezza la commuove. La commuove nel profondo.

Quella stessa acutezza è, per ironia, anche allarmante. Perciò decide di parlargli di notte. Giacciono faccia a faccia, lei con la schiena rivolta alla finestra, così che la luna illumini il suo viso lasciando il proprio immerso nell'ombra. In questo modo potrà studiarne ogni reazione, mentre lei rimarrà per lui indecifrabile. Una delle prime cose da mettere alla prova è la propria credibilità. Decide di prenderla di petto. Audace ed esplicita.

«Sono cambiata molto? Ti sembro diversa?» gli chiede. La voce è affabile e salda, sebbene abbia il cuore in burrasca.

«Sì», le risponde piano lui. Ricorda di aver scorto, durante la giornata, piccoli segni sul suo viso che prima non c'erano. Puntolini rotondi che somigliano alle cicatrici della varicella. Oppure si potrebbe pensare che siano bruciature di scintille sparate da braci. Gli sembra un'ipotesi convincente, considerato che i bombardamenti sono stati incessanti e sono ancora dolorosamente freschi nel ricordo.

Anche la voce è cambiata. Si è ammorbidita, per così dire. Ha perduto un po' del precedente vigore. Ma, dopotutto, era una ragazzina quand'è sparita. Adesso è una donna adulta. Certi cambiamenti sono naturali e inevitabili, dice a se stesso. L'importante è quello che lui prova per lei. Sente ancora la stessa energia, lo stesso piacere. Ha l'impressione che la sua assenza e la propria costante attesa abbiano reso l'affetto ancora più profondo.

«Sei diventata più bella», le dice.

Lei ha un tuffo al cuore, mentre gioia e tristezza l'assalgono contemporaneamente. Le sfugge uno strano risolino, che la fa sembrare una bambina, ma una bambina contenta. E lo è davvero, sebbene sia molto in ansia. Si domanda se meriti quella felicità. Vuole pensare di sì.

È una che impara in fretta. Per una come lei, la Pyongyang del dopoguerra è il posto ideale. Fino a un paio d'anni prima, la città era un cumulo di macerie: i bombardamenti a tappeto degli americani non avevano lasciato che brandelli di edifici carbonizzati qua e là. Né il conflitto si era concluso in modo soddisfacente, con un vincitore acclamato. Lo stallo sanguinoso aveva portato all'armistizio firmato dagli Stati Uniti e dalla Corea del Nord, che aveva spaccato in due il Paese. La popolazione del Nord, tuttavia, è entusiasta, ebbra dell'ideologia e della propaganda del Partito comunista, ancora giovane e bello. I suoi dirigenti sostengono di volercela fare da soli, a differenza degli sleali fratelli del Sud, che si sono già rivolti agli stranieri, e soprattutto agli yankee, per avere aiuti. Uomini e macchine lavorano come un tutt'uno per rendere il loro Paese il più grande del mondo. IL PARADISO IN TERRA DEI LAVORATORI è lo slogan che campeggia in rosso fiammante sopra l'ingresso di ogni fabbrica e di ogni laboratorio, insieme coi molti altri che esaltano il DIVINO PADRE DELLA PATRIA, Kim Il-sung. Il partito ha fornito incessantemente al popolo parole e immagini contro i fratelli rinnegati; il popolo sa per certo che le strade di Seul sono ancora piene di orfani e mendicanti che muoiono di fame, mentre nella loro città delle meraviglie, Pyongyang, s'innalza un nuovissimo edificio moderno al giorno. Come molti altri, lei ama la sua città, pur non credendo sino in fondo alla propaganda che domina il paesaggio urbano. Conosce troppe lingue straniere, ha visto troppi luoghi del mondo per crederci incondizionatamente. Eppure non le riesce difficile adeguarsi, fintanto che la città offre rifugio alla famiglia amorevole e stabile che ha trovato per la prima volta in vita sua.

Abitano in una delle molte palazzine ad armonica di Pyongyang. Si chiamano così perché sembrano l'ancia di un'armonica: una sfilza di linee dritte, ad angolo retto, pensate per l'efficienza e non per la riservatezza. Come i chicchi di una pannocchia, gli alloggi sono separati da pareti sottilissime, quindi origliare diventa un'attività quotidiana naturale, come pure respirare l'aria muffida dei corridoi lunghi e stretti, vagoni raramente toccati dal sole. A volte, quando li percorre da un'estremità all'altra, il vento notturno ulula in un acuto falsetto da armonica.

Per lei è comunque una casa felice. È la loro casa, dove il suo dolce marito ritorna ogni sera per essere accolto dagli occhi sgranati della moglie. In pubblico è un uomo di poche parole. Infatti molti dirigenti del partito, i principali clienti della sua sartoria, lo rispettano perché è industrioso, ma soprattutto perché è silenzioso, dato che arrivano da lui dopo il lavoro, nauseati dall'assedio dei lacchè in cerca di promozioni. A casa, invece, a letto, a luci spente, è un conversatore piacevolissimo. Le confida la sua visione sincera (e a tratti pericolosa) della vita e del mondo. Una notte le sussurra quanto gli manchi il cinema vero. « Una volta, i film potevano parlare di tutto », dice in un bisbiglio setoso. Le parla dei film europei e americani che ha visto da giovane, delle storie affascinanti di Rossella O'Hara, di Dorothy dalla voce mielosa e del suo mago, di un'immaginaria città sotterranea che si chiamava Metropolis e in cui lei, ironicamente, trova non poche somiglianze con la loro amata capitale. « Il buon cinema è capace di trasportarti in luoghi e in epoche diversi », le dice suo marito con un sospiro nostalgico. È triste che il partito modelli ogni film in base ai propri scopi politici. Lei annuisce a quella riflessione blasfema, sopprimendo l'impulso di raccontargli le sue storie di film, quelle che ha sentito da sua madre, cresciuta a Seul. Di solito lo ascolta volentieri anche tutta la notte. Adora il modo in cui parla: come se scrivesse, animando le frasi con parole e metafore che altri difficilmente userebbero nella quotidianità. In questo le ricorda sua madre: donna rara ai suoi tempi, capace di leggere ed esprimersi in modo appropriato, una collezionista di parole. Trova affascinante quel nuovo concetto di famiglia che ha da poco scoperto: l'unione di un uomo e di una donna diventa più della semplice somma di due persone.

È una famiglia. Non c'è altra parola per definirla.

Abitudini. Quotidiane e settimanali. Nella sua vita

precedente le aborriva. Adesso sono particelle di piacere che non si stanca mai d'inalare. Nei giorni feriali suo marito indossa quasi sempre una giacca a tre bottoni grigio-azzurra o un lucido doppio petto grigio, entrambi stretti in vita ma ampi sulle spalle per accentuare la figura snella ed elegante, da levriero. Nei giorni festivi, preferisce indossare una vecchia giacca di tweed di taglio morbido, lisa sui gomiti. Ha una tinta simile alla cannella che le piace, come anche annusare il leggero aroma di benzina che prende col lavaggio a secco. Nei giorni feriali lei lo chiama *yeobo*, termine affettuoso con cui ogni moglie coreana chiama il marito; ma nei fine settimana lo chiama col suo nome, Young-min. Le piace che i loro nomi comincino con la stessa iniziale.

Il suo momento preferito della giornata è il tramonto. A volte aspetta Young-min a casa. Altre volte, più di frequente, va alla sartoria e tornano insieme a piedi. Ha già fatto amicizia col signor Shin, l'apprendista. È un uomo tranquillo, alto e magro come suo marito, con un viso che pare austero se non sorride. Quando sorride, però, sembra un ragazzino di campagna appena arrivato in città, ingenuo e sprovveduto. Le piace soprattutto il momento in cui guarda dentro la vetrina, prima che i due uomini, impegnati, si accorgano di lei. Appena la vedono, sorridono. Allora lei entra dalla porta a vetri, coi raggi del sole color caramello che le solleticano pigramente la nuca. Mentre lei e suo marito escono a braccetto salutando il signor Shin, vede il viso di quest'ultimo illuminarsi come miele, inondato dal tramonto dorato. Coglie una punta d'innocua invidia nel suo sorriso ed è ancora più euforica. Pur essendo a nord, il sole sembra più caldo in quella parte del mondo. Ogni giorno, grazie alla ripetizione, scopre un nuovo significato nella vita.

Tramite le conoscenze di suo marito ha anche trovato un impiego. Lavora allo spaccio in valuta straniera a Pyongyang. Non si potrebbe definirlo il sogno di ogni signora di buona famiglia, ma lei ne è soddisfatta perché ha quotidianamente a che fare con oggetti di lusso e valuta straniera. La conoscenza delle lingue le è di aiuto. Grazie a un buon inglese e a un dignitoso francese, entrambi imparati da bambina dal missionario franco-canadese, riesce a leggere e capire anche i manuali in spagnolo e italiano. Ciò fa di lei un'impiegata competente, in grado di spiegare come conservare e apprezzare i sigari cubani nel modo corretto, o come lavare il cachemire italiano senza comprometterne la morbidezza. Inoltre, l'apprendimento forzato del giapponese le torna utile per vendere televisori alle mogli dei dirigenti di partito. Tuttavia, si trova di fronte all'enorme ironia del fatto che i prodotti giapponesi, che secondo la linea ufficiale del loro autosufficiente Paese sono un male, sono però richiestissimi tra i potenti perché di qualità molto superiore a quelli cinesi e sovietici.

Una volta al mese, lei e suo marito vanno a Hyesan, la città più vicina al confine settentrionale con la Cina. È un viaggio tanto di affari quanto di famiglia: fanno visita a Young-shim, la sorella di Young-min, che gestisce una stazione commerciale controllata dal partito, tramite la quale lui si procura facilmente tessuti importati. Anche ottenere il permesso per viaggiare è facile, grazie alla clientela di Young-min: i dirigenti sono gli unici che possono permettersi il lusso di seguire l'ultima moda senza essere perseguitati. Hyesan la affascina. Pur non avendo nessun desiderio di attraversare il confine, la vicinanza è esaltante. Sa da dove le viene quell'euforia: dall'impressione della mobilità, illusoria o no che sia. Dato che valicare i confini, reali o metaforici, era la sua specialità, conosce bene la sensazione di evasione, l'imminenza di una nuova possibilità. Il suo punto preferito è il collo di bottiglia del fiume Yalu, la demarcazione naturale che separa la Corea dalla Cina, a meno di cento metri dalla casa di sua cognata. In quel punto hanno luogo innumerevoli scambi tra commercianti. È un santuario del furto legalizzato, ha detto una volta Young-min, con un sorriso malizioso. È sconvolgente, anche per una donna alla mano come lei, vedere quanto sia facile venire in possesso di prodotti stranieri che in teoria nel loro Paese non dovrebbero entrare. Bastano qualche bustarella e un po' di fortuna.

A volte esce di nascosto, la notte, per guardare lo Yalu. Con la luna piena, il fiume sembra vivere di vita propria. Quando la luce argentea ne colpisce la superficie, l'acqua si frammenta in migliaia di corpicini neri, scintillanti: si potrebbe vederci carpe corvine o un esercito di serpenti, ma potrebbe essere anche un nugolo di piccole foche in costante movimento, tutte nella stessa direzione. Il fiume mormora stridulo nel suo corso, respira con migliaia di soffici branchie scure. Per lei è una vista magica, un suono magico. Al mattino, però, il sole trasforma di nuovo le acque, restituendole al loro solito colore verdastro.

È giunta alla conclusione di non piacere alla cognata. Young-shim è una donna spiccia, con un fisico robusto e uno sguardo acuto, per nulla somigliante al fratello minore. Ha dei sospetti su di lei e l'ha già detto a lui. Forse è perché si è accorta che esce di notte. Lei, però, cerca di non dare peso alla cosa. Sa di vivere nel Paese della paranoia. È uno sport nazionale: sospettare di tutti, spiare e denunciare. Li addestrano a farlo fin dall'infanzia. Cominciano già alla scuola elementare con l'ora di « purificazione », un momento di autocritica durante il quale i bambini dovrebbero confessare atti e pensieri impuri commessi contro il partito, nonché riferire le malefatte di amici e vicini, che sono tenuti a osservare attentamente. Ma lei non può accusare nessuno perché è la prima a origliare i discorsi di Young-shim e Young-min. « È cambiata moltissimo », ha sussurrato una volta sua cognata. « Chissà cos'ha fatto per tutti quegli anni. »

« Non preoccuparti, sorella », le ha risposto suo marito, sottovoce. « Conosco bene mia moglie. Ha solo buone intenzioni. »

Ha ragione lui. Lei ha solo buone intenzioni. Ciò che

ha fatto, l'ha fatto per il bene suo e di suo marito. (L'unica persona cui teneva che avrebbe potuto esserne infastidita è morta.) Loro due si amano. Sono felici insieme. Quel rapporto le ha dato una cosa che non aveva mai avuto: una felicità sostenibile. Sebbene i ricordi d'infanzia che ha di sua madre siano pieni di amore e gioia, sono anche punteggiati dalle oscure percosse di suo padre, congelate nel tempo con l'odore di *soju* e sangue secco. Grazie a Young-min, ha imparato che la vita quotidiana può essere una serie ininterrotta di piaceri, un tedio beato di cui ci si può lamentare con un sorriso soddisfatto. Per tutta la vita, quella felicità le è stata negata. Adesso se l'è finalmente guadagnata e se ne gode ogni istante. Finché non fa troppo freddo, passeggiano lungo il fiume Taedong al tramonto; d'inverno ci vanno a pattinare sul ghiaccio, appena il bambino assopito dentro di loro si risveglia con le intense nevicate; nelle notti ventose in cui le folate da nord scuotono l'armonica della palazzina, guardano film di contrabbando, americani o sudcoreani, sotto la coperta per smorzare il suono, le mani dolcemente umidicce di sudore; sotto la stessa coperta, notte dopo notte, fanno l'amore.

La prima notte. Quanto l'ha temuta e desiderata. Voleva che passassero tre mesi, lo stesso tempo che Yongmal aveva trascorso con suo marito prima di sparire. Ma la paura l'aveva tenuta lontana da lui per due mesi in più. E poi per un altro ancora, per via di un residuo di vigliaccheria. Finché una notte non ha capito all'improvviso - una consapevolezza sgradita - di non poter rinviare oltre. Se voleva continuare quella vita, doveva affrontare la cosa. Rivelare il proprio corpo significava rivelare il passato, di cui avrebbe raccontato solo la verità, affiancata dalle necessarie lacune.

Dopo quella notte, ha cominciato ad amarlo ancora di più. Lui ha accettato le lacune per quello che erano. Non ha scavato nei buchi della sua memoria. Dopo, ha pianto. Senza rumore, solo le lacrime a rigargli le guance. Le ha afferrato i piedi malandati e li ha studiati con uno sguardo triste. Li ha baciati. «Ti ricordi quando ti dicevo che te ne avrei fatte confezionare un altro paio, se ti fosse cresciuto il piede?»

Lei ha annuito. Lui è diventato taciturno e lo è rimasto, nei giorni successivi. Però l'abbracciava, anche più di prima. Quando ha ricominciato a parlare e a sorridere, l'ha chiamata *yeobo*, «mia cara moglie», invece che Yongmal.

C'è voluto del tempo perché riuscisse ad apprezzare il sesso. Cercava di separarlo dal passato chiamandolo «fare l'amore», ma non sempre funzionava. L'atto in sé, ogni volta che lo compiva, sembrava riportarle sulla pelle quel luogo: il sapore lascivo della giungla, l'umidità che ti si appiccica a ogni poro e ti soffoca. Il ricordo di quella sensazione sembrava non affievolirsi mai.

Tuttavia la metafora di Yongmal era azzeccata anche in quel caso: certe cose si apprezzavano un po' alla volta. *È come quando la pioggerella ti inzuppa i vestiti.* E la pioggerella incessante - non il bombardamento di un acquazzone - era proprio quello che serviva al suo corpo. Ha cominciato con piccoli, sottili cambiamenti. Per esempio, abituarsi al movimento dei fianchi. Le spinte ritmiche delle natiche maschili, che prima aveva sempre associato a un senso di repulsione. Col tempo, insieme con Young-min, hanno perso uno strato di terrore dopo l'altro. Hanno cominciato a sembrarle goffe, poi sciocche... e un po' buffe. Accompagnate dai suoi delicati sussurri, le davano una sensazione d'intimità. E presto ha iniziato a trovare un effetto stranamente calmante nella coerenza di quei movimenti, ipnotizzanti e rassicuranti. Alla fine dell'anno era ormai in grado di perdercisi.

Ricorda la prima notte d'intenso piacere. Era una delle molte passate a Hyesan, vicino al confine. L'aveva svegliata una visione: il fiume Yalu fatato che pulsava, nero, sotto l'incantesimo della notte. Provava il desiderio di vederlo ancora. Sapeva cosa fare: sfilare i piedi fuori dalla coperta, piano piano, uno alla volta. Invece ci si è addentrata ancora di più. Ha cercato con la mano i peli soffici vicino all'ombelico di suo marito. L'ha accarezzato piano. Lui si è svegliato. Lei gli ha premuto una mano sulla bocca. Non potevano svegliare sua sorella e la nipotina, che dormivano nella stanza accanto. In un silenzio teso, due pelli si sono appiccicate l'una all'altra come pagine di un libro polveroso che nessuno apre mai, perduto nel tempo.

Adesso lo conosco e lui conosce me, come un libro aperto, pensa con un sorriso interiore. Adesso è contenta di essere chiamata *yeobo* invece che Yongmal. Finora i nomi hanno significato poco per lei; ne ha avuti tre e, tutt'e tre le volte, ha accettato passivamente quello che le davano, senza protestare. Ma con Yongmal era diverso. Era il primo nome non assegnatole da qualcun altro, ma scelto da lei. Lo voleva per sé, voleva diventare quel nome. Adesso che c'è riuscita, però, ne è quasi infastidita. Ha cominciato a sentirsi presa in trappola, nella sua stessa trappola. L'amore che pensa di meritare le sembra diviso tra lei e l'ombra da lei creata.

Si domanda quanto abbia capito lui. Hanno fatto l'amore solo al buio, perciò non ha visto bene le cicatrici, ma deve averle sentite al tatto. Gli ha raccontato la pura verità sull'inizio di quella faccenda: che erano state rapite dai giapponesi al mercato. Poi però gli ha fornito una versione leggermente alterata e semplificata: erano state portate in un campo di lavoro in Giappone, dove le mansioni pesantissime che svolgevano ogni giorno avevano mietuto innumerevoli vittime tra le internate, compresa Mija, la sua cameriera; le poche sopravvissute erano state liberate e rimpatriate dai soldati americani. Il luogo non è fasullo, si giustifica dentro di sé. La Stazione era a Semarang, in Indonesia, ma la maggior parte del Sud-est asiatico era sotto il dominio del Giappone imperiale, quindi perché non chiamarlo Giappone? Lo stesso vale per la natura del lavoro che svolgevano. Insomma, aveva omesso solo i particolari. *Una ferita ancora troppo profonda per parlarne.* Questo gli aveva detto, un premio di consolazione verbale. Lui sembrava aver accettato la spiegazione senza alcun dubbio, da uomo paziente e tenero qual era. Adesso lei si sente al sicuro. Nessuno può smascherarla: i genitori, che sarebbero stati i più difficili da convincere, sono morti tra le due guerre. E si è già conquistata - o *riconquistata,* dal punto di vista di Yongmal - la cosa più importante: la fiducia di suo marito.

Si domanda quando sia cominciato davvero, quel gioco.

Non quand'è entrata nella sartoria di Young-min.

Era già cominciato quando si chiamava Kaiyo.

Si chiamava Kaiyo quando aveva conosciuto Yongmal. Anche lei aveva ricevuto un nuovo nome, Anzu, ma si rifiutava di usarlo. Forse il seme era stato piantato fin dall'inizio, quando le altre dispensatrici di conforto avevano cominciato a dire che erano gemelle, lei e Yongmal. Erano quasi alte uguali, più della media delle adolescenti, snelle ma con le spalle larghe. Le altre dicevano che ridevano con le spalle, perché andavano su e giù, con vigore, al ritmo frammentato delle loro risa sguaiate. Ma soprattutto avevano in comune gli zigomi pronunciati e il viso squadrato, che in seguito erano diventati simbolo della loro irritante cocciutaggine oltre che destinazione di parecchi pugni. Non c'era da meravigliarsi che una volta Jobasan le avesse gridato: «Anzu!» da meno di un metro di distanza. E nemmeno che Kaneda, l'ufficiale giapponese che andava da Yongmal e la torturava quasi quotidianamente, avesse cominciato ad andare da lei ogni sera, dopo la sua morte.

Lei voleva bene a Yongmal. Le aveva salvato la vita. In modi diversi, così tanti che nemmeno sarebbe stata capace d'immaginare. Le storie di casa sua le avevano insegnato che la bellezza esisteva ancora: qualcosa per cui valesse la pena vivere, non solo sopravvivere. Da Yongmal aveva imparato pure che certe voci non si potevano mettere a tacere. Piuttosto, morivano. E forse Yongmal, alla fine, aveva fatto la stessa scelta. In un certo senso, lei sentiva di essere la persona che le era stata più vicina al mondo, perché avevano passato insieme i suoi ultimi anni, a sussurrarsi storie. Tra le pareti della Stazione, Yongmal era la filosofa e lei la scrivana entusiasta. Svolgeva il suo ruolo con dedizione, mettendocela tutta per incidersi nella memoria ogni particolare di quelle storie. Era stato così che Kaiyo era sopravvissuta alla Stazione: immersa nel passato di Yongmal, fantasticando di essere nei suoi panni. Nelle sue scarpe.

Ma, anche quando quelle scarpe le aveva prese davvero, l'idea non le si era ancora affacciata nella mente. Prima di morire, Yongmal aveva dato le famose scarpe, dono di nozze del suo affettuoso marito, alla piccola Mija. E, quando lei aveva visto Mija morta sotto le macerie, gliele aveva sfilate dai piedini e se l'era messe. Voleva solo qualcosa da portare con sé, un ricordo di

Yongmal e Mija. L'idea, dunque, era germogliata a un certo punto della guerra successiva, quando attorno a lei tutto aveva ricominciato a trasformarsi in fuoco e zolfo. Aveva bisogno di concedersi un altro spiraglio di speranza, ma stavolta doveva essere qualcosa di più solido. Si era ripromessa di perseguire la felicità più grande che avesse mai conosciuto, anche se avrebbe voluto dire vivere sotto mentite spoglie per sempre. *Ho preso le sue scarpe... perché non prendere anche la sua vita?* In quel gioco, pensava, sarebbe stato sufficiente giocare bene per non fare del male a nessuno. Anzi, ne sarebbero usciti tutti vincitori. Le piaceva pensare che fosse l'ultimo regalo di Yongmal.

Adesso, però, si domanda: *Dovrò dividere questa felicità col guscio di Yongmal, per tutta la vita?*

Prima era contenta di sentire che una parte dell'amica, tanto tempo dopo la sua morte, viveva ancora dentro di lei, come un'amata gemella perduta. Adesso che si è guadagnata l'amore cui ambiva, quella che le sembrava una benedizione comincia a pesarle, ennesimo scheletro nel suo armadio già ingombro.

Questa è la storia di un neo.

Grande all'incirca come un pisellino, di un color melanzana chiaro. Lui ricorda benissimo la sensazione che provava toccandolo: si rizzava impertinente quando lo schiacciava, ma s'inclinava arrendevole se lo spingeva da un lato accarezzandolo. Una piccola stranezza di lei che lui non avrebbe mai dimenticato.

Perciò, quando la luce si spegne e i vestiti scivolano a terra, le sue dita cercano di nuovo la strada per il suo contrassegno, il suo « granello di bellezza ». Le mani ricordano in modo chiaro quello che per la mente è nebuloso. Percorrono l'avvallamento tra le clavicole, i seni piccoli e ritti - senza fermarsi o tirarsi indietro davanti alle cicatrici in rilievo, un mulinello di cartavetrata attorno all'ombelico - per rallentare, finalmente, vicino all'osso dell'anca destra. Per essere precisi, dove la punta inferiore dell'osso incontra la piega che, se seguita fino in basso, porta al suo morbido cespuglio. Lì dimora il piccolo adorabile neo.

Peccato che non ci sia.

Incredula, la mano schizza verso l'anca sinistra, ne traccia il perimetro alla ricerca affannosa di un minuscolo rigonfiamento scontroso. Ma fallisce di nuovo.

Lui si domanda se sia stato del tutto cieco, fino a quel momento.

E conosce già la risposta.

Lei sembrava la stessa, ma anche diversa. Stessa forma del viso, delle spalle; stessa risata, stessa furbizia. Eppure era stranamente timida: si era accorto che lo osservava di nascosto e che, qualche volta, arrossiva. In sartoria, al vederlo in abiti occidentali, era rimasta a bocca aperta, con l'incisivo scheggiato che faceva capolino tra le labbra schiuse, come se non l'avesse mai visto col vestito elegante. Nella sua testa, però, il tempo era l'unico colpevole. Dicono che in dieci anni cambiano perfino le montagne e i fiumi, era il suo ragionamento. E poi questo nuovo aspetto di lei era affascinante. La trovava anche più bella. Gli piaceva la sua pelle, più scura e lucida, colorata dal sole. Gli piacevano il suo sorriso infantile e generoso, il suo viso inondato di sincera contentezza quando aveva varcato la soglia della sartoria. Aveva un'energia contagiosa: perfino il reticente Shin, preso alla sprovvista, aveva raccolto il proprio sorriso e se l'era messo sulle labbra. La punturina di gelosia che aveva provato l'aveva sorpreso, ma era eccitante.

Lei ascoltava di più. Prima, nonostante la giovane età, Yongmal parlava molto più di quanto non ascoltasse e ci teneva a indirizzare il discorso dove voleva lei. Lui le consegnava le redini di buon grado e lasciava scorrere i pensieri seguendo la corrente, perché lei raccontava storie ingegnose con disarmante onestà e innocue iperboli. Dopo il suo ritorno, invece, non aveva parlato molto di sé. Sembrava contenta, piuttosto, di ascoltare lui, di sentirlo parlare della sua vita monotona, elencare un'accozzaglia di desideri presenti e passati, un attacco di nostalgia della vecchiaia, forse, oppure un piccolo atto di rivolta verbale con cui cercava di trovare un senso nel loro mondo assurdo.

A volte, durante le loro conversazioni sussurrate, coglieva nei suoi occhi il bagliore di una smania: si allargavano e poi le palpebre sbattevano due volte, rapide e decise. Si capiva che avrebbe voluto dire qualcosa.

Ma si tratteneva sempre. Lui l'avrebbe anche supplicata di levarsi il peso, di condividerlo, ma non osava. L'ultima cosa che voleva era spaventarla e metterla in fuga, aggiungere pressione alla sua mente già contusa. Non poteva perderla di nuovo. Non se lo sarebbe mai perdonato. La cosa migliore da fare, in conclusione, era aspettare. Finché lei non si fosse decisa da sola. Qualunque verità avesse scelto di raccontargli, qualunque momento avesse scelto per raccontargliela, era disposto ad accettarla. Senza domande e senza condizioni. Era quello che aveva sempre pensato durante la sua assenza: che null'altro importava, purché lei tornasse viva.

Si chiedeva cosa avrebbe fatto lei se avesse saputo che lui sapeva. Si domandava se forse non lo sapesse già, nel profondo di sé, ma fosse semplicemente troppo spaventata per ammetterlo. Lui conosceva la dolce consolazione di negare l'evidenza, di rinviare il confronto con la realtà. Aveva un'idea, seppur vaga, della fine che facevano le donne nubili rapite – era il motivo per cui il padre di Yongmal l'aveva fatta sposare in fretta e furia – perché le voci sopravvivevano a dispetto delle ragazze, che non sopravvivevano mai. Nessuna era stata abbastanza fortunata da fuggire e tornare, da diffondere la viscerale verità su ciò che i loro corpi avevano patito. Si rendeva conto che, se anche fossero tornate, non avrebbero osato parlarne apertamente. Perfino la loro società, la loro patria coreana, le avrebbe messe a tacere marchiandole come puttane. Sarebbe stato più facile chiamarle così – avrebbe risparmiato una ferita al suo orgoglio meschino – piuttosto che guardare in faccia la realtà: la patria non era stata capace di proteggere le sue figlie. E, senza vittime, non ci sono crimini. Lo sapeva benissimo.

Quello che però non aveva previsto era che lei non fosse più quella di prima, in senso letterale.

C'era stato un altro indizio certo, già prima dell'assenza del neo.

Ma ci era passato sopra più che volentieri.

Le aveva riconosciute subito, anche se erano piuttosto malconce, le scarpe che aveva fatto confezionare per Yongmal. Il modello, ideato da lui, doveva assecondare le sue esigenze di adolescente, sia pratiche sia estetiche. Aveva scelto un vitello costoso perché voleva viziarla, darle solo il meglio. E aveva scelto quella precisa tinta di granata perché sapeva che lei avrebbe disdegnato i miscugli di colori sgargianti, definendoli troppo leziosi e infantili, come se non fosse poco più che una bambina. Erano senza tacco e a punta tonda, in modo che potessero essere indossate per cavalcare e portare a passeggio il pony nei boschi.

E le aveva fatte fare della sua misura esatta. Dato che era ancora tanto giovane, lui era consapevole che i piedi le sarebbero potuti crescere ancora, trasformando il suo costoso regalo in una serie d'inutili strisce di cuoio cucite insieme. Ma era proprio quello il punto di farle quel regalo di nozze: dirle che lui le sarebbe stato sempre accanto, che sarebbe cresciuto e cambiato con lei, per aiutarla a raggiungere tutte le tappe dell'età adulta.

«Te ne farò realizzare un altro paio, se ti crescerà il piede», le aveva detto, guardandola negli occhi raggianti di felicità.

Perciò vedere le scarpe lise non l'aveva intristito, tutt'altro. Aveva cominciato a immaginare un nuovo modello di stivali: semplici, affusolati ma solidi, di pelle nera morbida; avrebbe potuto indossarli ogni giorno per andare al lavoro e anche per le loro passeggiate lungo il Taedong. Con quel dono voleva simboleggiare il loro nuovo inizio, dirle che qualsiasi cosa fosse successa prima non aveva importanza.

E voleva farle una sorpresa. Aveva aspettato che si fosse addormentata profondamente, accoccolata come un feto. Aveva sollevato un angolo delle coperte con estrema lentezza e, chinatosi, aveva avvicinato il righello al piede destro. Un cambiamento c'era stato, ma non quello che si aspettava. Rispetto al numero che ricordava dalla prima volta in cui le aveva preso le misure, c'era una taglia e mezzo di differenza. Peccato che fosse più piccola, non più grande.

Aveva ricontrollato tre volte, col cuore che pompava come un treno notturno, freddo e pesante.

Una delle banalità che aveva imparato nella sua carriera, lavorando a stretto contatto con altri sarti e calzolai, era che il piede cresceva con l'età, ma era impossibile che rimpicciolisse.

E adesso il neo.

Non riesce a inventarsi spiegazioni plausibili.

Le guarda di nuovo i piedi. Sembrano stremati quanto le scarpe di Yongmal sopravvissute alla guerra. A tre dita mancano le unghie. All'inizio pensava che fosse la conseguenza della crescita, della dolce insistenza a voler sopravvivere alle guerre calzando il suo pegno d'amore. E l'amore, per lui, non era in discussione. Se necessario, piuttosto, avrebbe messo in discussione il proprio ricordo. Si era convinto che la sua testa ingrigita avesse ripescato il numero sbagliato. Se una misura di scarpe non può rimpicciolirsi, la memoria di un vecchio può benissimo annebbiarsi. L'inganno però non funziona più perché, ancora una volta, le sue mani ricordano in modo chiaro quello che per la mente è nebuloso.

Chi è questa donna? domanda la sua mente. Il resto del corpo, invece, la conosce già intimamente. A conti fatti, l'ha conosciuta più a lungo di quanto non abbia conosciuto Yongmal.

Pensa che debba essere stata molto vicina a Yongmal, non c'è dubbio, per conoscere tutte le storie della sua vita, del loro matrimonio.

Ma non abbastanza da sapere del neo. Un piccolo segreto tra Young-min e Yongmal.

La loro prima notte, prima di sgattaiolare fuori della sua stanza, Yongmal gli aveva sussurrato che sarebbe dovuto restare un segreto tra loro due. Gliel'aveva fatto giurare.

Era passato un mese dal matrimonio. Era il giorno in cui avevano fatto una lunga passeggiata nel boschetto di betulle. Avevano discusso del futuro. Lei aveva parlato dell'equitazione. Lui della vita a Pyongyang. Per la prima volta lei l'aveva ascoltato con vivo interesse. I loro sguardi inciampavano di continuo l'uno nell'altro. Avrebbe voluto prenderla per mano.

Quella notte Yongmal era andata da lui. A parte la lampada a cherosene che sfarfallava accanto al suo letto, il resto era immerso nell'oscurità. Anche i grilli non cantavano più. Il silenzio notturno era punteggiato solo dal fruscio delle foglie autunnali e da languidi bubbolii.

Lei gli aveva fatto segno di tacere, prima portandosi l'indice alle labbra con delicatezza, poi coprendogli la bocca con la mano. La pressione salata del suo palmo sulle labbra era stata così piacevole che lui si era dimenticato di respirare.

Naturalmente, il corpo femminile non gli era sconosciuto. Sapeva percorrerlo, trovare la strada per condividere il piacere. Lei aveva quasi la metà dei suoi anni, ma di fronte all'audacia che dimostrava era diventato timido e nervoso come un adolescente. Si era accorto che gli tremavano le mani. Si era accorto pure che le mani di lei si avvicinavano alla lampada. Invece di spegnerla, però, Yongmal l'aveva accostata. Gli occhi le brillavano dell'innocente temerarietà di una bambina curiosa e risoluta; teneva la testa inclinata a destra, come un animale che osserva senza malizia. Con gli occhi tondi aveva armeggiato, frugato il suo viso e il suo petto nudo. Poi, con una lentezza quasi dolorosa, gli aveva passato le mani nei capelli lucidi di sudore. Neanche fosse la prima volta, lui non era durato a lungo.

Ma lei non era contrariata. La penetrazione non era la cosa cui teneva di più. Avevano passato molto più tempo a studiare e accarezzare l'uno il corpo dell'altra, come adolescenti innamorati.

« Dobbiamo rifarlo », gli aveva sussurrato Yongmal un istante prima di uscire, nell'oscurità della notte. E l'avevano rifatto. Quasi ogni notte.

Sebbene fossero sposati e innamorati, sia sul piano fisico, sia su quello mentale, avevano stanze separate. Yongmal voleva così. Andava da lui di soppiatto, come se incontrasse un amante. Lui non le aveva mai chiesto perché. Forse per una ritrosia giovanile, pensava. O forse era un atto di ribellione: fingere indifferenza alle disposizioni del padre. O forse ancora la intrigava avere un piccolo segreto, fare le cose di nascosto.

Quella era Yongmal: imprevedibile e scaltra.

Ma lei chi è?

Alza la testa per guardare la donna che ha davanti.

Un'intima estranea che conosce e non conosce.

Una ragazza con i piedi malandati e il pube coperto di cicatrici. Con un incisivo scheggiato. Il naso spolverato di minuscole bruciature.

Un generoso sorriso da bambina.

Puoi rischiare di perderla? si domanda.

Piange lacrime silenziose. Le bacia i piedi.

«Ti ricordi quando ti dicevo che te ne avrei fatte confezionare un altro paio, se ti fosse cresciuto il piede?» le dice.

Lei annuisce.

Lui capisce che per ingannare, come per amare, bisogna essere in due. Nessun raggiro è completo se non c'è qualcuno che si fa raggirare. E lui era disposto a crederle, anzi, di più: voleva disperatamente crederle.

Sa che cosa fare.

La cosa in cui è più bravo, quella che ha sempre fatto e che farà sempre.

Aspettare.

LA SESTA VITA

La spia che scrive in giallo

2005

«E come si diventa una spia?» mi chiede il signor Park, con la voce monotona che lo caratterizza.

Gli sorrido, pensando che parla come un filosofo o un poeta. Mi meraviglio di nuovo della sua calma, che nel tempo ho imparato ad apprezzare moltissimo. Sebbene mi abbia fatto quella domanda decine di volte, riesce sempre a pronunciarla come se fosse la prima. Credo che il segreto stia nella scelta delle parole: poche, ma attinte a un ricco vocabolario. Non gli piace ripetersi, anche se parla dello stesso concetto. Mi fa sorridere perché mi ricorda una persona cui sia io sia tu vogliamo bene.

«Nello stesso modo in cui si diventa madri, signor Park», gli rispondo, senza reprimere un sorriso.

Il silenzio, scivoloso come ghiaccio, taglia in due l'aria tra noi.

Il mio sorriso svanisce guardando la sua espressione. È addestrato a renderla indecifrabile, ma tre mesi di osservazione non sono stati tempo sprecato. Vedo i muscoli mandibolari contrarsi appena vicino all'orecchio, le vene delle tempie animarsi. Picchietta con l'indice sulla scrivania, piano, una volta, due volte.

Pensa che lo stia di nuovo prendendo in giro. Non è così. Ho usato la metafora migliore che mi venisse in mente. Mi dispiace che non l'abbia capita. Io però mangio la foglia, sono abbastanza sveglia da non oltrepassare i limiti.

« È un modo di dire, signor Park. Non avevo intenzione d'irritarla. E poi la versione convenzionale della risposta l'ha già sentita non so quante volte. »

Si lascia sfuggire un lieve sospiro, non è un brutto segno.

« Lo sa come funziona, signora Choi. Me lo racconti di nuovo. »

Raccontamelo di nuovo.

Per un po' era stata la tua frase preferita, dopo un anno di: *Che cos'è?*

Mi chiedevi di ripeterti le stesse storie in continuazione, pur conoscendone già ogni particolare, ogni ingranaggio della struttura narrativa, ogni virgola e ogni sospiro, semplicemente perché erano le tue preferite e ti piaceva ascoltarle e riascoltarle. Per te era un gran divertimento, per me un esercizio di pazienza. E diventava sempre più difficile, a ogni ripetizione, perché non mancavi mai di seccarmi con qualche nuova domanda: ma perché la moglie di Nolbu ha colpito Heungbu con un cucchiaio di legno? Perché non con un setaccio o con una pertica? Non potrebbe intervenire una gazza o un piccione? Perché dev'essere una rondine? Perché il leader supremo non ha dato da mangiare a Heungbu, se aveva tanta fame? A noi dà sempre da mangiare, no?

All'inizio lo trovavo affascinante ma poi, dopo qualche mese, avevo cominciato ad arrabbiarmi. Certe volte avevo proprio paura, perché sapevo che nella nostra società la via per il plotone d'esecuzione o per il campo di lavoro era lastricata di domande.

Domande. Ah, se ti piacevano. Appena sei stata capace di mettere insieme due parole per formare una frase, hai cominciato a fare domande. E non hai mai smesso, fino all'adolescenza. Immagino che da quel momento in poi tu ti sia rivolta soprattutto agli amici, ti saranno sembrati una fonte d'informazioni più interessante.

Dicono che per le madri i figli sono sempre dei geni, anche se alla lunga si rivelano bambini come gli altri. Io ero diversa: non ho mai pensato che tu fossi un genio. Però sapevo che eri molto più intelligente della maggior parte dei tuoi coetanei.

Quale bambino di tre anni fa domande sulla morte?

Un giorno ci hai chiesto come mai non avessi dei nonni. «Geumjoo ha due nonni. Perché io zero?» Ti ho risposto che erano mancati. Allora siamo stati risucchiati in una spirale infinita di domande. «Cosa vuol dire che sono mancati?» Che sono morti. «Cosa vuol dire che sono morti?» Che non sono più con noi, che sono andati in cielo e non possono tornare. « E cosa fanno in cielo? » Non lo sa nessuno, Mihee. « Come mai? »

So che non avrei dovuto usare questa vecchia espressione coreana, l'eufemismo per la morte: andare in cielo. Era stata bandita perché si pensava che avesse una connotazione religiosa e, naturalmente, la religione non trovava spazio nella nostra società. Io, però, la usavo ancora. Pensavo che per la tua testolina sarebbe stato più facile capire il concetto.

Qualche mese dopo, hai visto un aereo da vicino per la prima volta. Stavamo passando davanti al cancello del campo di aviazione di Hyesan. L'inizio della fine era ancora lontano e c'erano parecchi voli regolari. Ti sei accorta anzitutto del rumore. È cominciato come un rombo di tuono lontano e ti ha messa subito in allerta: ti sei abbassata e mi hai stretto la mano. Un attimo dopo, ci siamo trovate sotto un aereo colossale, ne vedevamo la pancia grigia, affusolata e l'abbiamo seguito mentre si alzava, finché il riflesso del sole sulla sua coda non è scomparso in un letto di nuvole. Estasiata, sei rimasta immobile per un pezzo, ben dopo che la scia di vapore era svanita.

Per il resto della giornata sei stata taciturna, cosa che non era da te. Ma quella sera, quando ti ho messa a letto, mi hai fatto una domanda a bruciapelo, stringendo forte le coperte.

« Mamma, hai detto che il nonno è andato in cielo, giusto? »

« Sì. Tutti i tuoi nonni ci sono andati, prima che tu nascessi. »

« Gli aerei volano in alto, nel cielo. »

« Sì, l'hai visto oggi. »

« Allora, se un giorno prendo l'aereo, posso andare dal nonno? »

« Guardi che non sono mai saltata giù da un aereo in volo e neanche da un edificio in fiamme. Contrariamente a quanto si crede, la prestanza fisica non è prioritaria. Non è così che comincia la maggior parte di noi », dico al signor Park.

« Allora come cominciate? Qual è la prima cosa? »

« Le lingue. »

Il signor Park inclina la testa, appena appena, verso destra. È un incitamento a continuare.

« L'inizio più tipico è all'Università degli Studi stranieri di Pyongyang. Selezionano gli studenti migliori, quelli più bravi nelle lingue straniere. E fanno controlli accurati su di loro. Devono provenire da buone famiglie, di un certo livello sociale, e avere la maggior parte dei parenti ancora in vita, per evitare che siano tentati di disertare e chiedere asilo nei Paesi stranieri in cui vengono inviati a lavorare. »

« Ma non è il suo caso. Lei non è mai andata all'università. »

« Certo che no. Io ero un'anticonformista. Sempre stata. »

Anticonformista. Mi accorgo di pronunciare questa parola con una punta di orgoglio simulato.

Mi accorgo che lui non mi sta più guardando. Il suo sguardo aleggia a mezz'aria, in direzione dell'angolo a destra, dove c'è una fioritura grigia di muffa. Il suo viso è inespressivo. Stavolta non riesco a capire che intenzioni abbia. Non so se sia concentrato su un pensiero o se si stia annoiando. Continuo lo stesso.

«Quando sono tornata al Nord, ero felicissima di aver ritrovato mio marito, che non vedevo da dieci anni. È stato il periodo più bello della mia vita, quello in cui ho vissuto con lui a Pyongyang. A quei tempi l'economia andava bene. I ragazzini, nelle nostre strade, erano ancora rosei e paffuti.»

Mio malgrado, mi commuovo. Mi arrabbio per la mia mancanza di autocontrollo. Stringo i pugni sotto il tavolo. Sento le unghie affondare nel palmo, lasciare solchi a forma di piccole mezzelune. Un dolore lieve, che mi serve a restare ancorata al presente, al luogo dove mi trovo.

Sembra che anche il signor Park si riscuota. Tace, ma i suoi occhi lo tradiscono: le pupille diventano più scure e più tonde, come quelle dei gatti di notte.

«Forse eravamo *troppo* felici, quindi anche un po' stupidi. Una felicità eccessiva può fare quell'effetto. Ti lasci andare, abbassi la guardia. Col senno di poi, sarebbe stato strano se non si fossero insospettiti fin dall'inizio. Chissà come ho fatto a non pensarci. Una donna che spunta dal nulla, dopo dieci anni di assenza.»

« Che cosa li ha insospettiti di più, in lei? »

È una domanda brusca, di cui il signor Park conosce già la risposta. Vuole indirizzare il discorso verso la sua destinazione, per arrivarci più in fretta.

« Le lingue, ovviamente. »

« In che senso? »

« Sapevo l'inglese. Lo parlavo molto bene. »

« E prima no. »

« No, neanche una parola. E poi il giapponese. Lo sapevo un pochino anche prima, ma al mio ritorno ero in grado di leggerlo e parlarlo alla perfezione. »

« Come hanno scoperto le sue competenze linguistiche? »

« Immagino che la colpa sia della mia vanità. Lavoravo allo spaccio in valuta straniera a Pyongyang, dove solo le persone di alti natali potevano acquistare legalmente la merce d'importazione. Spesso traducevo i manuali in coreano, per i clienti. Credevo di rendermi utile e di fare un innocuo sfoggio d'intelligenza. Qualcuno deve avermi denunciata agli agenti della Bowibu. Ammetto di essere stata ingenua. O semplicemente stupida. »

L'aeroporto. Il luogo dove hai visto il tuo primo aereo. E anche quello che ti ha rubato l'innocenza. Da quel momento in poi non sei più stata una bambina.

Al campo di aviazione di Hyesan hai assistito alla

tua prima esecuzione pubblica. Non avevi ancora undici anni.

Facevano in modo che i bambini cominciassero presto a vedere certe cose. Era il loro metodo educativo preferito, ideato per instillare paura e ubbidienza.

Era strano vedere la morte alla luce del giorno. Il sole splendeva assordante quanto il megafono della propaganda.

Erano due giovani, entrambi legati a un palo di legno per la testa, il petto e le caviglie. Avevano gli occhi bendati. Erano stati arrestati per aver guardato uno un film porno americano, l'altro una commedia romantica contrabbandata dal Sud. Il castigo era lo stesso: fucilazione.

Hanno sparato tre volte, ognuna verso le corde che legavano i condannati ai pali. Al primo colpo, esplodeva la testa. Al secondo, i corpi cadevano in ginocchio, come se chiedessero perdono. Al terzo, crollavano a terra. È durato pochissimo. Una nebbiolina rosa aleggiava attorno ai pali rigati di sangue ancora caldo.

In un mondo di gente normale, ti avrei coperto gli occhi.

Un paio di mesi dopo, hai compiuto undici anni. Ci hai annunciato che regalo volevi.

Una bicicletta. « Punto e basta », hai detto.

Invece ti abbiamo comprato un paio di scarpe rosse, lustre. Eri furiosa. « Sai quant'è difficile trovarle? » ti ha chiesto papà.

« Le altre ragazze della tua età darebbero chissà cosa per un paio di scarpe rosse come queste », ho rincarato io.

Non siamo stati a specificare che alle bambine non era permesso andare in bicicletta. Ci sembrava che dovessi saperlo benissimo e che fosse proprio il motivo per cui avevi chiesto quel regalo specifico. Nel nostro mondo, un corpo femminile su una bicicletta era considerato un'impudenza: le gambe aperte con la sella in mezzo, come quelle di un contadinotto a cavallo, e il sederino che danzava al ritmo della pedalata. Uno spettacolo di orrore e impurità, secondo la gente.

Ma tu facevi di testa tua. Uscivi di nascosto con la vecchia bici giapponese di tuo padre, che era troppo grande per te. Hai fatto una brutta caduta vicino al fiume Yalu e per poco non ti sei rotta l'osso del collo. Io e papà sapevamo di non poterti fermare, perciò abbiamo finito per comprarti una bicicletta della tua misura. Ti abbiamo fatto promettere di non usarla se c'era in giro qualcuno.

Ma tu... Vedendoti in bicicletta, la gente ha cominciato a sparlare. I ragazzini ti insultavano. Uomini e donne di una certa età ti gridavano dietro quando li sorpassavi zigzagando sulla via principale. La maestra mi ha convocato per farmi la ramanzina: « Le darò una sculacciata! Non vorrà che sua figlia perda la verginità con una bicicletta! »

La scena dell'esecuzione pubblica aveva avuto uno strano effetto sulla tua mente. Un effetto collaterale indesiderato. Aveva stuzzicato la tua curiosità. Desideravi anche tu un pezzetto della cosa per cui quei due giovani pensavano che valesse la pena rischiare la vita. Per fortuna, tu eri furba. Capivi che la tua debolezza comportava dei pericoli e sapevi quando fermarti. Giocavi col fuoco senza scottarti. L'hai imparato da me.

Io e papà sapevamo che eri destinata a trafficare con cose proibite, ben più rischiose di un giro in bicicletta, che era tabù ma non era un reato perseguibile penalmente. Ci rendevamo conto che dirti di non fare una cosa non sarebbe servito a nulla. Meglio raccomandarti di non farti beccare. Ti ho insegnato a fingere e ingannare, la mia specialità, acquisita nel corso di due guerre.

Una delle prime cose che hai imparato da me è stata raccontare storie. A scuola, intelligente com'eri, andavi benissimo in tutte le materie, tranne una: la purificazione. Era l'ora settimanale di autocritica durante la quale, a turno, tutti dovevano confessare i peccati commessi contro il partito, ovvero pensieri, parole e opere in contrasto con gli ideali del leader supremo. Si cominciava già coi bambini, addestrandoli a fare la spia non solo con gli altri ma anche con se stessi. Il partito la chiamava « introspezione », ma il resto del mondo l'avrebbe chiamata « autosorveglianza ». Tu la definivi « una rottura di palle ». « Mamma, la maestra vuole costringermi a confessare, ma io non ho assolutamente niente da confessare! Allora lei si arrabbia, mi grida che ho appena peccato, perché ho mentito e non ho detto la verità! »

« L'arte di raccontare storie », ti ho risposto io. « Fingi che sia quello, l'argomento della lezione, Mihee.» Il trucco ha funzionato, perché leggere ti piaceva, soprattutto i romanzi. Inventare storie per l'ora di autocritica era un compito delicato. Bisognava produrre resoconti di piccole trasgressioni, che fossero credibili e abbastanza gravi da passare per peccati, ma al tempo stesso abbastanza innocenti da risparmiare a chi le raccontava una grossa punizione o la lista nera. Tu hai imparato in fretta. Sei diventata una macchina da storie. *Stamattina, prima di uscire per venire a scuola, ero ancora mezza addormentata e mi sono dimenticata d'inchinarmi davanti ai ritratti del nostro grande leader e del nostro caro leader. Perdonate la mia deplorevole mancanza di disciplina. Quando nell'ora di storia abbiamo studiato l'ideologia del* juche *del nostro grande leader, ho capito che l'altro giorno mi sono macchiata di un delitto gravissimo, barattando la mia matita di scorta con la gomma della compagna Young-hye. Muoio di vergogna per aver messo in atto senza volerlo il malvagio capitalismo americano. Quando ho ricevuto dolci e vestiti nuovi per il compleanno del nostro leader supremo, ero così contenta che ho abbracciato e ringraziato mio papà, dimenticandomi che quei doni arrivano in realtà dal nostro rispettato leader e padre, non da mio papà!*

Ti ho insegnato anche a piangere. A mano a mano che crescevano, i ragazzi dovevano mostrare un entusiasmo sempre maggiore per le sessioni di purificazione, che a volte terminavano addirittura nell'isteria di massa, con pianti e urla. Gli studenti cominciavano a versare qualche lacrimuccia di senso di colpa, che poi si trasformava in crisi di pianto che coinvolgevano tutto il corpo: s'inginocchiavano e oscillavano col torso, picchiavano i pugni sul pavimento. Per te, inventare una storia era una cosa, fingere una crisi di pianto era un'altra. «Come faccio a piangere per il senso di colpa, se non lo provo?»

Un venerdì sì e uno no, tornavi a casa frustrata e arrabbiata e sentivo nella tua voce l'amarezza di un tentativo fallito di farti spuntare le lacrime. Ma sapevo che ne saresti stata capace. Ti serviva solo un carburante diverso. Ti ho detto di provare a usare la rabbia. «Pensa alle persone che ti hanno fatta arrabbiare. Per esempio, quel prepotente che ha tirato un sasso alla bicicletta, ti ha fatta cadere e poi ti ha chiamata 'troia viziata'. Devi trasformare quel sentimento esplosivo in lacrime, tesoro.» Ti ho anche spiegato un trucco biologico, casomai quello psicologico non funzionasse. «Abbassa la testa e copriti gli occhi come se stessi piangendo, ma tieni gli occhi spalancati, non sbattere le palpebre. Cominceranno subito a pungere, a bruciare, e alla fine si riempiranno di lacrime, che tu lo voglia o no. Sgorgata la prima, le altre verranno da sole, vedrai.»

La lezione di pianto ti è tornata utile, soprattutto più avanti, quando il leader supremo, che la gente sotto sotto considerava immortale, è morto. Sull'intera nazione è calato l'incantesimo dell'isteria apocalittica. La folla si è radunata davanti alle colossali statue di bronzo di Kim Il-sung, alte come palazzi di quattro piani, per piangere in massa tutte le lacrime che aveva. L'asfalto scintillava per il sole di luglio e l'acre calore emanato da milioni di corpi che si dibattevano in preda al dolore. Moltissimi svenivano. Qualcuno addirittura è morto. Intanto le unità di sorveglianza dell'*inminban* tenevano d'occhio la situazione. I *banjang* di tutte le unità lavorative e scolastiche prendevano nota di quante volte i membri manifestavano dolore in pubblico e di quanto piangevano. Non piangere equivaleva a flirtare con la morte.

Adesso sto scrivendo questo diario, o questa lettera se preferisci, in giallo. La settimana scorsa, scrivevo in viola. Quella prima, in rosso. Quando mi sono lamentata per il rosso col signor Park, perché ero stufa di vedere testi scritti in quel colore, lui è stato comprensivo e mi ha dato il viola. Mi sono lamentata ancora, chiedendo che mi portasse un normalissimo nero. Ma lui, con la sua tranquillizzante voce monotona, ha ribattuto che il viola è un colore nobile, un simbolo di regalità. «In passato le tinture naturali con cui si otteneva il viola erano molto rare, quindi poteva usarle solo un ristretto numero di persone. Chi aveva una certa posizione sociale e una certa disponibilità economica.» A suo dire, quest'aura di esclusività è perdurata nel tempo e alla lunga il viola è diventato emblema di nobiltà. Io gli ho sorriso e gli ho detto che la storia mi era piaciuta. Per me, però, il viola restava il colore della fame, delle facce e dei corpi morti ammucchiati alla stazione ferroviaria e sulle strade del mercato di Hyesan.

Sapevo benissimo che il signor Park mi aveva rifilato una fandonia. Sapevo che mi aveva dato il viola perché era uno dei pochi colori rimasti. Ma era una fandonia creativa, una bella storiella. Mi piaceva quell'aspetto di lui: apprezzava il buon uso del linguaggio. Perciò, quando mi ha restituito il pastello viola, l'ho preso e l'ho usato per scrivere.

Sembra quasi un evidenziatore, senza parti dure o appuntite. Al posto della mina di grafite c'è la cera colorata e, al posto del legno, sottili strati di carta che si strappano a mano a mano, invece di temperare. Insomma, è un ibrido tra una matita e un pastello a cera, destinato ai bambini piccoli, ma qui non mi è permesso avere altro, per scrivere. Nella mia stanza non possono entrare oggetti appuntiti: penne, matite, forchette, nemmeno le bacchette di legno per mangiare. Devono essersi fatti un'idea esagerata di me, manco fossi James Bond o MacGyver e mi bastasse una penna per far fuori qualcuno. Sapevo usare certi tipi di armi e anche veleni, in caso di necessità, ma il lavoro sporco non era il mio campo.

La mia specialità era imbastire storie, come quella che ti sto scrivendo adesso. Il signor Park è stato il primo a capirlo ed è stato lui a suggerirmi di scrivere. Sapeva che di notte ero inquieta, nella mente mi si agitavano troppi pensieri. «Scrivere è il modo migliore per mettere ordine nei pensieri confusi, signora Choi, ed è anche un ottimo passatempo», mi ha detto. «Può scrivere in forma di diario o di lettera a qualcuno, se la fa sentire più a suo agio. »

Da quel momento mi sono messa a scrivere con queste matite colorate di cera e carta, con cui non posso fare del male né a me stessa né agli altri. E abbiamo tutti da guadagnarci: io tengo la mente occupata ed evito d'impazzire, e loro possono verificare meglio la mia credibilità, leggendo quello che scrivo. Setacciano ogni mia parola, orale e scritta, allo scopo di trovare il minimo inghippo, la minima discrepanza nelle mie testimonianze ripetute, prima di poter decidere se sono affidabile o no.

All'inizio odiavo il giallo. Mi lamentavo col signor Park perché coi miei vecchi occhi non lo vedevo bene sulla carta bianca. Allora lui ha ribattuto che il giallo è il colore della speranza. « Una cosa di cui abbiamo entrambi un gran bisogno, ora come ora », mi ha detto, col suo sorrisetto trattenuto, un'espressione che confonde perché gli occhi e la bocca raccontano storie diverse.

Giallo speranza. Se me l'avesse detto qualcun altro, l'avrei liquidato come un cliché. Come ti ho già raccontato, però, il signor Park ha un modo di dire le cose che le rende significative. Anche quando parla di banalità.

Essendo perlopiù un ascoltatore laconico, sa quando tenere la bocca chiusa e quando aprirla. Con la sua voce vellutata, la sua fronte pensierosa. Come tuo padre.

Avevi due anni. Una mattina sei venuta da me, mi hai preso il viso con tutt'e due le manine paffute e mi hai dato un bacio leggero, come se fossi la cosa più delicata e tenera del mondo. Poi mi hai detto: « Come papà bacia mamma ».

Avevamo pochi ricordi di te, prima dei due anni. Non ho mai vissuto l'esperienza di stringere fra le braccia un fagottino di gioia, ammantato nel mio sangue. L'ondata di beatitudine e terrore, le lacrime scaturite da un legame crudo, fisico... niente di tutto ciò. C'è voluto tempo per conoscerti. Per apprezzarti. Sono diventata la tua mamma a poco a poco, un passo alla volta. Sono diventata mamma con la pratica. Con l'esercizio.

Non abbiamo mai saputo chi fosse la tua madre biologica. La tua prima madre adottiva è stata Young-shim, la sorella di tuo padre, che hai visto nelle foto di famiglia e che chiami zia. Il suo corpo, come il mio, non poteva generare. Sapevo solo che aveva adottato la figlia illegittima di una minorenne del quartiere, che stava pensando di suicidarsi. Nemmeno il fatto di essere vedova aveva fermato Young-shim. Dovevi piacerle molto.

Ti abbiamo presa con noi quando lei è morta in un incidente ferroviario a Hyesan. Secondo tuo padre, era nostro dovere adottarti e crescerti come se fossi nostra figlia. Io avevo paura del grande cambiamento che diventare genitori per caso avrebbe comportato. Non ero sicura di poter volere bene a una bambina approdata nella nostra vita in modo imprevisto, e non perché la desideravamo. Ci è toccato anche trasferirci da Pyongyang a Hyesan, dove Young-shim era responsabile degli scambi commerciali con la Cina, per farci carico del suo lavoro.

Non è stato amore a prima vista, bensì un legame progressivo. Come studiare una lingua straniera. Più la impari e più ti entusiasmi, più ti piace. E ci vogliono tanto esercizio e tanta pazienza. L'amore ti cresce dentro a poco a poco, a ogni ninnananna che canti, a ogni capriccio che plachi, a ogni cucchiaiata di pappa ingoiata o sputata. Le tue ricompense mi prendevano sempre alla sprovvista: la prima volta che mi hai chiamata mamma; i miei ritratti stilizzati dal titolo *L'amicha più brava del monndo*; gli abbracci improvvisi con cui m'immobilizzavi e gli assonnati « ti voglio bene » che mi dicevi prima di addormentarti, senza un motivo particolare. In vita mia non avevo mai visto una creatura tanto vulnerabile, eppure tanto aperta, pronta ad amare e a fidarsi incondizionatamente.

Comportandomi da madre innamorata, lo sono diventata.

E il momento in cui ho compreso appieno la presenza di quell'amore dentro di me è stato quando hai detto quella frase: « Come papà bacia mamma ». Quando mi hai dato quel bacino e mi hai preso il viso tra le manine paffute.

In fatto di amore, tuo padre era l'opposto di me. Era come un bambino: generoso di natura, pronto ad arrendersi senza condizioni, fin dall'inizio. Come un bambino, aveva il coraggio di essere vulnerabile e aperto. Era così che mi amava, e che amava anche te.

Aveva l'amore negli occhi già nell'istante in cui eri entrata nella nostra vita, come se qualcuno avesse premuto un interruttore. Era la sua lingua madre, non aveva bisogno d'imparare.

Quando l'ho conosciuto, era molto più grande di me. Eppure mi parlava e mi ascoltava come se fossi l'insegnante più preziosa. Era un uomo umile, con una lingua nobile. Un ribelle romantico, che non aveva paura di tenere per mano sua moglie in pubblico e dirle « ti amo » ogni mattina. Per la sua famiglia era capace di grandi sacrifici: trasferirsi a Hyesan aveva significato rinunciare alla sua condizione privilegiata di sarto, ma non aveva battuto ciglio. « Per un vecchio come me è il momento ideale per ritrovare uno scopo nella vita », aveva detto con un certo entusiasmo. Rispetto al suo lavoro nella sartoria, dove aveva un calendario fitto di appuntamenti coi funzionari di partito, la gestione dei commerci a Hyesan era poco impegnativa. Oltretutto, grazie ai suoi contatti a Pyongyang, importare e distribuire i tessuti stranieri per i cittadini di alto lignaggio era più semplice che mai e gli lasciava tempo per la famiglia.

Quando ero lontana per l'addestramento o per una missione, papà ti faceva sia da madre sia da padre. Anzi, è stato una madre migliore di quanto non lo sia mai stata io. A dirti la verità, all'inizio ero un po' gelosa. Forse mi sentivo come una figlia maggiore che si vede sfuggire tra le dita un amore che fino a quel momento aveva monopolizzato. Ma ero invidiosa di te anche come figlia: io non ho mai avuto un padre come il tuo, né un'infanzia come la tua. Mio padre non era un uomo generoso: era un mietitore di dolore, la sua esistenza si alimentava della sofferenza altrui. L'origine del mio lato oscuro è tutta lì. Non c'è da meravigliarsi che per essere attratta da tuo padre mi fosse bastato quello che avevo sentito raccontare di lui, molto prima di conoscerlo di persona. Volevo amarlo ed esserne riamata. E in segreto volevo proteggerlo. Lo sai che praticamente tutti i giorni gli dicevo di sentirmi la donna più fortunata del Chosun ad avere un marito come lui? Al tempo stesso, però, pensavo che lui fosse fortunato ad avere me. Un uomo come tuo padre, da solo, non se la passerebbe bene in questo mondo di pazzi. Gli serve avere accanto qualcuno come me: una donna buona e cattiva, capace di amore sconfinato e disposta a uccidere per difendere il suo sentimento. Una donna che conosce la lingua dei folli.

«Mi racconti dell'Ufficio di collegamento 130», mi dice il signor Park.

«È dove sono stata addestrata.»

«Mi racconti come funziona, signora Choi. Il processo di addestramento.»

«Sa che non posso parlare in generale. Il mio è stato un caso atipico.»

«Vorrei riascoltarlo, se non le dispiace.»

Oggi la gentilezza del signor Park è insipida come

una pianta di plastica, come se facesse dell'ironia. Mi offendo e rimango sorpresa dalla mia reazione. Mi domando se non mi stia trasformando in un patetico caso di sindrome di Stoccolma: sono stata in isolamento troppo a lungo, a parlare sempre e solo con una persona. Ma mi rifiuto di lasciarmi travolgere da pensieri negativi sul mio unico alleato. Forse oggi è solo stanco. Forse non vede l'ora di tornare a casa da sua moglie e suo figlio, sdraiarsi sul divano a guardare la tv e non dover pensare al lavoro.

« Nel mio caso, hanno cominciato con la tortura. Mi tenevano d'occhio da un po'. Qualcuno mi aveva segnalata come persona sospetta. Dieci anni di assenza e quel ritorno improvviso. Più la conoscenza delle lingue straniere. Pensavano che fossi una spia del Sud o del Giappone. In seguito ho saputo che tra le loro talpe c'era il signor Shin, il giovane apprendista che lavorava per mio marito a Pyongyang. Sono rimasta di sasso quand'ho scoperto che era un informatore della polizia segreta. Il suo compito principale era origliare i discorsi tra mio marito e la sua clientela politica. Mi sembrava incredibile che nemmeno i pezzi grossi del partito fossero del tutto esenti dalla sorveglianza. Mi ero accorta che il compagno Shin ci teneva d'occhio, me e mio marito, ma pensavo che la sua fosse invidia, perché eravamo una coppia innamorata e molto felice. »

Sospiro. Non posso fare a meno di sbuffare anche, al pensiero della mia stupidità.

« Magari in parte era così », osserva il signor Park, in

un sussurro. Ha gli occhi bassi, come se parlasse a se stesso. Poi mi guarda. « Continui. » Ha di nuovo quella voce asciutta.

« Mi hanno torturata in tutti i modi. Ho confessato la verità su chi ero, ma all'inizio non mi credevano. Forse non era la storia che si aspettavano di sentire. Ci hanno messo del tempo a capire cosa stesse succedendo. Ad accettare che la verità era assurda. »

« E qual era la verità? »

« Che ero un'imbrogliona, ma non una spia. »

Il signor Park mi guarda senza fiatare.

« Non ero Yongmal, la ragazza che dieci anni prima aveva sposato Young-min, mio marito, per poi sparire all'improvviso. Avevo conosciuto la vera Yongmal alla Stazione del conforto di Semarang, in Indonesia, uno dei molti luoghi dove sorgevano basi militari giapponesi durante la Seconda guerra mondiale. Io e Yongmal, come decine di ragazze coreane, eravamo state rapite e portate a Semarang come dispensatrici di conforto. Chiamavano così le schiave del sesso. È stato lì che ho imparato bene il giapponese. Alla Stazione, dicevano tutti che sembravamo sorelle, io e Yongmal. Siamo diventate buone amiche. Lei era una che parlava sempre. E a me piaceva quel suo aspetto. Mi raccontava della sua vita in Corea. Della sua famiglia, del suo paese, del suo recente matrimonio. Di suo marito. Le volevo bene e la invidiavo. Yongmal è morta alla Stazione, di tubercolosi. Io sono sopravvissuta e sono tornata in Corea. Avevo perso le tracce della mia famiglia, mia madre e la mia sorellina. Così mi è venuta l'idea di ritrovare la famiglia di Yongmal. E l'ho fatto. Sono diventata lei. Sono diventata la moglie di suo marito. Mio marito. »

« E le è riuscito molto bene. »

« Sì. »

« Suo marito non si è mai accorto di nulla. »

« No », rispondo, guardando fisso il signor Park. « Sono brava in quello che faccio. »

Inizio di agosto. Un raro giorno di canicola estiva a Hyesan. L'umidità fioriva sotto le ascelle, gocciolava dalle tempie. Mi sentivo sfinita. Tu e papà avevate già visto due cadaveri sulla strada per la stazione. Eravate venuti a prendermi. Stavo tornando da Pyongyang, da un « viaggio di lavoro ». Non ci vedevamo da quasi sei mesi.

All'estremità sud del binario era scoppiato un trambusto. Una madre insieme col figlio che viaggiavano senza permesso, beccati da un poliziotto in borghese. Sempre più persone avevano cominciato a correre il rischio di viaggiare clandestinamente in cerca di cibo, che scarseggiava.

Il giovane poliziotto aveva ordinato alla donna di consegnargli il fagotto che portava. Lei si era rifiutata. Preso in contropiede, il poliziotto aveva estratto la pistola e si era messo a gridare, ma la donna, all'improvviso, gli era balzata addosso, mani e piedi, come un piccolo animale. Dietro di lei, ho visto il figlio scattare stringendo il fagotto. Spari. Un urlo acuto.

Nella mia testa era già scattato l'allarme. Mi faceva galoppare il sangue, battere il cuore in gola. Però le mie mani erano immobili. Nulla nel mio corpo tremava. I muscoli del mio viso erano rilassati. Avevo perfino indossato la maschera di un sorrisetto. E il mio cuore si era subito adeguato. Con l'armatura della calma derivante dall'addestramento, sono passata oltre il luogo dov'era in corso la scena.

Il viso di tuo padre è comparso nel mio campo visivo. Poi ti ho sentita gridare - «Mamma!» - alle mie spalle.

Tuo padre stava gridando il mio nome. Gli ho letto l'orrore negli occhi.

Mi sono voltata. Ti ho vista a terra. In lacrime. Metà del viso era gialla, coperta di polvere sottile. Dalla bocca aperta ti usciva sangue.

Sono corsa da te e ho cercato di sollevarti, però mi hai scacciata.

Quand'è arrivato tuo padre, ti sei lasciata abbracciare da lui. Ti ha pulito il viso con la manica. Poi mi avete guardata entrambi. Con occhi da cagnolino ferito: un'occhiataccia disgustata.

All'Ufficio di collegamento 130 mi avevano insegnato a comportarmi da straniera. Da giapponese, da cinese e perfino da americana di origini asiatiche, se la missione lo richiedeva. La padronanza delle lingue straniere non è sufficiente. Ti addestrano a rinnegare la tua lingua madre, a non mandare all'aria la copertura reagendo quando la senti. Per mesi mi avevano costretta a vivere e sognare in lingue straniere, esprimendo i miei pensieri o nascondendoli usando esclusivamente parole straniere. Ogni volta che mi voltavo sentendo qualcuno che mi si rivolgeva in coreano venivo punita, anzi, era sufficiente che gli lanciassi un'occhiata. *Compagna! Ehi, dico a te! Salve! Scusa! Attenzione! Aiuto!* Un richiamo in particolare aveva richiesto più tempo degli altri, perché imparassi a ignorarlo: *Mamma!*

Alla fine l'addestramento aveva funzionato. Alla stazione ferroviaria, quando era partito il colpo, tu ti eri messa a correre verso di me a braccia aperte, gridando: « Mamma! » Volevi proteggermi. Volevi accertarti che stessi bene. Volevi salvarmi e volevi che io salvassi te.

Invece io ero passata oltre, come se tu fossi invisibile. Eri rimasta ferma, interdetta. Uno sciame di soldati, allarmati dal rumore dello sparo, stava arrivando di corsa. I curiosi si erano dispersi come conigli spaventati. Ti avevano spinta ed eri caduta, faccia a terra. Avevi guardato in su, sanguinante, e avevi gridato: « Mamma », fino a restare senza voce.

« Come mai hanno cambiato idea e hanno deciso d'ingaggiarla? »

« Hanno cominciato a convincersi quando gli ho raccontato come avevo imparato l'inglese. L'ho imparato da bambina, da un missionario canadese che gestiva una fabbrica di fiammiferi nel mio villaggio, in Corea del Nord. L'ho perfezionato da adulta, lavorando per i militari americani durante la Guerra di Corea.»

«Che genere di lavoro svolgeva per gli americani?»

La voce del signor Park, quando pronuncia la parola «lavoro», trema impercettibilmente. Non è da lui.

«Facevo l'interprete tra le donne coreane e i soldati americani in quella che chiamavano Casa delle scimmie. Era una struttura non molto diversa dalla Stazione del conforto. Basta sostituire i giapponesi con gli americani e la Seconda guerra mondiale con la Guerra di Corea.»

Mi manca la voce. Il signor Park strizza gli occhi.

«Com'è finita a lavorare alla Casa delle scimmie? Cioè in una struttura simile a quella in cui era stata schiava?»

«Non sapevo dove mi stessero portando. Mi ero travestita da maschio, ero da sola, mi barcamenavo per sopravvivere al conflitto. A Busan ho avvicinato dei soldati per chiedere lavoro, ho detto loro che sapevo l'inglese. Avevo fame e non avevo un posto dove dormire.»

Il mio sguardo sorvola la testa del signor Park e si posa sulla finestra sotto il soffitto, la piccola apertura quadrata che non è una vera apertura, ma un'illusione. L'unica cosa che riesce a passarci attraverso è la luce stanca del sole. Doppio vetro temperato. Un intreccio di sbarre d'acciaio che la fa sembrare più uno scarico troppo grande che una finestra troppo piccola. Nessun rumore la attraversa, né in entrata, né in uscita.

«Signora Choi, si concentri, per favore. Il tempo stringe», mi esorta il signor Park. «Ci dica come mai all'RGB hanno cambiato idea.»

«Hanno cambiato idea quando hanno saputo cos'avevo fatto alla Casa delle scimmie.» È stato il pensiero del Reconnaissance General Bureau, i servizi segreti nordcoreani, a spingermi a guardare le inferriate, la finestra. Allora chiudo gli occhi. *Concentrati.* «Ho dato fuoco all'edificio. E poi sono scappata di nuovo al Nord.»

«Ma perché si sono decisi a crederle?» insiste il signor Park.

«Gliel'ho detto, all'inizio non mi credevano. Poi hanno controllato e hanno scoperto che esisteva un rapporto su un caso che combaciava con la mia storia. Una struttura militare americana nei pressi di Busan, distrutta da un incendio in cui avevano perso la vita alcuni soldati. E un ragazzo orfano che ci lavorava come interprete risultava disperso. A quanto pareva, il Sud aveva concluso che dovevo essere una spia mandata dal Nord. Ero ricercata dagli americani come terrorista. Come guerrigliera. Al Nord, questo mi rendeva automaticamente un'eroina. Il loro atteggiamento nei miei confronti è cambiato dalla sera alla mattina. Volevano che diventassi una delle loro spie. Avevano tutto da guadagnarci: ero un'agente bell'e pronta, avevo bisogno di pochissimo addestramento. Conoscevo già le lingue, sapevo sopravvivere in condizioni impossibili, ingannare, e atteggiarmi a qualcosa che non ero. Il furto d'identità che avevo messo in atto era stato il mio più grande successo. L'RGB non si sarebbe mai lasciato sfuggire l'occasione d'ingaggiarmi. Così *mi hanno fatto un'offerta che non potevo rifiutare.*»

Pronuncio l'ultima frase facendo la voce più profonda che mi riesce. Un tentativo di alleggerire l'atmosfera per il povero signor Park, che sta avendo una giornataccia. Lui, però, non coglie. È sempre più solenne ultimamente. E non posso fare a meno di domandarmi se alla fine ciò tornerà a mio vantaggio oppure no. Sono vicini a prendere una decisione? Il pensiero mi scatena un brivido.

«Avrebbero ridotto il mio addestramento al minimo indispensabile. Avrebbero perfino lasciato che continuassi a gestire l'attività di import-export con mio marito. Pensavano che quel lavoro mi avrebbe avvantaggiata, come spia, consentendomi di attraversare i confini e di avere contatti più liberi con gli stranieri. Ma soprattutto mi hanno promesso che, se avessi accettato di lavorare per loro, il mio *segreto* sarebbe stato al sicuro. In altre parole, se avessi rifiutato, avrebbero rivelato la mia vera identità al mio amato marito. Non avevo altra scelta che accettare l'offerta e diventare un'agente dell'RGB.»

«Le ragazze», sussurra il signor Park. Noto che il suo pomo d'Adamo va su e giù.

«Come?» Sento la pioggia cominciare a picchiettare sulla finestrella. Che tempismo.

« Le ragazze, signora Choi. Le donne coreane della Casa delle scimmie. Cosa ne è stato di loro, quando ha dato fuoco a tutto? »

Primo giorno di addestramento all'Ufficio 130.

Mi avevano fatta salire, insieme con una decina di altri, su un autobus dai vetri oscurati. Un mezzo corazzato, un misto tra un carro armato e un bus navetta, insomma. I finestrini lunghi e stretti erano neri e lucenti come occhiali da sole, ma per sicurezza eravamo bendati. L'interno odorava di grasso rancido. Siamo partiti piano. All'improvviso uno schiocco forte, freddo, ci ha catapultati in uno stato di allerta cieca e le dita di mani e piedi hanno preso a formicolare. Sapevo dove si trovava ogni persona a bordo dell'autobus in base al suo respiro. Poi si è sentito un altro schiocco sordo, stavolta più prolungato, seguito da un'eco. Le porte del montacarichi si sono chiuse. E abbiamo cominciato a scendere.

Mi è sembrata un'ora, dieci chilometri di profondità. Tuttavia, ho ricordato a me stessa che in assenza della vista, a volte, le altre sensazioni che si avvertono diventano elastiche e malleabili come una caramella gommosa. Al buio il tempo diventa ingannevole: elusivo e perfido, ci sfugge. L'avevo imparato sopravvivendo all'oscurità di due guerre.

Quando il sibilo metallico finalmente è cessato, zittendo anche ogni irrequietezza umana, mi sono trovata assediata dall'odore grigio. Era odore di cemento bagnato di pioggia, casalingo e muschiato; una cantina, piena di scaffali di libri ammuffiti. Ricordi non del tutto sgradevoli. Ben presto, però, mi ha preso una paura consapevole che mi ha spinta a cercare di capire cosa fosse quel posto, quel ciclopico mondo sotterraneo, sepolto nelle profondità di Pyongyang. Camminando al buio, attenta al rimbombo cavernoso dei miei passi, ho fatto una congettura dopo l'altra. Mi è venuto in mente che potesse essere un rifugio antiaereo, ma anche altre cose cui non volevo pensare, come un centro di rieducazione o un campo di lavoro forzato, due varianti della schiavitù.

Togliere la benda che mi rendeva cieca è stato accecante. La delicata sfumatura di rosso della luce che filtrava dal tessuto nero ripiegato si è disintegrata in un'esplosione di bianco talmente forte che alcuni degli altri presenti miagolavano come gattini feriti.

Davanti a me, si allungava una strada di Myeongdong, il quartiere dello shopping di Seul, in Corea del Sud. La luminosità, con la sua martellante allegria, mi stordiva, e avevo la gola secca e salata. Una sfilza di enormi vetrine su entrambi i lati della via catturava e rifletteva l'illuminazione intensa in un ciclo infinito; riverberava in ogni direzione, non c'era neanche un angolino buio. I manichini erano vestiti con abiti sportivi in stile occidentale, come anche i numerosi pedoni che sfoggiavano jeans stinti, magliette colorate con vistosi loghi in inglese, scarpe Nike, occhiali da sole neri come la pece, minigonne, tacchi alti e rossetto rosso sangue. Tutte cose bandite dal partito; chi le mostrava in pubblico si aggiudicava un biglietto per i campi di rieducazione. Soprattutto il rossetto rosso. L'ultima volta che l'avevo visto era stato alla stazione di Hyesan. La carestia spingeva le madri a prostituirsi. Una schiera di giovani donne di *songbun* non elevato era disposta a farlo, pur di non veder morire di fame figli o fratelli. Dato che la prostituzione era un grave crimine contro il partito, quelle donne non avevano altro modo di adescare i clienti che con sguardi di sottomissione ai viaggiatori maschi, combinati col rossetto rosso, la lettera scarlatta che era una speranza di sopravvivenza.

Accanto a Myeong-dong c'era Osaka. Le insegne al neon del quartiere Dōtonbori mi hanno inondato gli occhi. Anche se li chiudevo, continuavano a fluttuarmi nella testa. C'era già il gigantesco Corridore, ad accogliermi a braccia aperte, surreale e mozzafiato almeno quanto la statua di bronzo di Kim Il-sung a Mansudae, alta venti metri. Oltre Osaka cominciava il quinto arrondissement di Parigi, che comprendeva un mini Jardin du Luxembourg e un collage di pezzi del Quartiere latino, dove qualche universitario sbronzo, il *bourgeois bohème* annoiato dai privilegi della vita occidentale che conduceva, si trastullava ancora con l'idea del comunismo.

Quel mondo nel sottosuolo della capitale era il loro simulacro del mondo vero. Un parco divertimenti iperrealistico, un campo di addestramento intensivo, dove venivano plasmati gli agenti segreti della Repubblica popolare democratica di Corea.

Quasi tutti i giorni facevo colazione con Amandine, una francese tracagnotta di mezza età, rapita a Parigi all'inizio degli anni '70, con cui mi esercitavo nella conversazione quotidiana; poi pranzavo con Yuki, una ragazza riservata, rapita a dodici anni sulla costa della prefettura di Niigata, per imparare il giapponese colloquiale e i proverbi tradizionali; la cena era a Washington, con Malcolm, un robusto disertore statunitense di Huntsville, in Alabama, che era scappato al Nord durante la Guerra di Corea dopo essersi ubriacato e aver ammazzato per sbaglio il sergente del suo plotone in una rissa. Mi aiutava a ripassare la storia americana e il lessico militare in inglese.

Di notte spesso mi addestravano a comportarmi come una donna del Sud. Imparavo come parlare, mangiare, sorridere, camminare e pensare da sudcoreana. (Quel tormentoso processo mi ha anche fatto capire quanto fosse grande ormai il divario tra Nord e Sud.) Ogni errore veniva punito, senza eccezioni. Per fortuna, imparavo in fretta. Già un paio di mesi dopo il mio arrivo, quando mi svegliavano nel pieno della notte, anche mezza addormentata riuscivo a lagnarmi con un accento sudcoreano perfetto.

La prima volta che mi sono trovata davanti alla via piena di luci di Myeong-dong, a Seul, ho pensato a tua nonna. Mia madre, che ritenevo morta da tempo. I ricordi di lei, insieme con quelli della guerra, erano sprofondati sotto il livello della consapevolezza. Lei veniva da Seul e mi raccontava con tenerezza della sua infanzia nella capitale, costellata di teatri e biblioteche, bancarelle per le strade e gelati. Dopo aver sposato mio padre, strappata alla vita cittadina che tanto amava, si era trasferita in campagna, al Nord, e aveva avuto me. Mi domandavo cosa avrebbe detto vedendo quella copia fedelissima della sua città, un segreto ironicamente sepolto nel cuore del Nord. Mi domandavo come si sarebbe sentita.

Adesso invece mi domando quale sia stata la tua reazione, la prima volta che ci sei stata.

Scommetto che ne eri entusiasta, per nulla intimidita o spersa. E scommetto che sei stata abbastanza scaltra da nascondere il tuo entusiasmo.

«Nei fine settimana dovevamo svolgere vari compiti nella Seul dell'Ufficio 130. Attività quotidiane che solo chi vive nel capitalismo avrebbe svolto. Tutto quello che si va a fare in banca: aprire un conto corrente, trasferire denaro, aggiornare un libretto di risparmio. Compiti più facili e un po' più divertenti erano, per esempio, noleggiare un film e fare shopping. C'erano sudcoreani, la maggior parte dei quali rapita nella zona demilitarizzata, che interpretavano vari ruoli - passanti, impiegati di banca, negozianti - per insegnarci la gestualità e correggerci dizione e intonazione.»

«Come si chiamavano?»

«Ovviamente avevano nomi falsi. Ma non le sarà difficile trovare i loro dossier in base alle descrizioni che ho fornito. Anzi, sono sicura che l'ha già fatto.»

Alzo lo sguardo. Il signor Park distoglie il suo, per un istante. Un baluginio di senso di colpa. Vorrei dirgli che non c'è nessun bisogno di provare rimorso, stiamo solo facendo il nostro lavoro. Invece vado all'attacco con un'altra cosa: una domanda a bruciapelo. Un'improvvisazione. Una scorciatoia.

«E gli altri nomi?» chiedo, senza tentennamenti.

«Quali nomi?»

Gli sorrido. L'ho preso alla sprovvista. E capisco che lui sa. Ha le labbra strette in una piccola *o*.

«Signor Park, le sto chiedendo, molto semplicemente, se i suoi superiori sono pronti a fidarsi di me.» Mi volto verso destra e fisso lo specchio grigio che occupa quasi metà della parete, uno specchio che dall'altro lato funziona come una finestra.

Il signor Park fa un respiro profondo. Poi mi guarda dritto negli occhi. Come per incitarmi a proseguire.

«Se sono pronti a sentire i nomi che sono venuta a darvi, signor Park. La lista degli agenti mandati dal Nord, come me, a lavorare sotto copertura in Corea del Sud.»

Credevo che il tuo risentimento per le mie frequenti assenze sarebbe stato duraturo.

Invece, intelligente e affettuosa com'eri, l'hai ben presto trasformato in qualcosa di diverso.

Quando avevi due anni e mezzo, dicevi di voler sposare tuo padre; a otto, hai dichiarato di voler essere come me, da grande.

« Voglio diventare una *donna d'affari*, come te, mamma », mi hai detto con la tua vocina seria, quella impostata che usavi per assicurarti che ti prestassimo attenzione. Ti ho chiesto se sapevi cosa comportava il mio lavoro. Per te era un bel lavoro, punto. Per farlo, indossavo bei vestiti e viaggiavo per il mondo, che alla maggior parte della gente non era consentito vedere.

Ho sospirato e ti ho sorriso, contemporaneamente. E ti ho detto che solo le persone molto intelligenti potevano diventare come me. « Devi studiare parecchio, tesoro, soprattutto le lingue straniere », ti ho detto. « Negli affari sono lo strumento di negoziazione che ti serve per raggiungere i tuoi scopi. »

Tu eri ansiosa d'imparare, io ti bombardavo d'insegnamenti. Con la tua passione divorante, che solo una mente fanciulla può avere, assorbivi ogni elemento di conoscenza linguistica che ti trasmettevo. E ne chiedevi sempre di più. Hai perfino cominciato a stabilire nuove regole, come i fine settimana in cui si parlava solo inglese, i venerdì in cui si parlava cinese, i mesi di agosto in cui si parlava giapponese. Non ti ho mai insegnato l'accento sudcoreano, ma immaginavo che stessi già provvedendo da sola, come molti ragazzini svegli della tua generazione, che guardavano e si scambiavano di nascosto copie di telefilm del Sud.

Ti ho insegnato tutte quelle cose perché volevo che diventassi anche tu una *donna d'affari*. Non una doppiogiochista come me, che si muoveva nell'ombra, ma una vera donna d'affari che potesse assaporare il successo alla luce del sole. Pensavo addirittura che avessi la stoffa della diplomatica. Perché no? Volevo che entrassi nell'élite vera e propria, una possibilità che a me era stata preclusa. Volevo che percorressi la via della seta.

Perciò quando mi hai detto che ti avevano accettata all'Università degli Studi stranieri di Pyongyang, mi sono commossa. Ero orgogliosissima di te. Non nego il fatto che la mia era un'esultanza vicaria, in cui proiettavo su di te la soddisfazione per quello che a me non era stato consentito di fare.

Mi ero concessa un momento di smaccato snobismo.

È immobile, con le braccia allargate. Mi dà le spalle. Lo sento sospirare con una lentezza esasperante, due volte.

Non ho mai visto il signor Park assumere un atteggiamento tanto teatrale. In fondo, però, me lo aspettavo. Lascio che sia lui a rompere il silenzio.

«Perché vuole inimicarsi il suo unico alleato?» mi chiede. Il tono è spazientito. Mette sul tavolo un foglio, proprio sotto il mio naso.

«Non le interessa la mia lista?»

«Smettiamola di giocare, signora Choi», sbraita. Lo

vedo chiudere la mano destra, che diventa un pugno sul tavolo. « Anzitutto, non è una lista. Contiene un nome solo. Che fine hanno fatto gli altri che ci aveva promesso? Tutti i nomi degli agenti segreti dell'RGB operativi in Corea del Sud? »

« Non so i loro veri nomi. Conosco solo gli alias che usano in missione. »

« Secondo lei, signora Choi, dovrei bermi tutte le sue stronzate senza battere ciglio? »

« Mi ha ascoltato, signor Park? Non le ho forse detto che la nostra è una nazione di spie? Fin da quando si è abbastanza grandi per saltare la corda, si viene addestrati a non fidarsi di nessuno e a denunciare chiunque, anche i propri parenti. Non le ho forse detto che anche i pezzi grossi sono costantemente sotto sorveglianza? L'unica persona libera, in Corea del Nord, è Kim Jong-il. Non si fidano di nessuno e non vogliono che ci fidiamo gli uni degli altri. Danno per scontato che tra noi ci siano agenti doppiogiochisti. Quindi, per l'amor del cielo e per l'ultima volta, ribadisco che le ho detto la verità. Non conosco i nomi veri. »

« Allora lei non ci serve a niente. »

« Sbagliato. Posso darvi i nomi in codice degli agenti e i dettagli delle loro missioni, e descriverli fisicamente. Grazie a queste informazioni potrete scoprire molte cose. Ne avete già scoperte parecchie. »

Vedo che la stretta del pugno si allenta un po'. I suoi occhi guizzano di lato. Poi fa un altro sospiro profondo.

«Parliamo allora dell'unico nome della lista. Quello è vero», dice. È un'affermazione, non una domanda.

«Sì.»

«Non ha molto senso, no?»

Mi lancia un'altra occhiataccia, la testa inclinata come quella di un corvo.

Io sto in guardia. E zitta.

Lui emette un suono a metà tra un sospiro e una risatina stiracchiata. «Choi Mihee. Non sarà un nome che conosce un po' troppo bene?»

Nella vita di ogni madre arriva un momento in cui capisce di non poter controllare la vita dei figli come vorrebbe. Più loro crescono, più lei recita questa verità come un mantra per risparmiarsi ulteriori paure e delusioni. In fondo, però, le rimane una fede cieca nel potere che esercita sulla prole, tenace come le goccioline di pioggia su una ragnatela dopo un temporale, aggrappate al sottile miraggio materno di poterla ancora salvare, di poterla rimettere sulla buona strada, quella cui è destinata.

Io mi credevo diversa dalle altre madri. Infatti, non ti ho mai proibito di fare cose pericolose. Ho sempre saputo che avresti voluto provarle. In fin dei conti, avevi la mia cocciutaggine. Piuttosto, ti dicevo di non farti beccare. *Non farsi beccare, non imbrogliare,* era il nostro motto segreto. E tu lo mettevi in pratica senza alcuno sforzo.

Gli anni che hai passato all'università di Pyongyang sono stati belli, ma con la polizia segreta non si scherzava. Ti sorprendevano alle spalle, quando meno te l'aspettavi. Periodicamente facevano ispezioni a campione negli alloggi studenteschi. E chi si faceva trovare in possesso di materiali sovversivi di contrabbando finiva davanti al plotone d'esecuzione. L'anno prima, avevi visto tre compagni di studi giustiziati. La solita esecuzione pubblica all'università, alla luce del sole. I corpi venivano lasciati a marcire per giorni, perché nessuno dimenticasse quali erano le conseguenze di tradire il partito. Ma bastavano un paio di settimane perché i ragazzi riprendessero a fare quello che facevano prima.

Una sera, eri a letto col nemico.

Stavi guardando un melenso film sudcoreano in cui il rampollo di un *chaebol* e una ragazza normalissima e squattrinata s'innamoravano nonostante tutto. (Va sempre a finire così, no?) Avevi preso a prestito la videocassetta da un compagno del corso d'inglese, che arrotondava duplicando e distribuendo nastri illegali. Tu e le tue amiche lo chiamavate il Monaco.

La polizia segreta cominciava col togliere la corrente a tutto l'edificio nel mezzo della notte. Poi andavano di porta in porta. La prima cosa che facevano era individuare il videoregistratore e toccarlo. Se era ancora caldo, riallacciavano la corrente e lo accendevano per controllare il contenuto della cassetta. Se era « pulito », ovvero presentava le solite porcate propagandistiche della famiglia Kim, eri a posto. Ma l'idea che dei ragazzini guardassero filmati di propaganda dopo mezzanotte, per divertirsi un po'... be', era più verosimile trovare Buddha in un bordello.

Se la videocassetta era « sporca », eri fregato. Non si poteva estrarla e nasconderla, perché senza la corrente restava intrappolata nel lettore. Se si cercava di tirarla fuori con la forza, finiva sventrata, il lucido nastro marrone srotolato a testimoniare il tradimento. E, se anche, con qualche trucco magico, riuscivi a tirarla fuori intatta, non la scampavi. La prima cosa che facevano era toccare il videoregistratore, ricordi? Perciò sapevano che era caldo. Sapevano che stavi guardando una cassetta e che l'avevi nascosta. Visto? Non c'era via d'uscita.

Era così che il Monaco era andato incontro al suo destino, povero ragazzo. L'avevano preso e, nel giro di due settimane, fucilato. Aveva diciannove anni. Ma la natura del suo reato era troppo atroce, secondo loro, aggravata com'era dall'istigazione. Una manciata di altri studenti si era fatta riempire di piombo o spedire nei campi di lavoro con accuse simili.

Ma tu, Mihee, l'hai fatta franca. Non ti hanno mai torto un capello.

Non farsi beccare, non imbrogliare, l'avevi imparato. Ti tenevi sempre pronta per quelle incursioni alle prime luci dell'alba. Avevi sempre due videoregistratori accesi, contemporaneamente. Anche quella sera. Contenevano due cassette diverse: una con l'elogio della vita del nostro Grande Fratello e l'altra con la commedia romantica sudcoreana proibita. Così entrambi i videoregistratori si scaldavano, ma tu guardavi solo quello che trasmetteva il secondo. Il primo non era collegato al televisore.

Quando la polizia segreta aveva tolto la corrente, gli altri studenti erano andati nel panico. Tu invece eri calmissima. Non dovevi far altro che nascondere il videoregistratore con la cassetta sudcoreana nell'armadio e collegare al televisore l'altro. Ci voleva un minuto.

E, precisamente un minuto e trenta secondi dopo che era mancata la corrente, gli agenti avevano fatto irruzione. Avevano toccato il videoregistratore e constatato che era caldo. Avevano riallacciato la corrente e fatto ripartire il filmato. Avevano visto sullo schermo il sorriso benevolo di Kim Jong-il e migliaia di persone in lacrime che esultavano al minimo movimento delle sue dita. Era tutto perfetto. Tutto pulito.

Dove gli altri pensavano che non ci fosse via d'uscita, tu trovavi sempre una strada. Una minuscola apertura. Una crepa di cui nessun altro si era accorto.

Quando mi hai raccontato questa storia, ho notato che ti brillavano gli occhi. Come alla tua prima lezione d'inglese, in cui recitavi l'alfabeto con la voce arrochita dall'eccitazione. Stavolta però il luccichio era anche più intenso, più sinistro. Ho capito che la tua luminosità adolescenziale ormai sfuggiva al mio controllo.

Poi hai cominciato a portarti addosso quello strano

sorriso interiore. Nuovi segreti che non avresti più condiviso con me.

Ti avevo fornito le esche giuste ed eri in grado di ardere per conto tuo. Non stava a me fermarti.

Come me, tu sei una trasformista. Ma più per divertimento che per necessità di sopravvivenza. Non ce l'avevi nel sangue: ce l'avevi sulla lingua, attorno agli occhi con cui mi hai sempre ammirata. Era il mio amore. Il mio vanto.

«Nella nostra società, l'unico modo di fare certe cose legalmente era entrare a far parte dei servizi segreti. Mihee era una recluta da manuale. Nei rapporti della polizia era descritta come una rivoluzionaria fanatica, ossessionata dai filmati di propaganda del leader supremo. Era anche una delle studentesse più brave dell'Università degli Studi stranieri e parlava già correntemente svariate lingue. Ovvio. Aveva imparato tutto dalla migliore.

«Alla fin fine, assumere identità diverse è come parlare lingue diverse. Quando impari una lingua straniera, non stai solo memorizzando le parole che la compongono. Ne assorbi gli umori e i manierismi, la storia condivisa delle persone che la parlano con spontaneità. Appena cominci a sentire che la padroneggi, ne sei anche padroneggiato, come in un incantesimo. Ti basta cambiare lingua per trasformarti in un'estranea. Assumi un'aria nuova. Scivoli dentro la storia di qualcun altro senza nemmeno accorgertene. »

M'interrompo per prendere fiato. E mi rendo conto che sto parlando come se scrivessi. Come se pronunciassi un discorso. Per il signor Park non sarà un problema, è un estimatore delle parole scelte con accuratezza. Lo guardo in faccia. Mi accorgo che l'ho conquistato. Almeno per il momento.

« Una volta, lei mi ha chiesto delle ragazze, le coreane che stavano alla Casa delle scimmie durante la Guerra di Corea. Mi ha chiesto cosa ne fosse stato quando ho dato fuoco all'edificio. La verità è che non lo so. Non ho più avuto loro notizie. Ma posso assicurarle che ho cercato di salvarle, tutte quante. Il giorno che avevo scelto era quello del controllo medico mensile, per cui venivano portate all'ospedale militare in città. Al mattino, quando le avevo caricate sul camion, avevo infilato una pistola rubata al custode nelle mutande di una di loro. Avevo legato le mani di tutte con nodi scorsoi, che avrebbero sciolto facilmente con uno strattone. Avevo raccomandato loro di liberarsi non appena il camion avesse rallentato sulla mulattiera tortuosa, di sparare in testa al conducente e saltare giù, scappando attraverso il bosco. Non so se ci siano riuscite. Potevo solo sperare che andasse come previsto. Almeno per qualcuna di loro. Quello che sto cercando di fare adesso non è molto diverso. Sto cercando di salvarmi concedendo una seconda possibilità sia a me stessa sia a mia figlia. Me la merito. Ne ho passate di tutti i colori e anche di più. Ormai avrà capito che non me ne frega niente dell'ideologia, e nemmeno a mia figlia. Mi sono limitata a destreggiarmi tra le cazzate che mi rifilavano. Stavolta, però, mi farebbe comodo una mano. Non mi considero una ladra, quindi non le chiedo di aiutarmi gratuitamente. Se lei mi aiuta, io aiuterò voi. Da me e da mia figlia apprenderete più cose sui meccanismi interni dell'RGB di quante non ne abbiate apprese da chiunque altro, soprattutto da quelle finte spie che avete incastrato qui alla KCIA. Tutto quello che chiedo è piena accoglienza per me e per mia figlia, immunità totale per quello che abbiamo fatto finora, e in cambio avrete le inestimabili informazioni che sono in nostro possesso. Bisognerà mantenere la massima segretezza, ovviamente, e non informare i media, perché, se all'RGB vengono a sapere del nostro voltafaccia, di certo cambieranno ogni codice segreto e ogni protocollo operativo il più in fretta possibile. Non appena lei e i suoi superiori avrete accettato le mie condizioni e garantito per la nostra sicurezza, coinvolgerò anche mia figlia. Lei è persino più preziosa di me. I suoi ricordi sono più freschi, le informazioni che può fornire più aggiornate. »

Tra noi cala di nuovo il silenzio. Il più lungo, finora. Ma non è né freddo né tagliente. È caldo e teso, come una vertigine. Lui ha bisogno di tempo per digerire e io glielo lascio. Gli ho già porto l'elsa che non potrà fare a meno d'impugnare.

« Non capisco. »

Vedo milioni di punti di domanda lampeggiare nei suoi occhi.

Si volta verso il grande specchio grigio, come se cercasse un sostegno o un accordo.

« Tanto per cominciare, come ha fatto a mantenere i contatti con sua figlia, signora Choi? L'ha detto lei che la sorveglianza è incessante, che i servizi stessi proibiscono ogni forma di corrispondenza tra gli agenti. Non potete rivelare agli altri nessun particolare delle vostre missioni, a meno che non dobbiate svolgerle insieme. »

Ricaccio indietro un sorriso. « Abbiamo usato un metodo semplicissimo, signor Park. È stata un'idea di Mihee. Come le ho detto, è brava a trovare le crepe che gli altri non notano. Con tutte le nuove tecnologie sviluppate nel corso della Guerra fredda, noi abbiamo fatto ricorso alla forma di comunicazione più arcaica che esista. Lettere. Scritte a mano. A lei piaceva scriverle. Di regola, c'era sempre un altro agente che le intercettava e censurava tutto quello che poteva riferirsi all'RGB. Mihee ci stava attenta, ma quando ricevevo le sue lettere poteva capitare che un paio di parole fossero cancellate. È ovvio che ci infilava quegli errorini apposta. Erano diversivi. Come i peccatucci che s'inventava per le lezioni di purificazione a scuola, solo per tenere buone le talpe. E riempiva il resto dei fogli con gli innocui, monotoni racconti della vita che faceva. A me piaceva leggere quelle cose. I particolari proibiti, che riguardavano soprattutto le sue missioni e i suoi progetti per il futuro, li scriveva all'interno della busta.

Erano buste marroncine, del tipo più comune in tutti gli uffici. Scollava le giunture e scriveva il messaggio segreto con una vecchia candela. Di quelle lunghe e sottili, facili da impugnare. Ne avevamo sempre, in casa, perché in Corea del Nord la corrente mancava spessissimo. Quelle candele all'inizio erano bianche, ma col tempo diventavano galline. Era praticamente lo stesso colore delle buste. Anche a guardar bene, non si vedeva nulla. Bisognava bagnare la carta e stenderci uno strato di acquerello scuro. Allora il testo di cera risaltava e diventava leggibile.»

Adesso è il mio turno di sospirare, per metà di sfinimento e per metà di soddisfazione.

Poi mi accorgo che il cuore mi batte un po' più forte del solito. Vecchio orologio, che suona le ore in modo sempre più stonato.

Per fortuna so come calmarlo, come illuderlo che vada tutto bene.

Afferro l'unico oggetto che mi è consentito avere in questa stanzetta: il bastoncino giallo, un ibrido tra un pastello a cera e una matita. Lo metto tra indice e medio, e lo sfrego con delicatezza sul rigonfiamento del medio - il callo dello scrittore, lo chiamano - come se stessi scrivendo. Il peso familiare della tranquillità mi opprime piacevolmente e mi sento di nuovo ancorata, integra, come parole su un foglio.

LA SETTIMA VITA

Confessioni di un matrimonio qualsiasi

2006

Rousseau

Aimé Adel affermava che il matrimonio è un viaggio dallo straordinario all'ordinario.

Un incessante processo di scoperta in cui, goccia dopo goccia, capisci che quello che ti sembrava tanto speciale in realtà è mediocre. Somiglia molto al modo in cui mia madre descriveva la fine del rapporto con mio padre: tutti gli aspetti di lui che le erano sembrati originali ed eccitanti si erano rivelati, banalmente, le caratteristiche del donnaiolo. « Un cliché, triste e patetico », diceva.

La sicumera con cui le aveva chiesto la mano al loro primo appuntamento. L'audacia con cui al terzo appuntamento si era fatto tatuare il soprannome di lei sul bicipite interno. La soavità con cui al quinto l'aveva fatta ballare a piedi nudi sul tettuccio della sua Cadillac di seconda mano, sulle note di *Earth Angel (Will You Be Mine)*.

Tutti quei momenti speciali, purtroppo, non erano

stati una sua esclusiva. Era venuto fuori che mio padre aveva recitato lo stesso copione con varie altre donne. Aveva perfino riciclato il soprannome tatuato - *Mon petit chardonneret,* mio piccolo cardellino - per almeno quattro di loro. L'ultima era una spogliarellista che si chiamava Angela Diabola. Quando io avevo nove anni, lui ci lasciò per quella ragazza dal nome strano.

Poco tempo dopo, anche Dio mi lasciò.

Ero cresciuto in una famiglia religiosa. I miei nonni in gioventù erano stati missionari e mia madre mi portava in chiesa la domenica. Da piccolo credevo a ogni parola della Bibbia, come quasi tutti i bambini cresciuti in un solido ambiente cristiano. Uno dei miei passi preferiti era Matteo 17,20: «In verità io vi dico che, se avete fede quanto un granello di senape, potrete dire a questo monte: 'Passa da qui a là', e passerà; e niente vi sarà impossibile». Come Philip in *Schiavo d'amore* di Somerset Maugham, che aveva un'assoluta fiducia nel fatto che Dio l'avrebbe guarito dalla malformazione congenita al piede, io credevo che ci avrebbe restituito mio padre, se l'avessi pregato con tutta la sincerità di cui ero capace. Come il piccolo Philip, dunque, stabilii una data in cui si sarebbe compiuto il miracolo e mi misi a pregare. L'attesa fu inebriante. Non avevo nessun dubbio che Dio avrebbe esaudito il mio desiderio perché sapevo che avere una fede assoluta nel suo potere era l'unico requisito necessario. Nutrire il minimo dubbio avrebbe significato segare le gambe alla benedizione che contavo di ricevere. E dato che la mia fede era assoluta, proprio come quella di Philip, anche l'avvilimento che provai un mese dopo, la mattina dell'atteso miracolo, fu assoluta. Nel romanzo, il piede di Philip non guarisce e nella mia infanzia mio padre non tornò da noi.

La mia fede cieca si sbriciolò in fretta. La mia fede nella Chiesa come comunità, tuttavia, perdurò. I parrocchiani dei miei nonni ci aiutarono in quel periodo difficile: venivano a trovarci spesso per assicurarsi che avessimo da mangiare, mentre mia madre passava le giornate a letto, depressa. Quando si fu rimessa in piedi ed ebbe cominciato a fare i doppi turni per mantenermi, spesso io venivo invitato a cena a casa loro perché non restassi troppo solo coi miei pensieri tristi. Cresciuto in compagnia della consolante comunità parrocchiale, provavo un enorme debito di gratitudine per tanta gentilezza. E pensavo pure che sarebbe stato mio dovere saldarlo in futuro, una volta che fossi stato nelle condizioni di aiutare qualcun altro. Anche la mia passione per la Bibbia non svanì: quando smisi di vederci la fonte della verità, cominciò ad affascinarmi come opera narrativa, piena com'era d'irresistibili racconti rocamboleschi e di toccanti lezioni sulla follia umana. Sebbene non credessi più nell'onnipotenza divina, quando ero insieme coi miei confratelli continuai a recitare la parte del buon cristiano. Mi veniva spontaneo. Conoscevo la loro lingua, le parole della Bibbia e le melodie degli inni gospel. E poi, sebbene avessi perduto la fede, pregare mi piaceva ancora. La forza dell'abitudine mi forniva la consolazione che non trovavo in nient'altro.

Mi domandavo se per la gente comune il matrimonio fosse quello che era per me la religione dopo che mio padre se n'era andato: un sodalizio cui attenersi per abitudine e lealtà, perché anche se non c'erano più fede assoluta e passione esso continuava a offrire sostegno e conforto. Una costante soddisfacente, se non entusiasmante. *C'è di molto peggio*, pensavo.

Tuttavia, non mi piace pensare che noi - io e mia moglie - siamo gente comune.

Passo al setaccio i ricordi per trovare la prima sottilissima incrinatura nel mio matrimonio. Mi domando a che punto abbiamo cominciato a vederci come una coppia qualsiasi, di quelle che abbiamo sempre compatito. Di quelle che al ristorante guardano nel vuoto, oltre la spalla dell'altro, invece di guardarsi in faccia. Di quelle i cui tentativi forzati di conversare si riducono a una serie di sospiri. Di quelle che non si ricordano quand'è l'ultima volta che hanno fatto l'amore. Che stanno insieme solo per i figli.

Sembrava che il mondo attorno a noi fosse pieno di coppie infelici e, ogni volta che ce ne capitava davanti una più avvilita delle altre, io e Seong-mi facevamo la faccia da cane bastonato e ci dicevamo un silenzioso *Ti amo*. Ci crogiolavamo così nella nostra romantica superiorità, tinta di senso di colpa, eppure (anzi, proprio per questo) potente. «Se dovessi trasformarmi in una di quelle mogli tristi e represse, sparami in testa, per favore», mi sussurrava esagerando l'accento nordcoreano, e poi fingeva di morire tra le mie braccia. Io le davo un bacio in fronte e lei, rinvenuta, me lo restituiva sulla bocca, un lungo bacio con tutti i crismi. Seongmi è capace di sorprenderti in questo modo: di solito è tranquilla e pensierosa, ma nei momenti più inattesi può diventare l'audacia in persona con chi le è vicino.

Con chi la capisce e la conosce.

Pensavo di essere la persona che la conosceva meglio al mondo, finché non ho trovato il biglietto, semplice e crudelmente breve, che ha lasciato sulla scrivania del mio studio, vicino al computer.

Lo studio è l'unica stanza della casa in cui Aram non può fare irruzione; l'umidità estiva è fiorita attorno all'angolo in cima alla porta di legno, tanto che è quasi impossibile aprirla senza spingerla con tutta la forza di un adulto. Per questo, lo studio ogni tanto ci è anche servito per fare l'amore, quando avevamo voglia di qualcosa di nuovo, perché lì potevamo lasciarci andare senza preoccuparci che il bambino ci sorprendesse.

Ho bisogno di stare un po' di tempo lontana da tutto. Da sola.

Per favore, prenditi cura di Aram.

Il biglietto è scritto nella grafia di mia moglie: ordinata e minuta, brusca come uno strapiombo. Non ho dubbi.

E, proprio per la chiarezza della calligrafia, quando mi ha scritto non doveva avere fretta e non credo che fosse in pericolo, grazie a Dio.

Per sparire così, però, doveva pur essere successo qualcosa, almeno sul piano emotivo, se non su quello pratico.

Le mie emozioni cambiano nel corso della giornata: all'inizio è shock puro, poi un annebbiamento che mi ottunde e che, col tempo, si trasforma in rabbia, prima di modellarsi in un amalgama di confusione e ansia.

Se Seong-mi fosse stata depressa, me ne sarei dovuto accorgere da un pezzo.

Come ho potuto essere tanto cieco? mi domando. Eppure, lo sono ancora. Non ho idea del motivo per cui mia moglie è scomparsa.

Guardo Aram, il nostro angioletto di un anno, di etnia mista. Il suo sorrisone spensierato mi ricorda che in tutto questo c'è almeno una piccola consolazione: lui è troppo piccolo perché nella memoria a lungo termine gli resti impresso questo momento, l'incomprensibile episodio di sua madre che se n'è andata, un mattino, lasciando solo un biglietto di diciannove parole.

Mi vergogno ad ammettere che ieri sera non ho notato nulla di strano. E nemmeno stamattina, quando lei mi ha chiesto di portare Aram al parco giochi perché lei non si sentiva benissimo. Quando sono ritornato, ho trovato la signora Kwon, che ci aiuta in casa, ma di Seong-mi nessuna traccia. Ho messo a letto Aram, per il suo riposino. Sono andato nel mio studio per accendere il computer e ho trovato il biglietto vicino alla tastiera. Sono corso in camera nostra e ho scoperto che la sua valigia non c'era.

Seong-mi è scomparsa. Come un'illusione. *Da sola,* ha scritto.

Ho bisogno di stare un po' di tempo lontana da tutto.

Non avrei mai immaginato che m'includesse nella categoria « tutto », a prescindere da cosa la tormentasse. Credevo che sarei stato la prima e unica persona con cui si sarebbe confidata in caso di difficoltà. Mai avrei creduto, invece, di essere l'aspetto opprimente e triviale della realtà da cui voleva fuggire.

Un'illusione. La certezza di conoscere davvero qualcuno. La certezza che tua moglie sia un libro aperto per te, ogni pagina, ogni parola. Non hai pensato che potrebbe esserti sfuggito cosa c'è tra le righe. Le vecchie cicatrici e le sofferenze scritte con l'inchiostro simpatico.

Chi è questa donna, questa estranea?

« Bae Seong-mi. » Sussurro piano il suo nome, come se non l'avessi mai sentito prima, come se dovessi memorizzarlo.

Io e Seong-mi siamo entrambi speciali, ma non nel senso banale e idealizzato di « come nessun altro ». Tutti e due abbiamo vissuto anni di formazione che si discostano dall'ordinario, ma considero i suoi molto più strabilianti dei miei.

Io sono nato a Durham, nel Maine, da padre francese e madre coreana. Mio padre era un ex militare immigrato in America poco più che ventenne e mia madre un'orfana di guerra adottata da una coppia di missionari americani. Al suo arrivo negli Stati Uniti aveva circa tredici anni, però i miei nonni non conoscevano con esattezza la sua età. Da mio padre ho ereditato il naso affilato e gli occhi infossati, da mia madre le iridi marrone scuro, i capelli corvini e la pelle ocra che diventa color cioccolato dopo quaranta minuti di esposizione al sole. Nel nostro paesino rurale del Nord America, dove quasi tutti i bambini avevano la pelle chiarissima e i capelli color sabbia, spiccavo come una mosca su una torta nuziale.

I miei nonni erano persone intelligenti e amorevoli che, in pratica, hanno contribuito a crescermi. Andavo a casa loro, a Bangor, tutti i fine settimana e condividevano con me molte cose preziosissime: l'amore per la letteratura, il loro lessico sofisticato e le storie del mondo che avevano conosciuto da giovani missionari. Parlavano spesso e con ardore della Corea, nazione di cui sapevo pochissimo nonostante la mia eredità genetica. Ma a quei tempi conoscere la Corea non rientrava nelle mie priorità, anzi, cercavo di evitare ogni associazione che mi avrebbe distinto da chi mi circondava. Desideravo essere come tutti gli altri, un ragazzino che nessuno avrebbe additato in classe. Tuttavia, a mano a mano che crescevo, le cose sono un po' cambiate. Sebbene il mio aspetto esotico continuasse ad attirare gli sguardi degli estranei al di fuori di Durham e Bangor, c'erano anche alcuni vantaggi.

Il bambino goffo che avevo tanto disprezzato, perché era più alto di una testa rispetto a tutti i compagni, maturando era diventato un uomo snello e muscoloso, con bicipiti robusti come quelli di mio padre. Ero bravo negli sport, soprattutto se si trattava di lanciare la palla. Sebbene il mio fisico non fosse abbastanza forte da farmi diventare un atleta professionista, funzionava benissimo come armatura per tenere alla larga i bulli, anche senza bisogno di venire alle mani. Ma la sorpresa maggiore era stata accorgermi che piacevo a certe ragazze. Negli anni dell'adolescenza, in realtà, me ne stavo sulle mie: non volevo rischiare di diventare di nuovo lo zimbello del paese, finendo sotto riflettori indesiderati che mi avrebbero strappato alla normalità, la mia eterna comfort zone.

Seong-mi è stata forse la prima cosa fuori della norma che mi abbia attirato.

L'ho conosciuta a Shenyang, in Cina, dove ero missionario alla Church of New Life. Come mio nonno materno, dopo il diploma mi ero iscritto alla Cornell University e mi ero laureato in inglese e francese. Poi avevo fatto anche il dottorato in letteratura inglese. Al termine di questo lungo percorso di studi, avevo deciso di andare in Oriente per un anno, «per ampliare i miei orizzonti», su consiglio del nonno. Tramite uno dei suoi vecchi amici missionari, avevo saputo dell'esistenza della Church of New Life, una chiesa protestante sudcoreana in Cina che aiutava i rifugiati nordcoreani a raggiungere il Sud. Stavano cercando un giovane coreano-americano che facesse da interprete e assistente del pastore, e che fosse disponibile a insegnare inglese nella scuola locale. Non potevo sapere che il mio anno di volontariato si sarebbe protratto fino a trasformarsi in un lavoro vero, in cui accoglievo e aiutavo i rifugiati.

Seong-mi era una di loro ed era finita così alla nostra porta.

Aveva avuto una vita incredibile. Era nata a Hyesan, una delle città più settentrionali della Corea del Nord, al confine con la Cina. Più giovane di me, aveva vissuto esperienze che a una persona normale avrebbero rubato almeno dieci anni: era sopravvissuta a una carestia che aveva dimezzato i suoi concittadini; era scampata a un matrimonio violento che aveva fatto di lei una madre adolescente; aveva fatto i conti col traffico di stupefacenti e la prostituzione. Eppure non aveva mai perso l'amore per la vita. Poco più che ventenne, aveva deciso di scappare da sola dal suo Paese, il più totalitario e isolato del mondo.

La sua caratteristica più straordinaria era, per me, la calma. Nonostante tutte le turbolenze attraversate, aveva mantenuto una compostezza marmorea; mi ricordava il monaco vietnamita che negli anni '60 era rimasto seduto tra le fiamme dell'autoimmolazione senza battere ciglio. È vero che alcuni disertori che avevo incontrato manifestavano un'imperturbabilità simile, ma alla fine scoppiavano tutti al ricordo dei loro cari o dei traumi indelebili che avevano subito.

Forse una piccola parte di me si era già innamorata di lei al nostro primo incontro, sebbene il resto si opponesse strenuamente. Avevo paura di me stesso, della possibilità di approfittare di un essere umano bisognoso del mio aiuto.

Sembrava un vecchio fantasma intrappolato nel corpo di una giovane donna, quello della sconosciuta esausta entrata con passo incerto nella nostra chiesa. Mentre mi raccontava la storia della sua vita, io studiavo il suo viso. Gli occhi, pur privi di zampe di gallina, erano stanchi, saldi e impertinenti come quelli di un anziano: molti patimenti, ma nessun rimpianto. Non vagavano e non guizzavano in altre direzioni, come fanno quelli di molti giovani quando confessano la propria vulnerabilità. Anche mentre mi descriveva le pagine più dolorose della sua vita - gli anni intrappolata nel legame violento col marito, i mesi passati in un bordello cinese - i suoi occhi erano calmi, impassibili. Non serrava le mani come artigli nervosi: le teneva posate in grembo, delicatamente arricciate, come fiori di loto non del tutto schiusi. Il suo modo di raccontare mi piaceva, perché non si dilungava. Le frasi erano brevi e semplici e non cedevano mai alla tentazione di esagerare. Ho percepito subito la sincerità delle sue parole. E apprezzavo il suo atteggiamento pratico. Mi piaceva stare con lei. La sua vita e la sua tranquilla presenza suscitavano ammirazione in me. Le abbiamo dato un alloggio e un lavoro presso la nostra chiesa. Poco dopo, è diventata la mia assistente.

Aimé Adel sosteneva che l'amore sbocciato in circostanze estreme non può sopravvivere all'autunno della monotonia e della quotidianità.

Mi domando se il trasferimento in Corea del Sud per sistemarci e formare una famiglia sia stato per noi l'inizio della vita di coppia e al tempo stesso l'inizio della fine.

Da quando siamo arrivati a Seul, è tutto in regola: lei non è più clandestina, il nostro amore è sancito dai documenti, e siamo diventati genitori, il contrassegno della vita adulta e stabile.

Mi ricordo il giorno in cui la nostra vita adulta, d'impegno, è cominciata.

Ho chiesto a Seong-mi di sposarmi quando ci siamo rivisti per la prima volta a Seul. Erano passati quasi quattro mesi dalla sua fuga da Dalian, che avevo organizzato con l'aiuto di un passatore che conoscevo da anni. Era il giorno dopo la fine del suo corso trimestrale a Hanawon, il centro di supporto e integrazione per i rifugiati nordcoreani. Sebbene non avessi dubbi sul nostro amore, ho aspettato che arrivasse sana e salva a Seul, che fosse legalmente libera di prendere una decisione; non avrei mai voluto che si sentisse sotto pressione o addirittura obbligata a dirmi di sì perché aveva bisogno del mio aiuto.

È stata la prima volta che l'ho vista piangere. Non appena ho pronunciato la fatidica frase, mi ha buttato le braccia al collo. Si è stretta al petto la mia testa, come se dovessi sentire il suo cuore o, pensandoci a posteriori, nello stesso modo in cui teneva in braccio Aram per calmarlo quando rideva convulsamente. «Non ti conviene sposarmi, scemo», mi ha sussurrato all'orecchio. «Non puoi sposare una disgraziata come me.» Sorrideva, ma le lacrime non la smettevano di rigarle le guance.

«Non voglio dirti che il passato è passato, perché non è vero», le ho sussurrato. Ha smesso di colpo sia di sorridere sia di singhiozzare. «Ti ammiro per il tuo passato, Seong-mi, e nessuna mi ha mai fatto sentire in questo modo.» A queste parole, il suo viso paralizzato ha ripreso a piangere. E poi mi ha baciato. I pochi passanti - soprattutto minuti nonnini coreani con la fronte perennemente corrucciata - ci guardavano male. Ma a noi non importava nulla.

Poi penso a un altro inizio. Il momento - giorno o mese, difficile dirlo - in cui la straordinarietà di Seong-mi ha cominciato a mutare pelle, squama dopo squama, per diventare la sua antitesi: l'ordinarietà.

La mediocrità. Il punto di arrivo finale di ogni matrimonio, secondo Aimé Adel.

La personalità di Seong-mi. La caratteristica imperturbabilità per cui mi ero innamorato di lei.

La tranquillità enigmatica che faceva sembrare tutte le altre donne insipide e vanesie al suo confronto.

All'inizio pensavo che la stabilità della vita a Seul avrebbe tirato fuori un pochino il suo lato più allegro, la Seong-mi espansiva del giorno in cui le avevo chiesto di sposarmi. Lei, però, si portava appresso la sua oscurità come una nebbia invisibile, un manto sotto cui si rifugiava ogni volta che ne sentiva il bisogno. E io ero l'unico ad accorgersene. Il suo viso diventava inespressivo, come se qualcuno avesse premuto un interruttore sottopelle; le sue membra si ammosciavano e si appesantivano, come se si muovessero sott'acqua. In quei momenti, se la chiamavo, capitava che non mi rispondesse nemmeno. Tuttavia, cercavo di non preoccuparmene troppo perché, dopo qualche secondo di burrasca interiore, tornava sempre da me. Se la chiamavo di nuovo, non mancava mai di rispondere. Neanche avesse avuto una rivelazione improvvisa, di colpo si entusiasmava. Veniva da me e mi metteva le mani sulla nuca, mi faceva le fusa nell'orecchio, il che accade spesso quando vuole portarmi a letto senza svegliare Aram. Un paio di volte mi sono azzardato a chiederle a cosa stesse pensando. « A niente di particolare », mi ha risposto una volta. « Meglio che tu non lo sappia », mi ha risposto un'altra, con una smorfia di falsa serietà, come un'antica profetessa.

A poco a poco ho cominciato a provare un pizzico di fastidio per quella sua profondità, la caratteristica che prima mi affascinava e mi faceva desiderare la sua presenza. Seong-mi aveva la capacità di far sentire le persone, me compreso, troppo semplici e ingenue, perfino immature, come se lei fosse più anziana, sebbene di fatto fosse spesso la più giovane. In certi momenti mi sembrava pronta ad aprirsi: la sorprendevo a guardarmi da lontano, coi suoi vecchi occhi pensierosi, con la bocca socchiusa, a un millisecondo dal dire l'indicibile. Eppure non lo diceva mai. « Se hai voglia di parlare, io ti ascolto, amore. Ricordati che qualsiasi cosa tu abbia fatto in passato non cambierà il mio amore e la mia ammirazione per te », le ho detto una volta, con tutta la delicatezza possibile.

In cambio ho ricevuto un sospiro profondo, che le sue mani hanno dissipato con un po' troppa spensieratezza, seguito da un sorriso falso. « Grazie, amore », mi ha detto passandomi la mano tra i capelli come se fossi un bambino, come fa spesso con Aram per calmarlo o farlo addormentare. Un gesto dolce e irritante al tempo stesso. Mi sembrava di leggerle nella mente, di sentirla mormorare: *Grazie, amore, ma ci sono cose che non potrai mai capire.*

Le camminate, il suo passatempo solitario. Una volta mi sembravano una bella cosa. A Shenyang, non appena le avevamo procurato una falsa carta d'identità cinese, aveva cominciato a fare regolarmente lunghe passeggiate al parco, sempre con un libro in mano. Quando le chiedevo dove sparisse tanto spesso finito il lavoro alla chiesa, mi rispondeva che le piaceva girare per il vecchio mercato o per il grande parco pubblico che distava diversi chilometri. « È una cosa che le ragazze non possono fare nel mio Paese: camminare non accompagnate, solo per il gusto di camminare. » Era arrossita, ma raggiante. Mi aveva detto che le piaceva leggere al sole, che fosse alto nel cielo o basso e arancione sull'orizzonte. « Dopotutto, è un passatempo che non costa nulla », aveva aggiunto. Ero rimasto a fissarla, come se fosse un animale raro, di cui nemmeno sapevo l'esistenza. Il libro che aveva in mano era una traduzione coreana di contrabbando del *Soffitto scoperchiato,* romanzo semiautobiografico di Aimé Adel, il mio scrittore francese preferito. Lo tenevo nell'armadio del mio ufficio, cui Seong-mi poteva accedere in qualità di mia assistente. Col cuore che mi batteva forte, le avevo chiesto se le piaceva. « Mica tanto », mi aveva risposto senza esitazione, lasciandomi sorpreso e deluso. « È un predicatore che predica bene e razzola male », mi aveva detto. « Tu dovresti sapere cosa significa, perché sei un predicatore anche tu. »

Una settimana dopo, le avevo chiesto se potevo accompagnarla nella sua passeggiata al parco Dongling. Dopo una brevissima esitazione, mi aveva risposto di sì. Il nostro schietto confronto su Aimé Adel mi aveva lasciato lievemente a disagio. Quando studiavo francese alla Cornell, come probabilmente in tutte le altre università della Ivy League, *nessuno* aveva il diritto d'insultare Adel in quel modo. Era un importante pensatore europeo della fine del XX secolo: picconatore del colonialismo e paladino del movimento per i diritti civili, e del femminismo in particolare. Tutti i laureandi in francese avevano adesivi con le foto in bianco e nero di Adel insieme con la sua compagna Sandrine Mauraux, cui lo univa il famoso matrimonio aperto. In quella foto erano a letto, mezzi nudi ed emaciati perché facevano lo sciopero della fame contro la Guerra del Vietnam. Adel, insomma, era il dio e la rockstar della filosofia postbellica; nessuno, nemmeno tra i professori, aveva il coraggio di disapprovarlo esplicitamente davanti ai giovani studenti rivoluzionari e arrabbiati. *Adel e Mauraux hanno liberato le donne dalle convenzioni matrimoniali!* Molte studentesse erano prontissime a urlare quello slogan.

Invece la rifugiata dagli occhi da cerbiatta che camminava disinvolta al mio fianco, e che l'università non l'aveva vista neanche da lontano, mi diceva: « E poi questa storia del matrimonio aperto è una scemenza ». Ero offeso, ma al tempo stesso ardevo d'amore per lei. Le avevo chiesto come mai ritenesse che il più grande matrimonio filosofico del secolo fosse una bufala. Ridendo, mi aveva risposto che nessuna delle condizioni di quell'unione era stata posta da Mauraux. « È lui che ha trovato la scusa buona per andare a letto con chi gli pare senza doverne subire le conseguenze », mi aveva detto. Seong-mi riassumeva così la faccenda: « Vai con tutte le donne che vuoi e al tempo stesso hai una moglie sempre disponibile da cui tornare. È un sogno, la vita di ogni re e dittatore ». E concludeva, con un lieve disprezzo: « L'unica differenza è che Adel passa per femminista». La franchezza nordcoreana. Ero rapito dal suo tono, rimasto tranquillo e misurato come sempre, nonostante le parole mordaci. I dentini di Seong-mi mi erano rimasti conficcati nella pancia, avevano continuato a solleticarmi l'inguine per ore, quella sera, prima che potessi finalmente prendere sonno. Ma in un sogno agitato mi ero visto con lei, la bocca in mezzo alle sue cosce. Il mattino dopo, in ufficio, non riuscivo a guardarla negli occhi per la vergogna: avevo dato per scontato che una come lei, considerato da dove veniva, non avrebbe avuto opinioni proprie sulle questioni metafisiche, questioni che non hanno strettamente a che vedere con la mera sopravvivenza.

Pensavo che, una volta sposati, le sue camminate solitarie non sarebbero più state tali. Non avevo idea che quella passeggiata crepuscolare a Shenyang, durante la quale aveva liquidato a cuor leggero Aimé Adel, sarebbe stata la nostra prima e unica insieme. Diceva che aveva sempre preferito camminare da sola, con un libro. E, dato che non viveva più da sola, era diventato ancora più importante. «Sono il tipo di persona che voi occidentali definite introversa», diceva, con un'espressione imbronciata che voleva prendermi in giro. Dopo la nascita di Aram, il suo bisogno di passeggiare da sola sembrava essersi intensificato. «Mi servono questi momenti per non ammattire, per rimanere una buona madre e una buona moglie.» Così facevo in modo che li avesse, pensando che se li meritava. Al tempo stesso, però, mi sentivo sminuito da quell'esclusione.

Mi sentivo solo, pensando a tutte le cose che preferiva fare senza di me. E mi disprezzavo per questo. Mi sentivo il marito gretto e geloso che non avrei mai voluto essere.

Nei momenti più cupi della mia irritazione, arrivavo addirittura a immaginare che avesse un amante segreto, magari uno del gruppo di disertori nordcoreani con cui ogni tanto s'incontrava. Un altro rifugiato, nato e cresciuto nell'ambiente duro della Corea del Nord, come lei. Un uomo che avrebbe capito senza difficoltà le sue sofferenze. Uno che lei non avrebbe dovuto trattare con sufficienza. Mi sentivo in competizione per chi avesse avuto la vita più tragica, e sapevo che avrei perso. Quell'uomo immaginario faceva apparire la mia vita, che in passato consideravo complicata, banalissima.

Quanto bene conosci la vita della persona che hai sposato?

Quanto bene è possibile conoscere la persona che hai sposato?

In Corea si usa il concetto di *chon* per misurare l'intimità familiare. Per esempio, dai miei genitori mi separa un solo *chon*, mentre dai miei fratelli e sorelle due *chon*. Dai fratelli dei miei genitori mi separano tre *chon*, mentre dai miei cugini quattro. I termini coreani per zio e cugino, *sam-chon* e *sa-chon*, derivano letteralmente da questo concetto: *sam* e *sa* significano « tre » e « quattro ». Nonostante tale precisione chirurgica, il coreano non prevede *chon* tra marito e moglie. In questo si celano diversi livelli di significato: in primo luogo, in quanto coppia legata dall'amore fisico e psicologico, al picco della loro intimità sono praticamente una cosa sola; in secondo luogo, però, marito e moglie in fondo non hanno nessuna relazione biologica; in terzo e ultimo luogo, di conseguenza, non essendo legati né dal *chon* né da una relazione biologica, tecnicamente potrebbero diventare perfetti estranei e perfino nemici, una volta che la loro fragile unione legale venisse recisa.

Prima comprendevo la perspicacia del concetto solo a livello teorico. Adesso la comprendo a livello viscerale.

Mihee

Mihee aveva la possibilità di scegliere tra due identità diverse.

«Sono entrambe reali», le disse il compagno Cha, quindi lei gli chiese perché assumere identità reali invece di quelle inventate che assumevano di solito.

Con un'occhiataccia, lui le sussurrò che era solo una modalità di lavoro più efficiente. «Statisticamente provato.» Gli agenti recitano meglio la parte che viene loro assegnata se ha radici nella vita vera, pur operando sempre sotto mentite spoglie, sia con una copertura inventata, sia con una reale.

Nonostante il tono delicato del compagno Cha, il

suo sguardo severo le pesava, ricordandole che i novellini che fanno domande non sono ben visti.

« E poi, se ti dimostrerai un buon elemento, a un certo punto ti manderemo in Corea del Sud », proseguì lui. « E allora sarà necessario prendere l'identità di una persona vera. »

La prima opzione era un uomo di nome Kim Cheol.

« Non farti scoraggiare dal fatto che è un maschio », disse il compagno Cha. Tutt'altro: Mihee sapeva che la carestia aveva relegato i corpi di molti uomini in una pubertà protratta all'infinito. « Kim Cheol è piccolo, di corporatura minuta, quindi potrai sostituirti a lui con facilità, se sarai abbastanza brava. » Mihee si chiese se non la stesse mettendo alla prova. Il compagno Cha passò a spiegarle che questo aspetto, giocando bene le sue carte, si sarebbe potuto rivelare un grosso vantaggio in seguito, se avesse avuto bisogno di fuggire dal luogo della missione senza dare nell'occhio. « Tornerai femmina, mentre quelli cercheranno inutilmente un maschio. »

Incontrò Kim Cheol nella sua cella, il giorno prima dell'esecuzione. Gli era stato servito l'ultimo pasto - spaghetti di grano saraceno freddi con un uovo sodo, scelto da lui - più tre sigarette, ed era ben contento di collaborare. « A dire la verità, signorina, avrei collaborato comunque, anche senza il cibo », borbottò con un sorriso, la punta ardente della sigaretta che danzava tra le labbra coperte di croste. Mihee trovò irritante essere chiamata signorina, ma lasciò correre, pensando che l'indomani quel tizio sarebbe stato carne fredda. A ogni modo, capiva cosa intendesse. Ogni vita sull'orlo dell'annientamento sentirebbe la necessità di lasciare un segno. E anche Kim Cheol non desiderava altro che seminare briciole di esistenza nel mondo, raccontando la sua storia. Questo - il diritto a un ultimo discorso - lo fece sembrare a tratti presuntuoso, neanche fosse un eroe di guerra intervistato per il suo valore.

La vita di Cheol era stata caratterizzata dalla fame. Passò ore del poco tempo che gli restava a parlare di cibo, di cosa si può o non si può mangiare, come se tutto rientrasse in quelle due semplici categorie. « Cani, gatti e conigli erano spariti da un pezzo, quindi siamo passati alle cose più piccole, come topi e ratti », disse. « Quando sono finiti anche quelli, è stata la volta delle rane e dei girini, poi delle cicale e delle cavallette. » Bocca socchiusa e occhi vuoti, Cheol nuotava nella nostalgia. Nemmeno uno dei ricordi d'infanzia di Mihee, le lucide libellule rosse che danzavano nel giardino di cosmee di casa sua, sarebbe sopravvissuto all'appetito di Cheol. « Però bisogna staccare la testa perché è troppo amara », precisò. « Comunque, senza la testa, le libellule hanno lo stesso sapore delle acciughe fritte. » Mihee provava disgusto misto a pietà per lui.

Cheol era un *kotjebi*, uno dei troppi orfani della carestia degli anni '90, un periodo di fame e crisi economica che aveva spazzato via un quarto della popolazione nordcoreana. Non aveva ricordi della madre, che l'aveva abbandonato a tre anni; il padre, un operaio d'infimo *songbun*, aveva affidato lui e suo fratello maggiore a un orfanotrofio. Il fratello vi era morto di tifo, mentre lui era scappato poco dopo. Non aveva più rivisto suo padre.

Undicenne, aveva tirato avanti mangiando quello che trovava, andando da un posto all'altro a bordo dei treni, raccattando e perdendo compagni di avventure, derubando e venendo derubato. A dodici anni, era ormai un esperto nell'arte della caccia e della raccolta. A tredici, nel baratto. A quattordici, aveva preso la decisione della sua vita: attraversare la frontiera. Da allora si era messo a fare il robivecchi clandestino, che vendeva ai cinesi rottami di metallo e cianfrusaglie nordcoreane. In breve tempo, era diventato il più ricco tra i suoi coetanei: pezzi di ferro e rame, ceramiche e gioielli che i connazionali gli cedevano per un dollaro ne strappavano quindici alle tasche dei compratori cinesi. Gli affari erano andati a gonfie vele finché Cheol non aveva compiuto sedici anni, cioè finché non era diventato maggiorenne. « A quel punto avevo già passato il confine clandestinamente almeno dieci volte », raccontò a Mihee, il petto gonfio d'orgoglio. « Conosco i punti lungo il fiume Tumen dove le guardie non fanno troppa attenzione. » Grazie a una carta d'identità rubata a un cadavere ammucchiato con altri dietro una stazione ferroviaria, si era comprato un deposito vicino al fiume, dove accumulava le sue merci e custodiva una somma da usare in caso d'emergenza.

Alla fine, non era stato per i suoi traffici che l'avevano condannato a morte. La polizia segreta l'aveva arrestato nel suo deposito mentre stava attingendo alla riserva di denaro. Aveva nascosto il contante nelle cornici dei ritratti di Kim Il-sung e di suo figlio Kim Jong-il. Gli era sembrato un nascondiglio ingegnoso, in cui nessuno avrebbe osato curiosare: le immagini di padre e figlio erano sacre e danneggiarle equivaleva a un atto di tradimento. Quando gli agenti avevano fatto irruzione, Cheol aveva lasciato cadere la cornice di Kim Jong-il. Il vetro si era frantumato e il ritratto si era strappato in un angolo, dando al leader supremo un sorriso sghembo e inquietante. « Capito? » disse Cheol. « Se attraversi il confine la passi liscia, ma se insulti il nostro grande comandante no. »

Mai, soprattutto se sei maggiorenne, pensò Mihee. Guardando Cheol, annuì. La loro generazione era cresciuta con le storie di piccoli eroi virtuosi che, a rischio della vita, avevano tratto in salvo i venerati ritratti di padre e figlio da edifici in fiamme o da navi in procinto di affondare.

Mihee si domandò se, di fronte alla morte, sarebbe stata capace di mantenere la stessa calma di Cheol. Come molti altri nordcoreani sopravvissuti alla carestia, entrambi la guardavano con indifferenza: avevano visto troppi cadaveri, ovunque. Mihee, però, non sarebbe potuta restare indifferente alla propria morte. Il solo pensiero – sapere che il giorno dopo sarebbe spirata – sembrava inconcepibile, troppo mostruoso per immaginarlo. Quando gli chiese se avesse paura, Cheol sbuffò.

«Ormai niente mi tocca più, signorina», le rispose. «Dopo aver visto quello che ho visto e aver fatto quello che ho fatto, mi sento come se avessi mille anni.» Affermò che, potendo scegliere, avrebbe preferito vivere. «Ma non ho molti rimpianti», aggiunse, con una scrollata di spalle. L'unica cosa di cui aveva il terrore era morire di fame: la lenta, sofferta, delirante dipartita che ti spoglia della tua umanità. «La mia morte sarà rapida, una fucilazione senza dolore, quindi non posso lamentarmi. Oltretutto, muoio a pancia piena, dopo un pasto di brodo di manzo e veri spaghetti di grano. Non quelli finti fatti con le foglie delle pannocchie o la corteccia dei pini.»

Inghiottì quelle ultime parole con un sorriso. Eppure il suo volto era adombrato dal dolore, come un ricciolo di fumo immobile a mezz'aria.

La seconda opzione era una donna di nome Bae Seong-mi.

Una donna alta e magra, pallida come un foglio di carta. Occhi da cucciolo, gli angoli leggermente incurvati all'ingiù. Labbra sottili, ma viso dai contorni marcati.

Era più giovane di Mihee, anche se sembrava molto più vecchia.

A differenza del loquace Kim Cheol, parlava con

diffidenza. Rivelò la sua vita solo un pezzetto alla volta. Come lui, invece, aveva attraversato il confine con la Cina varie volte, prima d'essere arrestata e spedita in un campo di lavoro. Trafficava droga: *bingdu*, metanfetamine. « Prima non ero che una madre come tutte le altre », disse sottovoce, con un sorriso amaro.

Seong-mi non pianse neanche una volta, ma appena nominava suo figlio cadeva in un lungo silenzio. Parlava piano, con voce esile e dolce, quasi priva d'inflessione. Questo catturò l'attenzione di Mihee. Quando Seong-mi lasciava la sua storia in sospeso a metà di una frase, apparentemente consumata dall'intensità del ricordo, Mihee restava col cuore in gola, avvinta. Con questo stratagemma Seong-mi si guadagnò quattro giorni per terminare il racconto della sua vita prima d'essere giustiziata, mentre Cheol ne aveva avuto soltanto uno.

Come Mihee, veniva da Hyesan, lungo il confine cinese. Per Mihee era un vantaggio: niente di nuovo da studiare e memorizzare, trattandosi della città in cui era cresciuta. Le avrebbe risparmiato un mucchio di tempo. Seong-mi era nata in una famiglia di *songbun* basso, ma col matrimonio era finita in una famiglia di *songbun* medio-alto. Suo marito era un propagandista che lavorava alla stazione radio di Hyesan. « Era un bell'uomo robusto, con una risata genuina », disse Seong-mi. « Un po' esuberante, ma parlava bene e stava simpatico a tutti. » I bei ricordi finivano lì. « È cambiato dalla sera alla mattina », mormorò. Fin dal giorno del matrimonio, non c'era stato altro che alcol e abusi. A Mihee parve strano che Seong-mi parlasse di quei maltrattamenti con tanto distacco, come se la sofferenza patita appartenesse a qualcun altro. L'impulso di fuggire le era venuto di punto in bianco, la mattina dopo l'ennesima sbornia violenta, seguita dalle lacrime, dalle promesse che non sarebbe ricapitato e da un'appassionata dichiarazione d'amore. Insomma, il solito discorso che ormai aveva sentito così tante volte da saperlo a memoria. Mentre si applicava il talco colorato sui lividi attorno a un occhio e al collo, con ogni articolazione della mano che ardeva come brace, aveva capito la cruda verità: a un certo punto, lui l'avrebbe ammazzata. *Non finirà mai, finché vivo,* si era detta, per cui aveva solo due possibilità. «Uccidere lui prima che lui uccidesse me, o scappare», sussurrò. Come se fosse posseduta da uno spettro, era corsa fuori di casa, con addosso solo la camicia da notte leggera. E non ci era mai più tornata.

Aveva deciso di attraversare il fiume Yalu e andare in Cina. Del resto, non poteva fare altro. Aveva un vago ricordo dello zio Majo, figlio di una prozia che abitava nella regione del Changbai, abitata soprattutto da coreani. I suoi familiari non erano stati né accoglienti né freddi con lei. Avevano fatto quello che si sentivano in obbligo di fare per una lontana parente che non vedevano da dieci anni. Le avevano dato cibo e riparo finché i lividi non erano sbiaditi e lei aveva ricominciato a sembrare normale. «Poi mi sono ritrovata sola un'altra volta, con otto dollari in tasca e una borsa di tela piena di vestiti della zia.» Da straniera senza documenti, era passata da un lavoretto sottopagato e pericoloso all'altro. «L'unica vera possibilità che avevo, come clandestina nordcoreana, era la prostituzione, in varie forme», disse Seong-mi, guardando nel vuoto. Dal fare massaggi con lieto fine al recitare la parte della moglie di un agricoltore disabile, poi il classico quartiere a luci rosse, la destinazione finale. La seconda settimana al bordello, però, era fuggita di nuovo. Quando le «lavoratrici» erano state mandate al bagno pubblico, dato che l'ingresso era sorvegliato dai protettori, Seong-mi aveva finto di dover fare pipì ed era sgusciata fuori della finestrella del gabinetto. Appena aveva cominciato a capire che nemmeno quello che l'aspettava dopo la prostituzione sarebbe stato rose e fiori, aveva accarezzato il pensiero di porre fine alla propria vita, ma si era presentata una seconda possibilità, o così le era sembrato.

«Mi hanno proposto di contrabbandare droga», disse. Era un lavoro pericoloso ma molto remunerativo, le avevano assicurato dei malviventi cinesi dal volto sfregiato. La Corea del Nord, da decenni, coltivava e raffinava l'oppio su larga scala. Era uno dei pochi prodotti nordcoreani all'altezza degli standard qualitativi internazionali. Tecnicamente, essendo un mezzo per procurarsi valuta straniera, la droga era destinata solo all'esportazione. Ma in quell'economia disastrosa, in cui le bustarelle valevano più degli stipendi, quando si trattava di mettere il cibo in tavola, la droga trovava la strada per arrivare nelle mani dei cittadini comuni. A causa della carenza di farmaci e forniture mediche occidentali, le metanfetamine erano diventate la panacea. Venivano usate per ogni tipo di dolori e malattie, dall'herpes al cancro in fase terminale. Perfino i sani vi facevano ricorso, per distrarsi dalla fame o dalla realtà. « Il *bingdu* nordcoreano era molto richiesto in Cina perché era di buona qualità e relativamente economico », proseguì Seong-mi. « Quindi, la malavita cinese cercava sempre modi migliori per procurarselo. » Pensavano che lei, donna coreana dall'aspetto ordinario, né giovane né vecchia, sarebbe stata una contrabbandiera perfetta. Insignificante e nient'affatto minacciosa, si sarebbe confusa con la folla. E poi, in quanto donna, correva meno rischi di essere perquisita. Sarebbe potuta entrare e uscire dal Paese senza farsi notare.

Era attiva soprattutto d'inverno. Sotto gli abiti pesanti c'era più spazio per nascondere gli stupefacenti, e anche i contanti e le sigarette da usare come mazzette per le guardie di confine. In più, il freddo intenso ghiacciava lo Yalu e lei poteva attraversarlo a piedi senza timore di danneggiare la merce. « Era la prima volta nella mia vita che avevo uno scopo », sussurrò, a occhi chiusi. Era proprio un commercio lucrativo – con la prima spedizione si era guadagnata una somma pari a un anno dello stipendio di suo marito – e aveva cominciato a immaginare un nuovo futuro, di cui faceva parte anche suo figlio di dieci anni. Non aveva mai lavorato con tanto accanimento. Le servivano soldi per comprare un passaggio sicuro a suo figlio e un'abitazione decente in Cina. L'inverno successivo, aveva fatto parecchie altre spedizioni in Corea del Nord. Era stata intercettata solo una volta, ma aveva corrotto facilmente la guardia, con tre dollari e un pacchetto di sigarette.

Il suo sogno si era infranto quando sembrava sul punto di decollare. Un solo filo tirato era stato sufficiente a disfare tutto il tessuto. Un giorno, passando nel suo vecchio quartiere a Hyesan, non era riuscita a resistere alla tentazione di andare alla scuola del figlio. «Solo per guardarlo da lontano.» Le tremava la voce. Non era riuscita a vederlo, ma qualcuno aveva visto lei: un uomo di nome Injae, un vecchio vicino di casa e grande amico di suo marito. La polizia era arrivata nel giro di dieci minuti.

Seong-mi sapeva che la sua fortuna stava esaurendosi. Contrariamente alla maggior parte dei suoi colleghi, il compagno Injae non si era lasciato corrompere. Anzi, si era infuriato per l'offerta di Seong-mi. «Sporca disertrice, traditrice del partito e del padre di tuo figlio!» le aveva gridato.

«Mi ha seguita fino alla stazione di polizia per assicurarsi che non la passassi liscia.» Sola in cella, col rumore di sottofondo del compagno Injae che al telefono riferiva tutta la storia a suo marito, si era resa conto di essere in un vicolo cieco. Non c'era più nessuna via di fuga. Sapeva benissimo cosa l'attendeva: il campo di lavoro e poi tornare da suo marito. Doveva prendere la decisione finale in fretta, mentre ancora ne aveva la possibilità. Aveva addosso una gran quantità di *bingdu*, per cui se n'era infilato in bocca quanto più possibile, prima che la guardia la fermasse.

« Era una quantità che avrebbe ammazzato un cavallo, ma non è riuscita ad ammazzare me », sussurrò Seong-mi, a testa china. Calò il silenzio. Mihee si chiese se stesse piangendo. « Mi hanno processata e condannata a morte », concluse, con una risatina seguita da un sospiro. « Il motivo della condanna, però, non è stato né lo sconfinamento né il traffico di stupefacenti. » Seong-mi stava guardando Mihee dritto negli occhi. « È stato il tentato suicidio. »

Ma certo, pensò Mihee. *Lo Stato aborrisce il suicidio. Il suicidio è male, in quanto protesta passiva contro il partito. Una forma di defezione interiore.* Non potevano permetterlo in un loro edificio, in una loro cella, il luogo per eccellenza della privazione di ogni libertà. Non potevano lasciare invendicata quella vergogna.

Seong-mi scoppiò in singhiozzi e Mihee rimase allibita, non sapeva che fare. Non era un bello spettacolo: il crollo di una persona dalla compostezza apparentemente impenetrabile. Avrebbe voluto schiaffeggiarla e abbracciarla al tempo stesso. Invece rimase seduta, in silenzio. Come l'avevano addestrata a fare.

Dopo essersi asciugata le lacrime, Seong-mi disse a Mihee una cosa che lei non si sarebbe aspettata di sentire: le disse che, nonostante tutto, si sentiva fortunata.

Era contenta di aver avuto l'opportunità di raccontare la storia della sua vita prima che si dissipasse. «La maggior parte dei condannati a morte non ha quest'ultima possibilità, vero?» mormorò, con un sorriso tirato. Non poteva negare che sarebbe morta l'indomani, ma sapere che avrebbe continuato a esistere dentro qualcun altro, anche solo come parodia, era consolante. Una felicità vicaria, strana come la vita stessa. «In un certo senso, ci stiamo dando a vicenda una nuova vita, no?» disse ancora Seong-mi. Le lacrime presero di nuovo a rigarle il viso sorridente.

Si salutarono.

Mentre Mihee stava uscendo dalla cella, Seong-mi la richiamò. Le disse che aveva dimenticato di dirle una cosa importante.

La prese per le spalle e le sussurrò all'orecchio: «Se attraversi lo Yalu quando non è ghiacciato, ricordati di toglierti tutti i vestiti prima di entrare in acqua».

Mihee se ne andò.

Le parole di Seong-mi avevano ricordato a Mihee sua madre.

Sua madre era il suo idolo. Era per lei che Mihee aveva scelto quella professione, pur sapendo di contravvenire ai suoi desideri. Ma, come dice un vecchio proverbio coreano, nessun genitore la spunta contro un figlio. Col tempo, anche sua madre aveva accettato la cosa. Ed era diventata un'insegnante fidata.

Una volta, le aveva raccontato di aver dovuto attraversare molti fiumi nelle sue missioni. «Lo Yalu, il Dooman e perfino l'Imjin», le aveva detto. «Per loro era una specie di esperimento.»

Dato che sua madre non era un'agente tipica e non aveva seguito l'addestramento elitario, veniva usata come cavia umana per tutta una serie di operazioni sporche, degradanti e pericolose. Era stata abbandonata in un territorio selvaggio per vedere se ne sarebbe uscita viva.

Sua madre aveva raccomandato a Mihee di sopportare tutto quanto. «La prima missione è fondamentale», le aveva detto con enfasi. «Solo dopo che ho dimostrato il mio valore in alcune prove preliminari mi hanno dato una copertura fissa come donna d'affari.»

Prima d'indossare l'armatura lucente della donna d'affari, sua madre aveva recitato la parte dell'orfana di guerra demente, con un fiore nei capelli. Fingendosi una senzatetto aveva raccolto informazioni sulla base militare di Paju, in Corea del Sud. A Mihee, quella della muta che ha perso la ragione sembrava una parte terribile, ma secondo sua madre era stata invece una scelta ingegnosa e convincente. Dopo la guerra, le aveva spiegato, in ogni villaggio sudcoreano c'era almeno un'orfana pazza. Il dolore rendeva incapaci di vedere la realtà per quello che era. Troppo disgraziata e alienata, non veniva vista come una minaccia. Perciò godeva di una strana libertà.

Proprio come Seong-mi, anche sua madre le aveva

detto che era meglio spogliarsi completamente, prima d'immergersi in un fiume. «Soprattutto lo Yalu», aveva precisato. «Di notte, anche d'estate, le sue acque sono fredde come la morte. Non vorrai morire d'ipotermia senza aver dato uno sguardo al mondo esterno», le aveva detto con un sorriso.

Mihee, dunque, doveva scegliere tra due vite: Cheol o Seong-mi.

Fin dall'inizio, la decisione le era sembrata semplicissima: Seong-mi, senza dubbio. Poi, però, tornò a domandarsi se non la stessero soltanto mettendo alla prova. Sapeva che ai novellini non veniva lasciata spesso la facoltà di decidere. *È uno dei benefici di avere una madre adottiva leggendaria? O vogliono capire che genere di scommettitrice sono?* rifletté.

Sarà una conformista che si attiene al copione, oppure è disposta a rischiare e si fida del suo istinto?

In quel contesto inquietante, era sempre difficile stabilire la verità.

Rousseau

La noncuranza con cui Seong-mi aveva liquidato Aimé Adel... mi aveva graffiato il cuore, conquistandolo.

Mi aveva meravigliato la sua audace franchezza, la capacità di non farsi trascinare dall'opinione più diffusa.

Invidiavo la sua sicumera. Io, al contrario, per tutta l'infanzia e l'adolescenza, avevo avuto paura di come mi vedevano gli altri.

A un certo punto, però, anche questo aveva cominciato a infastidirmi: la facilità con cui sminuiva il pensiero altrui.

Pur non avendo apprezzato *Il soffitto scoperchiato*, aveva finito per leggere tutti i libri di Adel che possedevo nella nostra umile dimora di Seul. E, una volta terminato con lui, era passata ai libri di Sandrine Mauraux.

Un giorno l'ho vista leggere *La serra*, romanzo semiautobiografico di Mauraux in cui si racconta la storia di una botanica che soffre per aver dedicato la propria vita a un poeta donnaiolo. Quando Seong-mi l'ha finito, le ho chiesto, pieno di belle speranze, se qualcuno di quei libri era riuscito a farle cambiare idea su Adel.

Lei mi ha fatto un sorriso enigmatico e ha fatto spallucce. «Mi piace il messaggio della sua filosofia. Ha dato una speranza e uno scopo a molte persone. Lui come persona, però, non mi piace per niente.»

«Perché?» La mia breve domanda si era impennata un po' troppo in coda, divenendo stridula. Il cuore mi batteva sgradevolmente forte.

«Molte delle sue azioni nella vita reale contraddicono quello che ha scritto. Si è venduto come il picconatore della supremazia bianca, dichiarandosi emarginato perché meticcio. E invece era biondo con gli occhi azzurri! Il suo quarto afro-arabo non si vedeva affatto.

Non ha mai provato il razzismo sulla sua pelle, ma ha tratto un gran profitto da quell'eredità invisibile. Non ha mai messo piede nella terra di suo padre, ha preferito crogiolarsi nei confortevoli privilegi europei, che scriveva di aborrire. Un ipocrita. » Ed è scoppiata a ridere.

Sebbene non fossi stato io a pronunciare quella tirata, mi mancava il fiato.

Lei ha proseguito: « Diceva d'essere femminista, con quel rivoluzionario matrimonio aperto. Su una cosa era senz'altro aperto: andare a letto con un mucchio di donne senza patirne le conseguenze. Bella espressione, si è inventato ». Seong-mi stava ridendo di nuovo del proprio cinismo. « Scusami », ha aggiunto con uno sbuffo. « Non sono capace d'indorare le parole come i sudcoreani. »

Ero furioso. Odiavo la calma imperturbabile che aveva mantenuto durante tutto quel discorso, diventando tutt'al più giocosa, a tratti, mentre io avvampavo. Mi sentivo come se fossi caduto in un'imboscata, ma la mia assalitrice sembrava a posto, senza colpa. Nella mia testa la torre di letteratura che avevo costruito fin da ragazzo vacillava. Eppure Seong-mi, la causa della burrasca, era già passata oltre: se n'era andata in cucina a sciacquare il riso per la cena, canticchiando.

Quella calma brutale.

Così Mihee rinacque come Seong-mi nel momento in cui mise i piedi nudi nel fiume Yalu. Battezzata dall'acqua gelida, ringraziò sua madre e Seong-mi per l'indispensabile consiglio di spogliarsi prima di guadare. Tutto quello che aveva infilato nel borsone di plastica impermeabile - gli abiti, un piccolo asciugamano, un borsellino, un paio di calze e scarpe di gomma - rimase morbido e asciutto come dentro la culla di un neonato. Indossare abiti asciutti dopo essere stata nell'acqua fredda le diede la sensazione di sprofondare in un sonno ristoratore dopo una notte in bianco. Si lasciò sfuggire un gridolino di spossatezza e sollievo.

A dirla tutta, Mihee restò quasi delusa dalla facilità con cui aveva guadato il fiume. L'unico ostacolo era stato il freddo, non c'erano stati avvertimenti né proiettili sparati dalle guardie di confine. E poi la distanza era brevissima, nemmeno cinquanta metri. Qualche decina di passi cauti nell'acqua, che la maggior parte delle donne giovani come lei sarebbe riuscita a fare: per evadere dalla nazione più isolata della terra non ci voleva altro. Mihee, però, aveva già imparato da Seong-mi che attraversare il confine non era la cosa più difficile. La cosa più difficile era sopravvivere senza documenti.

Che strano panorama, pensò Mihee. Nata e cresciuta a Hyesan, conosceva benissimo quello che c'era dall'altra parte del fiume, ma guardare la sua cittadina dalla sponda opposta era una novità assoluta. Nel buio, il profilo basso e grigio di Hyesan le sembrava intimo e al contempo estraneo. Era come l'esperienza extracorporea di guardarti dormire, di aleggiare sopra la tua faccia, nella sospensione del torpore. La breve distanza fisica che aveva coperto per attraversare il confine cominciava a pesarle psicologicamente.

A differenza della maggior parte dei fuggiaschi nordcoreani in Cina, Mihee sapeva dove andare. Reincarnatasi in Seong-mi, si sarebbe infiltrata nella Saesaengmyeong Gyohwe, la Church of New Life di Shenyang. Si vociferava che quella chiesa protestante avesse aiutato centinaia di nordcoreani a trovare rifugio all'estero, soprattutto in Corea del Sud. Era stata fondata da un uomo d'affari sudcoreano e veniva gestita da un pastore americano, Adrien Rousseau.

«È nato in America da padre francese, immigrato, e madre coreana, adottata», le aveva spiegato il compagno Cha. «La sua lingua madre è l'inglese, ma parla correntemente anche francese, coreano e cinese.» Il compagno Cha aveva sporto in avanti il labbro inferiore e sgranato gli occhi, segno che riconosceva dei meriti all'avversario. Le aveva descritto il pastore come un uomo freddo, distaccato, di quelli che non si lasciano suggestionare, e quindi abbindolare, facilmente. All'inizio, il compito di Mihee sarebbe stato quello di tenerlo d'occhio e riferire su tutte le attività e le conversazioni che fossero di qualche interesse per il partito. A tempo debito, poi, sarebbe andata al Sud grazie all'identità da rifugiata nordcoreana, proprio con l'aiuto del pastore. « Pensiamo che questo *incrocio* sia un informatore della CIA », aveva specificato il compagno Cha.

La parola usata da Cha la infastidì. « Incrocio » la faceva pensare a certi mostri occidentali, come il Minotauro o Frankenstein. Non sarebbe stato bello tenergli gli occhi addosso tutto il giorno, per sei giorni alla settimana.

Per prima cosa, fece tappa a Changbai per ritirare i documenti di viaggio falsi che le servivano per dirigersi a Shenyang. Si presentò all'indirizzo che il compagno Cha le aveva fatto memorizzare. Era la porta sul retro di un ristorantino che serviva stufati, nel bel mezzo di un affollato mercato delle spezie, e dava su un vicolo stretto e buio, che puzzava di lardo stantio e peperoncino in polvere. Bussò secondo le istruzioni ricevute - quattro colpi rapidi seguiti da due lenti - e comparve immediatamente una vecchina minuta. Con indosso un grembiule di gomma sporco di sangue, disse a Mihee di aspettare e tornò dentro. Attraverso la porta socchiusa, lei vide una fila di corpicini appesi a testa in giù al soffitto, come una colonia di pipistrelli immobili, animali che sembravano grossi conigli scuoiati, ma sapeva che non lo erano. La vecchina tornò con uno zainetto. Mihee lo prese e la ringraziò. La donna non rispose. Il compagno Cha le aveva detto che non le serviva sapere il nome della donna, né cosa facesse. Anche il resto del materiale necessario le sarebbe stato consegnato in modo simile, cioè limitando al minimo scambi verbali e contatti fisici, da un altro agente anonimo a Shenyang.

Mihee scese dal treno alla fermata precedente la sua e fece il resto del tragitto a piedi. Quando mancavano sette chilometri per arrivare alla Church of New Life, si cambiò le scarpe. Buttò quelle vecchie lungo il ciglio della strada. Il paio che indossò era stato invecchiato apposta, mancava un pezzo di suola. All'arrivo, i piedi le facevano male sul serio e zoppicava dal sinistro.

All'ingresso c'erano due persone: il custode dal pesante accento sino-coreano e una donna di mezza età cui questi si rivolgeva chiamandola diaconessa Kang. Appena videro che zoppicava, la fecero entrare; Mihee sapeva che, da bravi credenti, non avrebbero potuto mandare via una donna ferita, bisognosa dell'aiuto divino. L'esterno della chiesa le sembrò insignificante; sarebbe stata del tutto indistinguibile dai casermoni brutalisti che la circondavano, grigi e insipidi come carne lessa, non fosse stato per la croce rossa al neon appesa sopra il cancello. Vedendola, a Mihee vennero le lacrime agli occhi, lacrime vere di dolore e sollievo. Senza dire una parola, la condussero al piano interrato, nella sala della preghiera, una stanza senza finestre che odorava di legno laccato e muffa. Lì le medicarono il piede e la lasciarono ad aspettare. Sapeva che stavano andando a chiamare il pastore, perché era lui che prendeva le decisioni in merito ai rifugiati. Si guardò il piede: piuttosto gonfio, ma le ferite e i lividi erano solo superficiali. Era la scusa perfetta per restare alla chiesa finché non avesse ricominciato a camminare bene. Si ritrovò a sorridere, ma ebbe quasi paura di se stessa domandandosi fino a che punto si sarebbe spinta l'agente Mihee, anche nel farsi del male e compromettere il proprio corpo, se la missione lo avesse richiesto.

Allora decise di pensare a qualcos'altro: la faccenda di cui doveva occuparsi, molto più importante e urgente del suo piede, ovviamente. Chi era il pastore Rousseau? si chiese. Che tipo di persona era quell'uomo strano, americano mezzosangue e poliglotta taciturno? Pensò agli stereotipi imparati a scuola da bambina: gli americani erano mostri con gli occhi sbiaditi e il naso aguzzo che sembrava la baionetta dei soldati giapponesi. Sciacalli, li chiamavano gli insegnanti. Scaltri predatori affamati del sangue dei bambini coreani. Già da bambina, però, Mihee era troppo intelligente per fare di tutta l'erba un fascio.

Il pastore Rousseau, infatti, non combaciava con l'immagine che si era fatta di lui, sotto nessun aspetto. Era giovane, alto e di una bellezza scura: carnagione color miele, capelli corvini, un viso che sembrava una gemma intagliata ad arte. *Una strana bellezza*, pensò Mihee. Era la prima volta che vedeva un meticcio e si domandò se tutti gli uomini di etnia mista fossero di aspetto così gradevole. Il coreano del pastore era quasi impeccabile, se si sorvolava sul lieve allungamento del suono *uh* e sull'accento che metteva a caso su certe congiunzioni che avrebbero dovuto essere atone. In generale, però, il suo modo di parlare, conciso e schietto, le ricordò i suoi capi nordcoreani. *Questo è uno che non si lascia fregare, quindi non tergiversare e vai dritta al punto,* si disse. E così fece, quando lui le chiese di raccontargli del suo viaggio e di com'era arrivata alla loro porta.

Mentre lei snocciolava con compostezza una sintetica versione della storia di Seong-mi, il pastore Rousseau parve limitarsi a osservare e ascoltare, il viso immobile. Tanta laconicità era l'ultima cosa che Mihee si sarebbe aspettata da un pastore protestante americano. E non c'era nemmeno una traccia del paternalismo untuoso che molti evangelizzatori dimostravano nei confronti dei poveracci del Terzo Mondo, bersaglio della loro opera di conversione. Poteva essere la prova che quell'uomo non svolgeva una missione religiosa, bensì politica?

Era un osso duro, ma Mihee sapeva come prenderlo. Guadagnarsi la fiducia di un uomo come il pastore Rousseau era come farsi amico un cane. Serve tempo, non bisogna avere troppa fretta di accarezzarlo, ma casomai lasciare che sia lui ad avvicinarsi. Non guardarlo dritto negli occhi, perché c'è il rischio che si arrabbi o scappi impaurito. A un certo punto, cominci ad avvicinarti e sederti vicino a lui piano piano, perché devi fargli credere che sia lui ad avvicinarsi a te, non il contrario. E alla fine la sola cosa che puoi fare è mettergli davanti la mano aperta, con gli occhi bassi, e permettergli di avvicinare il muso per annusarti e leccarti le dita.

Così, a differenza degli altri rifugiati ospiti della chiesa, per un po' Mihee non andò a disturbare il pastore nel suo ufficio. Parlava il minimo indispensabile, ma si teneva impegnata. Si offriva di pulire la sala della preghiera, spolverava tutte le panche, le Bibbie e i libri degli inni; toglieva le macchie di muffa dalle pareti, lucidava il pulpito, cambiava regolarmente l'acqua ai fiori. Ogni venerdì puliva i bagni di tutti i piani. «È il minimo che io possa fare, diaconessa Kang, visto che alle mani non sono ferita», diceva alla sovrintendente della chiesa non appena il pastore, uscendo dal suo ufficio, capitava a portata d'orecchio. Pur salutandolo con rispetto ogni volta che lo incontrava, Mihee non avviava mai una conversazione con lui.

L'opportunità si presentò quando non aveva ancora ricominciato a camminare normalmente. Qualche giorno prima, era stato il decimo anniversario della Church of New Life. Migliaia di persone si erano radunate per celebrarlo. Gli uomini d'affari coreani della zona, proprietari di mobilifici e fabbriche di conserve, erano arrivati coi loro operai portando frutta esotica e denaro in buste rosse. Inoltre, parecchie famiglie di origine coreana erano venute a Shenyang dalle regioni circostanti - Dandong, Changbai e perfino Yanbian - per godersi i festeggiamenti e l'abbondanza di cibo tradizionale. Dopo aver passato tre giorni a gridare gli stessi saluti a migliaia di visi raggianti e a stringere migliaia di mani, il pastore Rousseau aveva temporaneamente perso la voce e l'uso della mano destra.

« Ha detto che è capace di battere a macchina? » le chiese quella mattina, di punto in bianco, con voce gracchiante, mentre lei stava cercando di togliere una macchia di caffè dalla porta del suo ufficio.

Il tono disinvolto la prese alla sprovvista, perché era da un mese che non le rivolgeva la parola. Pur non volendo lasciarsi sfuggire l'occasione, Mihee esitò: non gli aveva mai detto di saper battere a macchina.

« Sì, sono capace », gli rispose alla fine, facendo una vocina timida.

Il pastore le sorrise. « Bene. Allora può aiutarmi? Con la mano sinistra è difficilissimo. » Le mostrò la destra, coperta di cerotti analgesici.

L'odore pungente di canfora mentolata le fece lacrimare gli occhi. Seguì il pastore in ufficio. Lui le indicò di sedersi sulla sua sedia e poi cominciò a dettarle quello che doveva essere il sermone della domenica successiva. Ancora più allibita, Mihee tenne la bocca chiusa e digitò più veloce che poté. Il sudore le imperlava il labbro superiore. Era concentratissima. Le sembrava che chiedergli di rallentare o di ripetere quello che aveva appena detto significasse perdere la partita. Al termine della dettatura, la bocca di lui e le dita di lei avevano imparato a danzare in armonia quasi perfetta, come se avessero fatto coppia per anni.

Il pastore Rousseau prese i fogli dalle mani di Mihee e si mise a rileggere. Lei studiò il suo viso sperando ardentemente di vederci un segno di approvazione. « Brava », disse lui, e Mihee si sentì colmare di gioia, come una bambina nervosa lodata da una madre solitamente poco affettuosa. « Quasi troppo brava, a dire il vero », aggiunse, aggrottando la fronte.

A Mihee si serrò lo stomaco. « Cosa intende, se posso chiedere? » Era la prima volta in assoluto che gli rivolgeva una domanda.

« Matusalemme », rispose lui, sottovoce. « L'ha scritto senza sbagliare. L'ho detto solo una volta e stava digitando molto veloce, eppure non l'ha sbagliato. » Le chiese se conoscesse quel personaggio biblico.

Mihee gli rispose che Matusalemme, il nonno di Noè, era l'uomo più vecchio dell'Antico Testamento, aveva vissuto quasi mille anni. Per camuffare le sue menzogne, decise di concedergli una briciola di verità: « Mia madre era cristiana, era stata istruita e battezzata dai missionari canadesi prima delle guerre. È stata lei a insegnarmi la Bibbia ».

Vide la sorpresa sul volto di solito impassibile del pastore.

Sfogliando di nuovo le pagine dattiloscritte, lui annuì. Gli spuntò un vago sorriso. « I disertori nordcoreani si presentano qui affermando di voler conoscere la Bibbia e diventare cristiani », disse. « Ma è ovvio che il loro vero scopo è un altro. Non ne faccio loro una colpa, sia chiaro: stanno solo cercando una vita migliore. » Serrò le labbra e restò a fissare Mihee, come se volesse forzarla a dire qualcosa.

Lei, però, rimase in silenzio e si limitò a fissarlo a sua volta, anche più intensamente.

« Lei è una delle rare persone che la Bibbia la conoscono già, signorina Bae Seong-mi. » Sorrise di nuovo.

Ma Mihee non ricambiò. « Non sono diversa dagli altri, pastore », disse invece. « Voglio anch'io quello che vogliono gli altri. Forse l'unica differenza è che non mi piace essere in debito. »

Mihee non si dilungò oltre e, poco dopo, se ne andò. Sapeva che il noioso mese passato a spolverare, lavare e lucidare valeva più di mille parole.

Quella sera il pastore la chiamò nel suo ufficio un'altra volta.

Le disse che quello che voleva non si poteva fare subito. Avrebbe dovuto aspettare; anche un anno, forse. « Il governo nordcoreano ha appena cominciato a inasprire i controlli sui disertori che passano in Cina. » Sospirò a fondo e confessò che gli era toccato respingerne parecchi tra quelli arrivati il mese precedente, cioè appena prima di Seong-mi.

Lei rispose che non aveva fretta. « Voglio mettere da parte i soldi per pagarmi da sola il viaggio, non importa quanto ci metterò », affermò, paziente. « In passato sono stata in debito con persone con cui vorrei non aver mai avuto a che fare. E mi sono ripromessa che non sarebbe più capitato. »

Dopo quella discussione, il pastore la nominò sua assistente. La mattina successiva, Mihee era di nuovo nel suo ufficio per battere a macchina le lettere di ringraziamento ai benefattori della chiesa che avevano partecipato ai festeggiamenti per l'anniversario. La diaconessa Kang, che fino a quel momento l'aveva avuta in simpatia perché si era sobbarcata parte dei lavori pesanti, ora la guardava di traverso ogni volta che passava, chiusa in un silenzio ostile. Qualche giorno dopo, quando la incontrò alla toilette, le chiese: «Si può sapere quali 'competenze' avresti dimostrato?»

Roba che tu nemmeno ti sogni, rispose Mihee nella sua mente.

Le piaceva lavorare nell'ufficio del pastore, al piano interrato. Le ricordava il minuscolo studio di suo padre a Hyesan, una stanzetta piena di vecchi libri e vinili illegali. Era segretamente innamorata dell'odore di quell'ufficio: proprio come lo studio di suo padre, esalava un aroma leggermente muffido che da piccola lei chiamava «odore grigio». Era un odore rassicurante, che si sentiva solo in due posti: dove si ammucchiavano libri macchiati dagli anni, e all'ingresso del campo di aviazione di Hyesan quando pioveva. Ogni volta che vedeva i nuvoloni neri addensarsi nel cielo, ci andava di corsa solo per inalare la cinerea bellezza di quell'odore, l'ampia distesa liscia di cemento latteo zuppo di pioggia.

Mihee, lettrice accanita, passò in rassegna tutti gli armadietti e le mensole del pastore. Restò delusa nel trovarci ben pochi degli autori americani che sperava di poter rileggere. Il mondo pensava che la Corea del Nord avesse bandito completamente le influenze culturali americane, ma non era del tutto vero. Lei era cresciuta guardando *Tom & Jerry* alla tv. Il partito vedeva nel cartone animato la metafora di una piccola realtà che batteva con l'astuzia un nemico immane e perciò l'aveva usato a proprio vantaggio, ovvero come allegoria della vittoria nordcoreana contro la prepotenza americana. Poi, da studentessa della sua università d'élite, Mihee aveva avuto il privilegio di leggere certa letteratura proibita, per «conoscere il nemico», come consigliava Sun Tzu. Durante l'addestramento da agente segreto, aveva avuto accesso quasi illimitato alla letteratura americana, europea e perfino sudcoreana, per imparare a comportarsi come gli asiatici occidentalizzati.

Pensava ai romanzi che aveva amato da studentessa: *Via col vento, Il grande Gatsby, La valle dell'Eden* e tanti altri. Tuttavia, il pastore non li aveva. In compenso, possedeva innumerevoli libri di filosofia e diversi romanzi, soprattutto di pensatori europei. Rimase allibita davanti alle due mensole zeppe di titoli di Aimé Adel e Sandrine Mauraux, i due più famosi tra gli «utili idioti» occidentali, ingenui intellettuali di sinistra che si dichiaravano simpatizzanti del comunismo. Erano stati invitati sia in Unione Sovietica, sia in Corea del Nord. Avevano visitato i luoghi della stabilità comunista, allestiti ad arte, mentre i veri cittadini pativano la fame e gli abusi dietro le quinte. Una volta tornati nei loro ricchi Paesi di origine, avevano cantato come usignoli, forte e chiaro, la bellezza del comunismo. Vent'anni dopo, avevano ritrattato, ma solo in parte.

Che paradosso, pensò Mihee. Un pastore protestante americano finito sulla lista nera di un governo comunista era un ammiratore di quei simpatizzanti. Prese il volume *Il soffitto scoperchiato,* il famoso romanzo di Adel, anche se l'aveva già letto. La curiosità e l'affetto che le suscitava il pastore l'avevano convinta a dargli una seconda possibilità. Invece, non lo apprezzò nemmeno stavolta, anzi, scuoteva la testa a tanta ingenuità. *Gente che il comunismo lo conosce solo tramite i libri,* pensava. *Per loro la povertà è solo una parola stampata, mai un'agonia delle viscere.* Eppure pontificavano, spesso e volentieri. Schioccò la lingua e sorrise amaramente.

Nell'ufficio, Mihee e il pastore lavoravano quasi sempre in silenzio.

Quando si mettevano a parlare, però, i loro discorsi raggiungevano in fretta grandi profondità su questioni personali. Sembrava essere una delle doti di Rousseau: trascinare gli altri nella sua tela di conversatore e indurli a vuotare il sacco.

« Si è mai chiesta come facessi a sapere che sa battere a macchina, signorina Bae? » le chiese un giorno il pastore. Disse che gliel'aveva rivelato lei, il primo giorno.

Mihee, però, non ricordava di avergli detto nulla del genere.

« Mi ha raccontato che era la segretaria di un propagandista in una radio locale, prima di sposarsi. La mansione principale di una segretaria è quella di battere a macchina e rileggere quello che ha scritto per controllare che non ci siano errori. Ho ragione? »

Annuì.

Non gli avrebbe dato la soddisfazione di rivelargli i suoi pensieri più reconditi. Per niente al mondo. Il suo obiettivo era conquistarsi la sua fiducia con le azioni e consolidarla con la protratta reticenza. Avrebbe ribaltato i ruoli abituali di confessore e confessante. In fondo, anche gli psichiatri hanno bisogno di qualcuno che li ascolti.

Una settimana dopo, Mihee stava battendo sotto dettatura il sermone domenicale del pastore, relativo proprio al tema della fiducia. Era basato sulla storia della moglie di Lot, nel libro della Genesi.

Mentre descriveva la nota scena in cui Lot si gira a guardare Sodoma e viene trasformata in una statua di sale, il pastore s'interruppe. E le fece un'altra strana domanda: « Sa quando ho pensato che valeva la pena di fidarsi di lei? » Sorrise.

Mihee evitò di guardarlo negli occhi, lo stomaco serrato dal senso di colpa.

Le disse che l'aveva pensato non appena si erano conosciuti, quando lei gli aveva raccontato la storia della sua vita. « È stata la prima a confessarmi subito di essersi prostituita. » Disse che sapeva che la prostituzione era uno dei pochi mezzi di cui le coreane fuggite in Cina disponevano per sopravvivere. Non giudicava chi vi ricorreva: probabilmente lui stesso, nella medesima situazione, si sarebbe prostituito. Tuttavia, le disse che ammirava la sua sincerità, il suo coraggioso rifiuto di scusarsi o rammaricarsi per quello che le era toccato fare. Era una cosa rara tra le donne che avevano vissuto esperienze simili. « È proprio un atto di coraggio, no? Vivere senza vergognarsi del proprio passato, di chi siamo », concluse Rousseau.

« L'amore di Dio è uguale per tutti », rispose lei. « Nemmeno per Maria Maddalena ha fatto eccezione. »

A braccia conserte, il pastore le diede le spalle. Sospirò a fondo e s'incurvò impercettibilmente. Mihee era a disagio, come quando Seong-mi era scoppiata a piangere davanti a lei. Quella sera, uscendo dall'ufficio, il pastore la salutò con un sorrisone e una strizzatina a una spalla.

Dopo essere rimasta sola, Mihee restò seduta, immobile, per un pezzo.

Nella sua mente si rincorrevano molti pensieri tentennanti.

All'inizio, non era sicura di come dovesse interpretare quello che era appena successo. Senz'altro si era guadagnata una certa fiducia da parte del pastore. *Ma cosa si aspetta da me adesso che mi ha detto queste cose?* si domandava. E poi: *Avrei parlato così candidamente del mio passato in un bordello, se a essere compromesso fosse stato il mio corpo?*

Il pensiero la riportò al suo arrivo alla chiesa e all'interrogativo che si era posta guardandosi il piede ferito.

Fino a che punto si sarebbe spinta l'agente Mihee, anche nel farsi del male e compromettere il proprio corpo, se la missione lo avesse richiesto? Le sembrava di sentire ancora la mano del pastore stringerle la spalla. L'odore delle carte ammuffite, quell'aroma familiare che le piaceva tanto, di colpo le rivoltò lo stomaco. Uscì dall'ufficio.

Il giorno dopo era martedì, il suo giorno libero. Si diresse al parco Dongling, che a piedi distava circa un'ora. Era uno dei più grandi di Shenyang e il meno affollato, quindi il rischio d'incontrare qualcuno della chiesa era minore. Durante il giorno, c'erano solo gruppetti di bambini in bicicletta o coppie di anziani che praticavano il tai chi. « Di notte l'angolo a nord-ovest del parco si riempie di fate », le aveva detto il compagno Cha. « Finocchi che si radunano nel boschetto di pini dietro i bagni pubblici per fare baldoria. » Di conseguenza Mihee ci andò di sera, nell'ora a cavallo tra il giorno e la notte, quando di solito il parco era deserto, per ritirare il suo primo pacco.

Dietro il boschetto di pini c'era un sentierino stretto e frondoso, che correva lungo il muro di pietra, ben nascosto alla vista. Si sedette nel luogo designato, la quinta panchina a partire dall'estremità settentrionale. Allungò una mano per tastare sotto la panca e trovò il pacchetto avvolto nella carta marrone: il suo primo ritiro. Il compagno Cha le aveva raccomandato di prendere confidenza col parco, perché era lì che avrebbe avuto luogo la maggior parte delle loro comunicazioni.

Aveva aggiunto che, ironicamente, sarebbe stato anche il luogo più sicuro di notte, casomai avesse dovuto stabilire un contatto d'emergenza. « Le fate non ti darebbero fastidio », aveva borbottato, brusco. Mihee sapeva che un contatto notturno era l'ultima spiaggia per gli agenti in incognito: un atto disperato che avrebbe messo in pericolo entrambe le parti coinvolte. Pregò di non dovervi mai ricorrere.

Non si aspettava istruzioni scritte. In teoria, le sarebbe bastato vedere quello che le era stato lasciato per capire cosa farne. Nell'involto di carta marrone c'erano una mascherina e una piccolo contenitore di latta. Di lì a tre giorni, il pastore Rousseau sarebbe andato nella prefettura di Yanbian per visitare altre nascenti chiese protestanti con cui la Church of New Life avrebbe collaborato. La notte prima della sua partenza, Mihee avrebbe dovuto indossare la mascherina e spruzzare il contenuto della fiala metallica sui suoi vestiti, sulla valigetta e sulle scarpe. « Polvere radioattiva », le aveva spiegato il compagno Cha. « A bassa concentrazione per evitare di contaminarsi, ma sufficiente a essere intercettata dai nostri contatori Geiger. »

Lo pedineranno fino alla prefettura di Yanbian, od ovunque stia andando, pensò Mihee.

Passò tre notti insonni, a guardare la porta della sua stanza. In ufficio, il pastore non si comportava diversamente dal solito, ma lei cominciò a notare piccoli particolari del suo corpo che non aveva mai notato: il polso fin troppo grosso, coi tendini in evidenza; il collo che s'irrigidiva e si gonfiava come quello di un rottweiler ogni volta che sbadigliava allargando le braccia. Rozzi particolari fisici di un corpo maschile, al tempo stesso rivoltanti e affascinanti. Come la maggior parte delle nordcoreane non sposate della sua età, Mihee sapeva pochissimo del sesso. La sua unica esperienza era stata con la bottiglia che le aveva dato il compagno Cha. Sebbene di norma fosse imperturbabile, in quell'occasione era arrossito fino all'attaccatura dei capelli. L'oggetto lungo sembrava una piccola bottiglia di vino, con il collo e l'imboccatura coperti da una gomma liscia. Cha le aveva detto di fare pratica. « Prima usala per rompere l'imene e poi prendici confidenza », aveva mormorato senza guardare l'oggetto, neanche avesse in mano una malattia. Mihee non aveva fatto domande. Aveva eseguito e basta.

Ogni sera il pastore le augurava la buonanotte dalla scrivania ingombra di carte. « Ho ancora del lavoro da finire, prima della partenza », diceva, laconico.

Lei, sdraiata a letto, guardava la porta. La stanza, ricavata alla meno peggio da uno sgabuzzino, si trovava in fondo al corridoio, ad appena venti passi dall'ufficio del pastore. Ogni volta che sentiva il minimo rumore, le sembrava di vedere un'ombra minacciosa davanti alla soglia, quella del goffo mostro che avrebbe spazzato via l'ammirazione che in segreto nutriva per il pastore. Tuttavia, l'ombra si dissipava subito, lasciando la sua stanzetta tranquilla e silenziosa come sempre. La terza e ultima notte prima della partenza di Rousseau, quando Mihee finalmente si convinse che quello che si aspettava non sarebbe successo, il suo corpo si lasciò andare a un sonno profondo. Nonostante il sollievo che permeava quel sonno, sotto sotto c'era una vaghissima delusione, di una sfumatura troppo tenue perché la percepisse consciamente.

Si svegliò prima dell'alba ed entrò nell'ufficio del pastore per compiere la missione che le era stata affidata. Indossò la mascherina e un paio di guanti di gomma sottratti dall'armadio della diaconessa Kang. Dopo un attimo di esitazione, aprì la fiala e portò a termine il compito. Come sempre, però, fece di testa sua: invece di spargere la polvere radioattiva su tutto il cappotto, la lasciò cadere solo in basso, nella parte posteriore, in modo che il suo proprietario non la inalasse né la toccasse con le mani. Per lo stesso motivo, risparmiò le maniglie della valigetta e i lacci delle scarpe.

In assenza del pastore, Mihee ebbe un mucchio di tempo libero. Lesse molti dei libri presi a prestito dalla sua biblioteca. Andò al parco Dongling tre volte alla settimana. Andò anche ai mercati dei dintorni coi suoi falsi documenti di viaggio, per esercitarsi a parlare il cinese. Passeggiando nel parco, ripassava la lunga lista dei codici di comunicazione che aveva dovuto imparare a memoria: lasciare una buccia di mandarino nel luogo convenuto significava *Sono in pericolo*; un guscio di litchi voleva dire *Domani parto per andare all'estero*; un rametto a forma di Y equivaleva a *Ho bisogno di un contatto d'emergenza stanotte*, e così via. Teneva sempre d'occhio la quinta panchina a partire da nord del sentiero che costeggiava il muro di pietra, non solo perché potevano esserci segnali o pacchetti, ma anche per allontanare visitatori indesiderati, come gli scoiattoli, che avrebbero potuto interferire con le comunicazioni, inquinando il sito con gli scarti dei loro pasti.

Passeggiando, pensava anche al pastore Rousseau. Si era accorta di quanto poco lo conoscesse. Della sua vita privata non sapeva quasi nulla. Si domandava che tipo di persone frequentasse nel tempo libero. Altri membri dell'RGB dovevano averlo scoperto, ormai, avendolo tallonato con l'aiuto del contatore Geiger. Provava una strana gelosia nei confronti di quegli agenti senza volto. Pur lavorando quotidianamente a stretto contatto con Adrien Rousseau, lei conosceva solo una piccola parte di lui. L'RGB faceva in modo che ciascun agente restasse nel proprio guscio di segretezza, permettendogli di tastare solo una parte dell'elefante: l'enorme ventaglio di un orecchio, il tubo serpentino del naso, la colossale colonna della zampa. Solo chi stava in alto aveva il quadro completo. « Una spia affidabile è una spia morta », le aveva detto una volta il compagno Cha. Era una tipica battuta dell'RGB. « Perché solo una spia morta è incorruttibile », aveva spiegato con una risatina fredda.

Una volta, Mihee aveva chiesto a sua madre se le era mai capitato di lasciarsi coinvolgere da qualcuno con cui, in teoria, le era proibito avere contatti. Lei aveva annuito. « Alla prima missione, ovviamente. Di solito capita all'inizio, tesoro», le aveva risposto. Era stato quando si trovava a Paju, vicino al trentottesimo parallelo, mascherata da ragazzina demente, orfana di guerra, per raccogliere informazioni sull'esercito statunitense di stanza sul lato sud del confine. Poteva andare e venire liberamente senza che nessuno la infastidisse, tuttavia alcuni bambini del villaggio non la lasciavano in pace. Erano crudeli come solo i bambini di quell'età possono essere. Erano dei poveretti, secondo sua madre, che erano stati privati dell'infanzia da genitori a loro volta devastati dalla guerra. «Ma ce n'era uno che, sebbene avesse un padre violento come il mio, aveva conservato l'innocenza», aveva sussurrato sua madre. Lui cercava, con scarso successo, di difenderla dai sassi che le piovevano addosso; le lasciava sulla soglia i pesci che pescava nel fiume Imjin perché non patisse la fame; una volta le aveva perfino portato un mazzolino di fiori di campo. «Un giorno, dopo la fine della stagione piovosa, l'ho trovato davanti alla mia porta, privo di sensi e sanguinante.» Pur sapendo che rischiava di far saltare la copertura, l'aveva preso in braccio e portato all'ospedale più vicino, inzuppandosi l'*hanbok* del suo sangue. «Il bambino è sopravvissuto, con mia grandissima gioia, ma sono dovuta partire subito.» A ferirlo era stata una mina antiuomo, posata dall'esercito americano durante la Guerra di Corea, spinta sulla riva del fiume dalle forti piogge. Mihee aveva interpretato quella storia come un velato consenso a prendere l'iniziativa, pur senza esagerare e senza dare nell'occhio. « Né io né te lavoriamo per la gloria del partito in senso stretto », aveva sussurrato sua madre.

Aveva ragione, pensò Mihee. Lei non era la giovane guerriera rivoluzionaria che il partito credeva che fosse. A guardarla dall'esterno, non era stata lei a interessarsi all'RGB, perché non era un'azienda dove si potesse far domanda di assunzione. Erano loro a venirti a cercare. Però aveva fatto in modo di attirare la loro attenzione. Era la candidata perfetta: tra i migliori del suo corso all'Università degli Studi stranieri di Pyŏngyang, la ventenne Mihee eccelleva già in tre lingue straniere. La sua fedina morale era immacolata. Sua madre era un'importante *donna d'affari,* suo padre un ex sarto che aveva vestito i pezzi grossi del partito. Sapeva di rappresentare un'occasione imperdibile per loro.

Una carriera nello spionaggio avrebbe legittimato la ribellione cui Mihee aspirava da sempre. Segreti e inganni, i due elementi chiave, li aveva nel sangue. Tutti quelli che la circondavano avevano dei segreti, s'ingannavano l'un l'altro in qualche modo. Fin da piccola aveva capito che i suoi genitori non erano le persone che credeva. Un giorno, dietro la vecchia libreria di noce dello studio del padre, aveva scoperto una cassaforte a muro. Negli anni aveva visto numerosi oggetti entrarci e uscirne: romanzi americani banditi, con le copertine sostituite da quelle di libri russi; cassette di canzoni pop sudcoreane duplicate illegalmente; copie originali di vinili di gruppi inglesi che sua madre aveva riportato dai viaggi di lavoro, uno per ogni compleanno di suo padre. Proprio come i suoi genitori, Mihee era una dissenziente silenziosa. Era stata la madre a capirlo per prima: le leggeva nella mente di bambina e sapeva che la sua curiosità sarebbe diventata insopprimibile. Così le aveva insegnato a controllarla, invece di cercare di soffocarla.

Una carriera nello spionaggio, poi, avrebbe significato viaggiare e magari anche vivere all'estero: esperienze negate ai suoi connazionali. Le avrebbe inoltre dato accesso a un potere incontrollato, un'influenza che non prevedeva testimoni né detrattori e perciò comportava relativamente poca responsabilità. Era l'ideale per una come Mihee, una snob doppiogiochista tacitamente orgogliosa della propria superiorità intellettuale, cioè intimamente convinta di essere a conoscenza di cose importantissime che la gente comune ignorava. E l'inganno era seducente, nonostante il senso di colpa che lo seguiva inesorabile come un'ombra.

Rousseau

Ma cosa sa lei di me?

Quanta verità le ho rivelato?

Rousseau. Il mio cognome.

Eravamo ancora agli inizi, a Shenyang. Di punto in bianco, Seong-mi mi ha chiesto se per caso ero parente di Jean-Jacques Rousseau. Per poco non sono scoppiato a ridere davanti a tanta ingenuità. Un piccolo fraintendimento, che la rendeva ancora più simpatica. Poi, però, mi sono reso conto di una cosa che mi ha impressionato: conosceva un filosofo occidentale di cui probabilmente la maggior parte dei suoi connazionali non sapeva nulla. Ero quasi tentato di fare colpo su di lei confermando la sua ipotesi - *Certo che siamo parenti* -, pavoneggiandomi nella gloria vicaria di qualcuno molto più grande di me. Ma alla fine, ovviamente, le ho dato la risposta che mi sembrava più veritiera: Rousseau è un cognome molto comune in Francia. Se vivessi là, le ho detto, incontreresti parecchi altri Rousseau. Lei ha fatto spallucce e mi ha risposto, sottovoce, che non le interessava incontrare i miei omonimi. Poco dopo, se n'è andata, senza incrociare il mio sguardo stupito.

Pastore. Il mio titolo. Tutti, alla chiesa di Shenyang, mi chiamavano così.

Tecnicamente, tuttavia, non ero un pastore.

La confusione era cominciata a causa del termine coreano *jeondosa-nim*. La parola *jeondosa* è una parola dai molti significati, che esiste solo nel vocabolario della Chiesa protestante coreana. Può indicare un missionario o un predicatore, a seconda del contesto. Sebbene in teoria si riferisca a chi sta preparandosi a diventare pastore con una laurea in teologia, in realtà molti responsabili dei gruppi giovanili si guadagnano il titolo grazie al loro impegno nella comunità o al favore di anziani influenti. Nel mio caso, avevano cominciato a chiamarmi *jeondosa-nim* perché ero attivo nel gruppo giovanile e in quello dei rifugiati nordcoreani. Ero bravo nel mio lavoro: aiutavo i disertori a trovare una sistemazione temporanea e insegnavo loro le Scritture. La notizia si era sparsa in fretta e in chiesa si presentavano sempre più persone, alcune per curiosità, altre con la disperata speranza di rifarsi una vita. Dopo un paio d'anni, tutti hanno cominciato in maniera naturale a chiamarmi pastore, perché a un certo punto la maggior parte degli *jeondosa* diventano pastori. All'inizio mi opponevo, perché non avevo preso gli ordini, anzi, non ero nemmeno stato in seminario. Ogni volta che qualcuno mi chiamava con quel titolo erroneo, cercavo di chiarire che si trattava di un fraintendimento. Ma la cosa interessante di certi appellativi è che non abbiamo nessun controllo su di loro: vengono scelti e appioppati dagli altri. Nonostante la mia disapprovazione, quindi, i fedeli hanno continuato a chiamarmi così. Per loro ero *Rooso Moksanim,* cioè il pastore Rousseau.

A Seong-mi, tuttavia, ho confessato presto la verità. «Tecnicamente non sono un pastore», le ho detto. Doveva essere il secondo giorno di lavoro insieme, nel mio ufficio, mentre lei batteva a macchina e rileggeva il mio sermone. «Quindi può chiamarmi signor Rousseau. O anche solo Rou, corto e dolce, alla coreana. Quasi tutti i cognomi coreani sono di una sola sillaba, no?» Con mia sorpresa, ogni tanto Seong-mi mi chiamava davvero Rou, soprattutto quando eravamo soli in ufficio, a lavorare. Davanti agli altri, invece, mi chiamava sempre pastore Rousseau. Dopo, quando abbiamo cominciato a stare insieme, è passata al nome proprio, Adrien. Da quel momento in poi, raramente mi ha chiamato Rou. Mi ricordo di una volta sola in cui quel vezzeggiativo è riaffiorato sulle sue labbra: a letto, dopo aver fatto l'amore nel nostro primo appartamento a Seul. Eravamo stesi, abbracciati, intontiti. Lei mi passava le dita tra i capelli umidi, piano piano, poi si è messa ad accarezzarmi la linea sensibile che andava dalla fronte al mento, passando per il naso. « Rouuuuuuuu », ha sussurrato, allungando il suono di quell'unica sillaba come un delizioso caramello filante. « Sei bello », mi ha detto, con un vago sorriso. È stato uno dei pochi momenti della mia vita in cui ho pensato: *Adesso posso anche morire.*

Hoyeon. Il mio rimpianto.

Il mio più grande rimpianto. E l'ultima domanda, che ho avuto troppa paura di fare.

Non ho mai raccontato a Seong-mi la verità su Hoyeon. È l'unica cosa che le abbia mai nascosto.

Almeno, pensavo.

Forse Seong-mi ha scoperto cosa c'è stato tra me e Hoyeon?

Potrebbe essere il motivo per cui è sparita?

Mihee

Mentre camminava fino al parco Dongling, si domandava ancora fino a che punto si sarebbe spinta nel suo lavoro. Immaginò di trovare un altro pacchetto attaccato col nastro adesivo sotto la quinta panchina. E dentro la busta ci sarebbe stata una M1911, ovvero una Colt Government, una pistola calibro 45 a sei colpi, col silenziatore. *È il massimo che possano spingerti a fare,* pensò Mihee. *Ma sarei capace di piazzare un proiettile nel cranio del pastore Rousseau?* Non conosceva la risposta a questa domanda. Poteva solo sperare di non trovare mai niente del genere sotto la sua panchina.

Ci trovò qualcos'altro, quella sera. Due stuzzicadenti, disposti l'uno sopra l'altro a formare una X. Un messaggio che non si sarebbe aspettata, soprattutto quel giorno, visto che il pastore era ancora in viaggio. *Rendez-vous* domani notte: questo era il significato del messaggio in codice, lo ricordava benissimo. Il cuore cominciò a batterle forte. Era sempre preferibile comunicare tramite depositi in luoghi convenuti o scambi fugaci. Gli incontri di persona avvenivano solo in casi di assoluta necessità. Nella sua mente si avvicendavano già decine di scenari, alcuni buoni, altri brutti e uno, in particolare, terrificante. Ebbe una nefasta sensazione di déjà-vu, come se la sua immaginazione potesse tramutare la paura in realtà. Il compagno Cha le aveva detto che l'eventualità di un incontro era rara, riservata a comunicazioni top secret o alla consegna di risorse critiche. «Grosse somme di denaro o un'arma costosa, che non possiamo permetterci di perdere.»

Che cos'hai combinato nella prefettura di Yanbian? cominciò a domandarsi Mihee. *Qualcosa di tanto grave da finire per farti del male?* Passò il resto della giornata in preda a un'ansia febbrile, con la vivida immagine della Colt acquattata in un angolo dell'occhio come un orzaiolo. Pur sapendo che non sarebbe servito a placare l'apprensione, non riusciva a smettere di pensare all'immediato futuro, passando in rassegna le opzioni limitate a sua disposizione. Se il piano finale era davvero eliminare il pastore Rousseau, con ogni probabilità sarebbe stata richiamata a Pyongyang subito dopo, ed era l'ultima cosa che lei voleva. Avrebbe significato rinunciare all'aiuto della Church of New Life per trasferirsi presto in Corea del Sud. Credeva alla promessa del pastore Rousseau, sebbene non avesse nessuna prova delle sue intenzioni. Si domandò se sarebbe stata capace di far cambiare idea al compagno Cha, di fargli rivalutare i costi e le ramificazioni del loro piano. Ma le sembrava impossibile.

Si presentò nel luogo designato alle dieci in punto. Contrariamente a quanto si aspettava, la quinta panchina era vuota. Quando si avvicinò per controllare se ci fosse qualcosa sotto, due braccia nere le strinsero la vita. «Cammina verso l'altro capo del sentiero», disse una voce, profonda ma femminile.

Mihee e l'estranea si avviarono in silenzio, a braccetto, come se fossero sorelle o amiche intime, e percorsero il sentiero sino in fondo. La donna le indicò di sedersi su un'altra panchina. Vestita di nero dalla testa ai piedi, era larga e bassa, come una teiera. Mihee pensò che il suo fisico, né affascinante né appariscente, ingannava. Se si fosse seduta accanto a lei su un autobus o su un banco durante la funzione domenicale, non avrebbe mai sospettato di trovarsi in presenza di un'altra agente dell'RGB.

Senza nemmeno presentarsi, la donna andò al sodo: prese una fotografia in bianco e nero, sgranata, e la posò sulle gambe di Mihee. « Hai mai visto questa persona? » le chiese illuminandola brevemente con una torcia. Era il viso sorridente di un ragazzo dai capelli lisci e scuri.

« No », rispose Mihee.

« I capelli potrebbero essere diversi. Più chiari e ricci », insistette l'agente.

Mihee, però, non ricordava di aver mai visto quella faccia.

« Non dimenticartela e, se lo vedi, prendi nota di tutto quello che fa e che dice. »

« Chi è? »

L'agente le lanciò un'occhiata glaciale.

« Svolgerò meglio il mio lavoro, se so cosa fa e cosa c'entra col pastore Rousseau », aggiunse Mihee.

Ancora con uno sguardo acido e freddo, la donna aprì bocca lentamente, in segno di esagerato fastidio. « Chiedimi pure tutto quello che vuoi, ma io posso dirti solo quello che mi hanno autorizzato a dirti, cioè questo: è un giornalista, lavorava per il *Washington Post* e adesso lavora per il *New York Times*. Si chiama Nathan Zuckerman.»

«È americano?» Confusa, Mihee si avvicinò la foto agli occhi.

«Suo padre è un ebreo americano, sua madre un'immigrata cinese», rispose la donna. «In questa foto sembra più asiatico perché si è stirato i capelli e se li è tinti di nero. Al naturale, li ha ricci e castano molto chiaro.»

Giornalista. *Una classica copertura per gli agenti mandati in missione all'estero, tanto quanto diplomatico o uomo d'affari,* pensò Mihee. *Un giornalista americano ma di etnia mista, che si tinge i capelli per sembrare cinese.* «Quindi sospettiamo che quest'uomo sia il superiore del pastore Rousseau e che il pastore sia una spia ai suoi ordini?»

«Il pastore l'ha incontrato tre volte durante questo viaggio», proseguì la donna. «In un caffè abbiamo cercato di avvicinarci per ascoltare cosa si dicevano, ma loro se ne sono accorti e sono andati via. Erano sul chi vive. Si sono rintanati in una camera d'albergo, dove non abbiamo potuto seguirli. Ogni volta la modalità è stata simile. Si sono visti in un caffè o in un ristorante ma, appena abbiamo cercato di avvicinarci, si sono appartati impedendoci di pedinarli. Per questo ci siamo rivolti a te», concluse la donna, consegnandole una scatoletta di plastica bianca.

Mihee la aprì. Dentro c'era un minuscolo pezzo di metallo argentato, rettangolare, coi bordi lisci. Era grande come un'unghia. Appena lo vide, capì che era un microfono, da inserire nel ricevitore del telefono del pastore. « Ma tu come ti chiami? » chiese a bruciapelo alla schiena della donna che si era già alzata.

Lei si voltò piano. « Me l'avevano detto, che fai un mucchio di domande », borbottò. « Faresti meglio a perdere il vizio. Arriverà un momento in cui il nome di tua madre non ti proteggerà più. »

Mihee osservò l'ampia schiena della donna. Mentre s'incamminava, il bordo del cappotto nero frusciò contro la panchina. Il suo corpo tarchiato e carnoso si mise a oscillare nella notte come quello di un pinguino, comico e sinistro al contempo.

Il giorno successivo, il pastore Rousseau fu di ritorno.

Mihee si meravigliò del proprio entusiasmo nel riaverlo accanto. Per lei significava anche non dover più condividere i segreti del pastore con estranei dell'RGB. Sarebbe tornata a essere la principale testimone della sua vita quotidiana. Guardandolo, pensò a quanto sarebbe rimasto sorpreso se l'avesse sentita parlare nel suo impeccabile inglese americano. Quello strano pensiero le fece spuntare un sorrisetto sornione.

Il pastore le diede una grossa scatola di cartone rosso. Un souvenir, le disse. « In ogni caso, non sono autentiche », aggiunse timidamente. « Oggi come oggi, è impossibile trovare quelle vere, in questa nazione. »

Erano un paio di Nike. Un modello classico, bianco, con il baffo rosso di lato e la suola bianca con la riga blu al centro. Mihee si ricordò di averle viste al campo di addestramento sotterraneo di Pyongyang. A indossarle, splendenti e nuove di zecca, era una comparsa che impersonava un passante sudcoreano nella replica di Myeong-dong. Anche suo padre aveva un paio di Nike, nere col logo bianco. Ma erano autentiche, portate di contrabbando da sua madre da uno dei suoi viaggi di lavoro.

« Ho notato che le sue scarpe sono pronte per andare in pensione », le disse il pastore Rousseau sottovoce, lanciando un'occhiata ai suoi piedi.

Mihee abbassò lo sguardo e si accorse solo allora che, in effetti, le sue scarpe erano logore. Da bianche che erano state in origine, ormai erano diventate beige. La punta e il tallone si erano assottigliati come una gomma per cancellare troppo usata e si distingueva quasi la forma delle unghie dei piedi all'interno. Era la dimostrazione di quanto si fosse impegnata nel suo lavoro, con tutte quelle camminate fino al parco Dongling. Il fatto che lui se ne fosse accorto era allarmante e commovente al contempo.

« Non capisco », sussurrò Mihee, arrossendo.

« Cosa? » Rousseau la fissava.

Lei ricambiò il suo sguardo con la stessa intensità. « Dicono che è bravo ad aiutare i disertori, a farli uscire dal Paese, ma dicono pure che è una persona fredda. » Strizzò gli occhi e serrò le labbra. « Invece non è vero. »

« Pensa che io sia così espansivo con tutti? » ribatté Rousseau, sottotono.

Immagino di no, pensò Mihee. Perfino la diaconessa

Kang una volta le aveva chiesto come ci riuscisse, a farlo parlare.

« Le ho mai raccontato che una volta lavoravo coi cani? » disse lui di punto in bianco.

Mihee scosse la testa.

Un fitto silenzio li avvolse, tanto fitto che, espirando, Mihee sentiva il sibilo dell'aria nel naso.

Rousseau curvò il dito indice, se l'avvicinò al labbro superiore e fece un profondo respiro, come se aspirasse da una sigaretta. Mihee ne restò sorpresa e si domandò se fosse stato un fumatore. Un'altra cosa che ignorava di lui.

« Da ragazzino ero sempre a corto di soldi, perciò ho cominciato a lavorare part time in un canile di Lewiston », sussurrò il pastore, con gli occhi socchiusi. « A quei tempi era l'unica attività della regione disposta a prendere un adolescente dall'aspetto straniero. La maggior parte degli animali abbandonati che ospitava erano cani. Io pulivo le gabbie e davo loro da mangiare. » La voce di Rousseau aveva perduto il solito carattere liturgico. La sfumatura autoritaria era svanita, il tono era dolce e modesto, come una ninnananna.

Mihee si sarebbe messa volentieri in posizione fetale.

« Con quel lavoro, ho imparato tante lezioni importantissime sulla vita, a cominciare dal mio capo, Jason, che gestiva il canile. Era di origine irlandese. Aveva i capelli color carota ed era robusto come una quercia. Puzzava come un allevatore di maiali e la sua stretta di mano era vigorosa ma sempre umida. Al lavoro neanche ti guardava, parlava a malapena. Non era certo come me l'ero immaginato. Pensavo di trovare una quarantenne bionda con dei cuccioli in braccio e il tipico sorriso americano, caloroso e a trentadue denti. Insomma, un viso da scatola dei cereali o da brochure delle assicurazioni.» Rise con tenerezza. «Quando Jason mi ha chiesto perché volessi lavorare lì, gli ho detto che mi piacevano i cani. E lui mi ha risposto, freddo come il marmo, che al canile non c'era posto per l'amore.»

La sua voce si affievolì. Mihee sentiva il ronzio del ventilatore elettrico sopra di loro, un'alternanza di flebili lagnanze e mugugni. Si sarebbe voluta sdraiare con la testa sulle gambe di Rousseau.

«Secondo Jason, le dimostrazioni di affetto erano un lusso riservato ai proprietari dei cani. Quando ne hai centinaia da nutrire, pulire e portare a passeggio ogni giorno, non c'è tempo per l'affetto.»

Adesso la voce del pastore sembrava venire da un luogo lontano. Lei immaginò di passargli le dita tra i capelli e di accarezzarlo come si fa con un grosso cane. I suoi occhi dolci, appena incurvati agli angoli, le ricordavano proprio quelli di un golden retriever.

«Secondo Jason, lacrime di commozione e sorrisi angelici, le immagini che si vedono nelle pubblicità dei centri di accoglienza e dell'UNICEF, sono per gli attori di Hollywood, per la gente che va a far visita a un orfanotrofio africano una volta all'anno. Chi ci lavora sul serio e ha a che fare con la morte, gli abusi e le malattie ogni giorno, non può permettersi di sprecare tempo ed energie per piangere. Ogni giorno ci sono centinaia di occhietti che ti cercano, che vogliono cibo, coccole, sopravvivenza. E tu devi essere un automa, una macchina che salva e cura quante più vite possibili. Non puoi mostrare emozioni, non puoi dare amore a tutti, perché, diceva Jason, 'amare tutti è come non amare nessuno, e amare solo alcuni significa abbandonare tutti gli altri'. »

Per un po' rimase in silenzio. Aveva gli occhi e la punta del naso un po' arrossati. Anche la voce gli si era arrochita, scendendo in picchiata a toni baritonali che erano un piacere da ascoltare.

Lei guardava il suo pomo d'Adamo che si alzava e si abbassava, le dita che scostavano i capelli dalla fronte.

Cannella. Il dopobarba francese nel flacone verde scuro che usava. Gli lasciava sulla pelle un vago profumo di cannella e mandarino, pensò.

« Ma era umano anche lui. Sapevo che aveva un cane preferito. »

Chissà che sapore aveva.

« Un golden retriever che lui aveva chiamato Moxie. Un cane fin troppo affettuoso, considerati gli anni di abusi subiti dal padrone. Alla fine Jason l'ha adottato. E, dopo, ne ha adottati altri cinque. »

Lei avrebbe voluto afferrargli il colletto della camicia, strofinargli il viso ovunque. Avrebbe voluto sentire su di sé il suo profumo e lasciargli addosso il proprio. «Perché solo cinque?» gli chiese, i pensieri impegnati a percorrere due strade diverse.

«Secondo lui, il numero massimo di cani che si possono avere contemporaneamente, per dispensare affetto e cure adeguate a tutti, è sette. Avendone di più, si finisce per diventare accumulatori negligenti. L'alternativa è gestire un canile.»

«Quindi aveva già un altro cane, prima di Moxie?» gli chiese Mihee, fingendosi calma.

«Sì», disse Rousseau, sorridente. Sembrava che pensasse: *Allora mi hai ascoltato bene.*

Le tempie di Mihee ticchettavano come un orologio. Avrebbe voluto poter spegnere i pensieri.

«Sa qual è la cosa divertente?» le chiese Rousseau.

Non le importava nulla della risposta. Gli prese il viso tra le mani. Voleva congiungere le proprie labbra alle sue, ma non era sicura di come fare. Temeva che sarebbe scoppiato a ridere. Allora gli sguardi s'incrociarono. Mihee, liquefatta, sarebbe crollata a terra se non fosse stato per le braccia del pastore. Lui l'afferrò a mezz'aria, ma lei si sentiva ancora come se stesse cadendo. Ansimava. Le spalle di Rousseau avevano racchiuso il suo corpo in un minuscolo abbraccio. Il cuore le batteva sotto l'ombelico. «Portami nella sala della preghiera, pastore. Là non c'è mai nessuno.»

Sentiva che anche il cuore di Rousseau batteva forte.

Hoyeon. Il mio rimpianto.

L'ho conosciuto alla Cornell, nel primo corso di filosofia francese che ho frequentato.

Siamo stati molto vicini fin da subito. Studiavamo francese entrambi, avevamo gusti simili in fatto di letteratura e musica, ma soprattutto eravamo gli unici studenti di etnia mista.

Hoyeon era basso e magrissimo, con lunghi capelli ricci e castani. Io ero alto, con le spalle larghe. Perciò, quando camminavamo fianco a fianco, chiacchierando protesi l'uno verso l'altro, spesso venivamo scambiati per una coppia. Lui era figlio di un'immigrata cinese e di un ebreo americano di origini polacche che gestiva una fabbrica di abbigliamento in California. Era portato per le lingue quanto me. Quando l'ho conosciuto parlava già correntemente cinese ed ebraico, e poi studiava il francese. Tempo dopo, quando ci siamo incontrati di nuovo in Cina, stava perfezionando il coreano e mi ha detto che la sua nuova ragazza era appunto coreana. È stato uno dei pochi, in vita mia, che non mi abbia chiesto con gli occhi sgranati: «Ma come fai a parlare le lingue così bene?»

Era diverso da tutti quelli che conoscevo, l'unico ragazzo di etnia mista che sembrasse a proprio agio nella doppia pelle che aveva ereditato. Anzi, più che a proprio agio: sembrava gioire della sua eterogeneità, sempre pronto a sfruttarla al meglio. Sebbene il suo vero nome fosse Nathan Zuckerman, mi si era presentato come Wang Hoyeon. « Voi coreani lo pronunciate così, vero? » mi aveva detto, ammiccando. « Me l'ha insegnato una ragazza coreana niente male che ho conosciuto a una festa dell'associazione studentesca coreana. » Dagli studenti cinesi si faceva chiamare Wang Haoran, perché Haoran era il nome con cui lo chiamava sua madre, mentre Wang era il cognome di lei da nubile. Agli studenti ebrei dava sempre il nome completo, Nathan Zuckerman, mentre per gli altri era semplicemente Nate.

Era un camaleonte umano. I suoi modi e il suo umore cambiavano parecchio a seconda del gruppo di persone con cui si trovava e della lingua che parlava. Coi ragazzi bianchi parlava lentamente, ma a volume molto più alto, spesso gesticolando, e faceva quelle risate sguaiate, sonore come un clacson in galleria. In cinese parlava più in fretta, a una tonalità più alta e cantilenante, ma muoveva relativamente poco le mani. Quando passava all'ebraico, sembrava di colpo cupo, un po' misterioso e anche triste; pensavo che forse avevo quell'impressione perché, delle molte lingue che Hoyeon parlava, l'ebraico era l'unica di cui non capivo una parola. In ciascun gruppo faceva battutine sugli altri gruppi, stabilendo una temporanea distanza. « In America l'umorismo razziale è un ottimo modo per fare amicizia », mi diceva sempre.

Faceva parte di tre diversi gruppi studenteschi – la confraternita dei bianchi, che si chiamava Phi-qualcosa, l'associazione degli studenti cinesi e quella ebraica, la Hillel - e si trovava bene in tutti. Non era mai fuori posto. All'inizio, la sua identità mutevole mi metteva a disagio. Poi, col tempo, ho cominciato a capire che era liberatoria: essere diviso in più parti e andarci a nozze. Io avevo sempre pensato che essere di etnia mista volesse dire dover fare una scelta di campo definitiva, altrimenti non si veniva accettati in nessun gruppo. Per questo durante l'infanzia avevo fatto la scelta più ovvia, quella dell'« americanità », evitando di mettere in mostra i miei ascendenti coreani e francesi. Per Hoyeon, invece, la dualità non era una cosa da nascondere, bensì da sfruttare appieno. Approfittava di tutti i vantaggi che gli offriva. Poteva essere chi voleva, a seconda della necessità del momento, e non provava né vergogna né confusione. Ero convinto che tanta fiducia in se stesso fosse ciò che attirava le donne; pur non essendo per nulla bello, infatti, non aveva mai difficoltà a trovare qualcuna con cui uscire.

Era stato Hoyeon a introdurmi nel mondo di Aimé Adel. Lui era già un suo grande ammiratore quando io avevo appena cominciato a leggere il suo primo romanzo per il corso che seguivamo. Secondo lui, Adel gli aveva aperto la porta a una nuova possibilità. « È stato uno dei primi intellettuali della sua generazione a sfondare in Europa, sebbene fosse di etnia mista. È riuscito a farsi ascoltare e rispettare », mi aveva detto. « Grazie a lui, gli outsider e i meticci come me e te, Adrien, hanno capito di poter contare qualcosa. »

Guardando la foto di Adel, però, ero confuso. «Ma non ci somiglia per niente», gli avevo risposto, chiedendogli anche, per curiosità, quanto afro-arabo fosse.

Hoyeon aveva tirato fuori la risata fragorosa che faceva coi suoi amici bianchi della confraternita e mi aveva detto che il punto non era la percentuale di esotismo di Adel. «Il punto è la determinazione e l'ingegnosità nell'usare la sua identità come gli pare e piace. È questa l'unica cosa che conta, mio caro.»

Quando l'ho rivisto anni dopo la fine dell'università, in Cina, non l'ho riconosciuto. I suoi capelli tanto caratteristici, i lunghi ricci color tabacco che gli sfioravano le clavicole, erano tagliati corti, sopra le orecchie. Erano dritti e puntuti, neri come l'inchiostro, come quelli di molti orientali. Mi ha detto di averli stirati e tinti prima di trasferirsi in Cina, per confondersi meglio con la gente locale. «Sono un giornalista in un Paese comunista, adesso», mi ha sussurrato con un sorrisetto furtivo. «E l'ultima cosa che voglio è attirare l'attenzione più di quanto non stia già facendo.» Se da vicino si capiva che era straniero, nelle strade affollate riusciva comunque a passare inosservato. «Con la mia vecchia chioma afro-ebraica non sarebbe stato possibile», mi ha detto ridendo sotto i baffi.

Nel suo caso, tuttavia, non era solo l'identità etnica a essere mutevole.

La prima volta che mi sono fatto una canna è stata verso la fine del primo anno di università. Me l'aveva portata lui un venerdì sera, dopo aver scoperto che non avevo mai fumato. Il dormitorio era praticamente vuoto: tutti gli studenti erano stati invitati a qualche festa di fine anno, mentre io preferivo godermi la rara tranquillità della mia stanza. Era stato piacevole sentire la languida eco delle mie risate. Facevamo battute insulse e ridevamo così tanto che ci colava il naso. Sorseggiando vodka da una grossa tazza con la scritta BIG GULP, Hoyeon mi aveva chiesto di nuovo di Brenda, la ragazza con cui uscivo a intermittenza. Voleva sapere fino a che punto eravamo arrivati e com'era a letto. «Ti comporti come se non sapessi di essere figo. Perché?» borbottava. «Sembra che la cosa non ti tocchi e mi dà parecchio fastidio.» Affamati, stavamo rosicchiando i cubetti di ghiaccio che aveva tolto dal freezer per la vodka. Mi aveva mollato una gomitata un po' troppo forte e il mio sbuffo si era trasformato in una risata che aveva scatenato un altro attacco d'ilarità muta, da piegarsi in due. Poi avevo sentito la sua lingua gelida sulla mia, tra le mie labbra, tra i miei denti. Non avevo reagito subito. La mia mente era rallentata e annebbiata, ma lui non ci aveva messo molto a capire che non stavo ricambiando. Mi ricordo che si era fermato e ritratto di colpo. Temevo che si vergognasse o che fosse in imbarazzo, invece sembrava a posto. Aveva detto che gli scappava la pipì ed era corso in bagno. Al suo ritorno era quello di sempre, vivace e sarcastico, e si era comportato come se non fosse successo nulla. Io ero stato al gioco e non se n'era più riparlato.

Non sono a conoscenza della natura e degli scopi del lavoro di Hoyeon, né mai lo sarò.

Quando gli ho chiesto delucidazioni, lui mi ha risposto chiedendomi a sua volta se sapessi chi era Michael Foot. « Purtroppo è tutto quello che posso dirti », ha concluso, prima di chiudere la telefonata.

Michael Foot, giornalista britannico e politico leader dei laburisti, era sospettato di essere una spia del KGB. Secondo l'ex responsabile della cellula del KGB a Londra, i loro agenti si erano incontrati con Foot parecchie volte; lui forniva loro informazioni e di tanto in tanto riceveva in cambio del denaro. Fino al 1968, il KGB l'aveva considerato un proprio « agente d'influenza ».

Michael Foot, però, aveva una percezione del tutto diversa della situazione. Il KGB, diceva, lo aveva arruolato a sua insaputa. Ammetteva di aver incontrato alcuni suoi agenti, ma quegli incontri non erano mai avvenuti in segreto, perché lui non aveva nessuna intenzione di nasconderli. Era convinto di promuovere la causa della politica progressista e della pace nel mondo chiacchierando coi russi e accettandone le donazioni per buona educazione. Foot non aveva infranto la legge. Non aveva rivelato segreti di Stato. Non era una spia.

Che cosa sia spionaggio e cosa no dipende dall'interpretazione dei singoli.

Non ci sono mai state demarcazioni chiare.

Fino a che punto Hoyeon fosse legato alla CIA è un mistero. Era un agente a pieno titolo, selezionato e addestrato, e il lavoro di giornalista era la sua copertura? Oppure era un giornalista che aveva scelto di collaborare coi servizi segreti perché lo scambio di notizie e informazioni utili conveniva a tutti? Non lo saprò mai, però propenderei per la seconda.

A ogni modo, se la domanda riguarda soltanto il suo coinvolgimento, la risposta è: sì, sapevo che era coinvolto.

Quando l'ho capito? Non lo so.

A un certo punto l'ho capito, ma non riesco a pensare a un momento preciso in cui è successo. Forse inconsciamente l'ho sempre saputo. Forse me ne sono accorto in modo così graduale che non c'è stata un'epifania drammatica, come quando si scopre che Babbo Natale non esiste. Forse volevo relegare la verità in un angolino recondito della mia mente.

Non è mai stata una situazione chiara, davvero. Al contrario di quanto si crede, lo spionaggio è una faccenda piuttosto banale. La maggior parte delle informazioni scambiate non viene ottenuta con azioni violente portate a termine di nascosto, bensì con conversazioni apparentemente prosaiche al tavolino di un ristorante. Non vengono fornite da James Bond a tempo pieno, ma da impiegati pubblici anonimi, con la pancetta, che fanno il doppio gioco perché nei loro cubicoli si annoiano. Né le informazioni in sé sono sempre segretissime: si tratta di un collage di voci di corridoio e articoli di giornali e riviste. A volte, il lavoro dell'agente consiste solo nello smistare e ricomporre i pezzi di quei puzzle pubblici per leggere le connessioni private che celano.

L'unica cosa certa era che mi faceva piacere rivedere il mio vecchio amico. Si soffre di solitudine, da americani, a vivere nell'angolo nordorientale della Cina, lontano da chi ti somiglia. Apprezzavo la compagnia dei fedeli della Church of New Life, ma avevo una gran voglia di farmi una chiacchierata laica. Mi mancavano le nostre passeggiate riflessive al campus, a filosofeggiare sulle ragazze, sul sesso, sulle questioni razziali e su tutto quello che ci passava per la testa. Mi mancava qualcuno con cui condividere i miei pensieri e i miei sentimenti, nudi e crudi, nella lingua con cui mi sentivo più a mio agio; qualcuno che capisse il mio passato e quello che mi tormentava. Qualcuno cui non dovevo né giustificazioni né scuse.

Per questo, quando Hoyeon mi ha contattato in Cina, ero al settimo cielo. Ogni volta che riuscivamo, ci incontravamo per parlare.

Dicono che anche gli analisti hanno bisogno di andare dall'analista. I confessori hanno bisogno di confessarsi. Ascoltare le storie dei traumi subiti dai rifugiati nordcoreani era un'esperienza preziosa, una lezione di umiltà, ma ne pagavo lo scotto. Hoyeon è spuntato come per miracolo, si è materializzato nella desolata monotonia della Cina nordorientale, neanche fosse venuto in mio soccorso. Era il mio amico, il mio analista e il mio confessore.

Si sobbarcava i miei dolori e le mie storie. Quelle dei disertori che a volte riuscivo a salvare ma a volte no, facce che irrompevano nei miei sogni in maniera casuale eppure vividissima. Nelle squallide camere d'albergo di Shenyang, Yanbian e Changbai recuperavamo il tempo perduto. Peccatore senza vergogna, piangevo tra le sue braccia, come se piangessi la morte di una persona amata. Non che avessi in mente una morte specifica. Ce n'erano state troppe. Hoyeon vedeva e assorbiva tutto senza giudicare. A un certo punto, mi sono reso conto che alcune delle mie storie finivano negli articoli che lui scriveva per il *Times*. Ma non ero preoccupato: avevo fiducia nella nostra amicizia e nella sua intelligenza.

All'inizio, però, non ho capito l'importanza delle informazioni che ricavava da me. Il tempo mi ha illuminato: ero una delle primissime persone al mondo a raccogliere testimonianze dai nordcoreani che fuggivano dal loro Paese. Le informazioni di cui disponevo consentivano di aggiornare il quadro della società più chiusa del mondo. Molte nazioni potenti avrebbero desiderato venirne in possesso.

Nel periodo in cui Seong-mi è arrivata alla nostra porta, ero esaurito. Il mio lavoro stava diventando sempre più complicato. Il governo nordcoreano aveva inasprito i controlli sui rifugiati in Cina e, di conseguenza, c'erano pochi passatori cinesi affidabili disposti a lavorare con noi. Avevo dovuto respingere parecchi disertori venuti in cerca di aiuto; in quella nuova situazione, non ero sicuro che avremmo potuto essere loro d'aiuto, ma soprattutto non avrei sopportato che qualcun altro morisse o sparisse mentre era sotto la mia protezione. Mi sembrava di aver fatto abbastanza. Avevo un disperato bisogno di una pausa. Stavo pensando di tornare in America e riprendere gli studi per diventare insegnante di letteratura.

Poi nella mia vita è piombata Seong-mi, un bellissimo colpo di fortuna. E ci siamo innamorati. Trasferirmi in Corea del Sud con lei mi è sembrato l'inizio della vita da sogno che tanto desideravo.

Volevo che la sua fuga fosse la più breve e la più sicura possibile. Doveva volare al Sud da Dalian, con la Korean Air, fingendosi una turista che tornava a casa dopo un fine settimana in un villaggio vacanze sul mare. Il passaggio ci è costato dieci volte il solito prezzo. «Prendetevela con la situazione politica instabile», ci hanno detto; per non parlare del fatto che bisognava rubare e modificare un vero passaporto sudcoreano. Per sembrare una donna sudcoreana della classe media, Seong-mi ha seguito il consiglio del passatore e si è fatta la permanente e tinta i capelli, quindi si è smaltata le unghie. Il tizio le aveva anche insegnato come imitare l'accento del Sud e per fortuna lei ha imparato subito. Per ridurre al minimo i sospetti, un altro uomo col passaporto sudcoreano si sarebbe finto suo marito e l'avrebbe accompagnata fino all'atterraggio all'aeroporto di Seul. Se c'era una gerarchia nei loro servizi, mi avevano detto i due passatori con un sorrisone, a Seong-mi sarebbe toccato il top. E se lo meritava tutto, perché era il mio amore.

Mihee

Non avrebbe mai creduto che la decisione più importante della sua vita sarebbe scaturita da fatti tanto normali: la nascita di un figlio e la morte di un genitore. Come se non fosse diversa dalla maggior parte delle donne che conosceva.

Aram nacque con un mese d'anticipo. Secondo il dottor Go, il ginecologo, non sarebbe stato un problema. «Trentasei settimane non sono il termine, ma ci vanno abbastanza vicino», disse, dandole una pacca sulla spalla. Perciò lei si sentì tradita quando seppe che l'infermiera aveva dovuto portare di corsa il neonato in terapia intensiva, giusto dieci minuti dopo che il dottor Go e il pediatra se n'erano andati ridendo e scherzando tra loro. Mihee stava da cani. Era stata tenuta all'oscuro di tutto, sola nel letto della sala parto, ancora pietrificata dalla vita in giù per l'epidurale, inutile e inerme nel torpore del travaglio appena concluso. Un'orca assassina spiaggiata, che di certo non avrebbe assassinato mai più.

Adrien era rimasto col bambino per tutto il tempo. L'aveva portato alla nursery insieme con l'infermiera ed era lì mentre lei lo pesava di nuovo e gli prendeva l'impronta del piedino. Era stato lui ad accorgersi per primo che le dita delle mani e dei piedi stavano diventando viola. L'aveva accompagnato anche in terapia intensiva. Era lì quando gli avevano messo la mascherina per l'ossigeno e attaccato l'elettrodo al piede, piccolo come il suo pollice, per monitorare il battito; quando gli avevano infilato gli aghi nel braccino sottile come un rossetto. Era rimasto finché il dottor Go non era tornato in tutta fretta e, senza fiato, gli aveva chiesto di uscire. Anche allora Adrien aveva aspettato appena fuori della porta di vetro opaco, vigile e inebetito al contempo. Sentendo il bambino scoppiare a piangere, si era sentito al colmo della felicità: voleva dire che aveva ripreso conoscenza. Ma, dato che il pianto non cessava, anzi, si era trasformato in un ululato lacerante, il cuore di Adrien era ripiombato nell'abisso oscuro da cui aveva visto i ditini arricciati diventare viola. Aveva pregato come mai in vita sua.

Mihee vide il bambino parecchio più tardi, in terapia intensiva, dopo che si fu stabilizzato. Non pianse: le lacrime le colavano dagli occhi come se stessero tracimando. Non aveva nessun controllo su di esse, come non l'aveva sulla creaturina indifesa che le stava davanti dentro l'incubatrice, la fronte corrugata dal dolore perfino mentre dormiva, neanche portasse sulle spalle la sofferenza più grande del mondo. Il corpicino che tutti definivano suo. «Il suo bambino, signora Bae», continuavano a ripetere, come se lei rischiasse di dimenticarlo. *Se è davvero mio, perché non posso proteggerlo? Perché non posso farlo star bene?* si chiedeva. I suoi lacrimoni gocciolavano sul pavimento di linoleum, l'uno dopo l'altro.

Mihee si ritrovò a negoziare, pur non essendoci nessun rapitore: *se lo lasci vivere e crescere come tutti gli altri bambini, farò tutto quello che desideri, puoi prenderti quello che vuoi dal mio corpo o mandarmi un'altra tragedia a tua scelta, puoi prenderti le mie gambe, i miei occhi, anche la mia vita, basta che mi assicuri che lui avrà un'esistenza normale dopo che me ne sarò andata, preferisco addormentarmi per sempre anziché stare sveglia e sapere di non poter far nulla per questo piccolino che soffre e che è carne della mia carne.*

Recitava quelle parole nella sua testa, le dita strette a pugno.

Oppure vuoi che confessi? È questo che mi stai chiedendo? Cosa vuoi che sia! Lo farei all'istante, posso consegnarmi anche domani mattina, se mi assicuri che vivrà, normale e in salute.

Due settimane dopo, quando il bambino uscì dalla terapia intensiva e finalmente lo portarono a casa, Mihee si rese conto di una cosa che non sapeva: era capace di pregare. Le parole che aveva recitato quella notte in ospedale erano state la sua prima preghiera. Sebbene primordiale ed egoistica, era comunque una preghiera sentita. E, al pari delle lacrime, era scaturita dal suo corpo come se avesse avuto volontà propria.

Deponendo nella culla il bambino addormentato, Mihee ricominciò a piangere. Era attonita davanti alla bellezza di quella creatura, una bellezza così grande che fino a quel momento non aveva colto appieno. Il più piccolo, bello e terrificante essere umano che avesse mai visto, una persona che nemmeno sapeva parlare, eppure si faceva già sentire, più di tutti gli altri.

Adrien la abbracciò e la strinse forte. « Mi dispiace tanto per quello che è successo a Seung-ho », le sussurrò con voce roca. Fece un lungo sospiro dolente.

Accarezzandogli la schiena, Mihee stava per chiedergli: *Chi?*

Adrien sospirò di nuovo e la strinse più forte. Allora lei si ricordò di quel nome.

Seung-ho. Era il figlio di Seong-mi. Per poco non se n'era dimenticata.

Probabilmente era vivo e vegeto da qualche parte in Corea del Nord, ma nella storia che Mihee aveva raccontato a Adrien l'aveva fatto morire, adattando a proprio uso e consumo l'esistenza di Seong-mi e rifilandola al pastore della Church of New Life la prima volta in cui si erano incontrati. Gli aveva detto che Seung-ho era morto poco dopo la nascita. L'aveva fatto per non complicare le cose. Per lei, come per chiunque altro, sarebbe stato difficile fingere di aver vissuto l'esperienza di crescere un figlio. Non voleva che la sua inettitudine la tradisse.

Adrien si ricordava il nome del figlio fittizio, che lei gli aveva detto una sola volta, al primo incontro.

Lui pensava che le sue lacrime fossero scaturite dal ricordo del bambino perduto. Pensava che la vista di questo nuovo bambino l'avesse riportata alla morte del primo.

La sua finta tragedia gli stava a cuore.

In quel momento, ci mancò poco che lei gli rivelasse la verità.

Non sono Seong-mi. Sono Mihee.

Sentì la frase risalirle la gola come un rigurgito di verità. Dovette ricacciarla giù e, per un attimo, pensò di soffocare. Lacrimava e salivava. Liquidi acidi come scarichi fognari.

Ma il mio amore per te è reale. Ne era convinta, e una volta si era perfino esercitata a dirlo davanti allo specchio del bagno, sussurrando, quando sapeva di essere sola. Sebbene quelle parole fossero la verità, le erano sembrate banali e fasulle non appena le erano uscite di bocca.

Doveva fare una cosa che non aveva mai fatto prima: rendere credibile la verità.

« Ma il mio amore per te è reale. » Si era esercitata ancora davanti allo specchio.

« Non ti sembra ora? » le disse sua madre, senza guardarla.

Erano di nuovo lì, sedute alle due estremità della panchina, a un metro di distanza l'una dall'altra come reggilibri su una mensola vuota. La vecchia panchina si trovava dietro un campo da tennis abbandonato nel parco dedicato a Sohn Kee-chung, a Seul, dove s'incontravano regolarmente. La prima volta che sua madre le aveva fatto quella domanda era stata subito dopo la nascita di suo nipote. «Non ti sembra ora, Mihee?» le aveva chiesto, ma lei aveva fatto finta di nulla. Non voleva darle una risposta, nemmeno un semplice sì o no. Il solo fatto di risponderle, anche con un no, le sembrava un tradimento. «Non ti sembra che tu e Aram meritiate un nuovo inizio?» aveva insistito sua madre. Lei si era alzata e se n'era andata.

Ora le rifaceva la stessa domanda.

Invece di guardarsi in faccia, tenevano gli occhi fissi in avanti e parlavano sottovoce senza muovere troppo le labbra, come un ventriloquo depresso col suo pupazzo. Sebbene comunicassero soprattutto tramite lettere scritte in codice, da quando Mihee era arrivata a Seul si erano incontrate di persona già alcune volte. Lei si assicurava di poter fare una passeggiata solitaria in quel parco pubblico desolato, che si trovava in una zona poco raccomandabile di Jeongneung-dong. Durante il giorno ci andavano solo gruppetti di ragazzini che marinavano la scuola. I molti platani rigogliosi e le siepi di bosso non potate fornivano riparo da occhi indiscreti, un'abbondanza di nicchie verdi dove nascondersi in caso di emergenza.

Nell'istante in cui la madre era entrata nel suo campo visivo, un'ora prima, Mihee aveva intuito cosa fosse successo. Era in ritardo di nove minuti, mentre di solito era puntualissima. Inoltre aveva un aspetto patito:

due terzi dei suoi capelli erano diventati grigio peltro, come se fosse invecchiata di un decennio in un mese. Per un po' erano rimaste sedute in silenzio, con un metro a separarle, come sempre. Nessuna delle due piangeva, ma entrambe sapevano che più tardi l'avrebbero fatto, separatamente, ciascuna sotto la doccia del proprio bagno, per mascherare il rumore.

Sua madre disse che se n'era andato tranquillamente. « Nel sonno », la classica espressione consolatoria. È la morte che tutti sognano: senza dolore, senza clamore, solo il sonno notturno che si trasforma in un sereno trapasso. *Papà meritava una morte del genere*, pensò Mihee, ma non lo disse, mai. Temeva che sua madre, la roccia, sarebbe crollata sotto i suoi occhi. E non voleva che succedesse, non quel giorno.

Piuttosto, avrebbe voluto chiederle: *Ha mai saputo chi eri?* Ma conosceva già la risposta: certo che sì. Suo padre aveva un cuore di colomba, ma ciò non significava che ne avesse anche il cervello. La domanda più importante era: quando l'aveva saputo?

« L'inganno più grande di tutti è lasciarsi ingannare », le aveva detto lui quando era piccola, con gli occhi tondi che si erano fatti grandi quanto due lune piene.

Quel giorno era tornata da scuola confusa. Gli aveva mostrato una gomma rossa e gli aveva detto: « Yeonjoo me ne ha data un'altra. Mi ha detto che gliel'ha mandata suo padre da Cuba. Pensa sul serio che sia una stupida? »

« No, tesoro », le aveva risposto suo padre. « Vuole

solo diventare tua amica. È il suo modo un po' particolare di fare amicizia, di esprimere interesse per le persone.»

Il suo modo un po' particolare. Mihee aveva riflettuto sulle parole del padre. Era vero che Yeonjoo era una bambina particolare, del tipo che la maggior parte degli altri cercava d'ignorare con educata indifferenza. *Però non è sciocca,* pensava Mihee. Rispondeva sempre correttamente alle domande della maestra e sapeva leggere e scrivere meglio di quasi tutti i compagni. Era una bambina strana che passava una quantità di tempo a guardare fuori della finestra, una sognatrice troppo alta per la sua età. E anche troppo magra: aveva i polsi talmente sottili che sembrava dovessero spezzarsi come ossicini di coniglio se li si fosse afferrati con forza. Yeonjoo era povera; indossava vestiti smessi dai fratelli più grandi, con le toppe ai gomiti e alle ginocchia. Era di carnagione giallognola come la pipì. E puzzava sempre di cavolo avvizzito.

«Non è neanche spagnolo, questo», aveva detto Mihee, guardando attentamente i piccoli caratteri stranieri stampati sulla gomma. «Non viene da Cuba. Sono sicura.» Si era corrucciata, arricciando le labbra per rendere più credibile la finzione del suo sbigottimento.

«È cirillico», aveva osservato suo padre, sottovoce.

A scuola era stata la giornata di presentazione della famiglia. Ciascun bambino aveva a disposizione cinque minuti per parlare dei propri familiari davanti a tutta la classe. Quando era arrivato il turno di Yeonjoo, si era piazzata davanti alla pedana dell'insegnante con la schiena dritta come un fuso e aveva dichiarato di essere orgogliosissima di suo padre. «Mio padre è un uomo intelligente e istruito», aveva detto, trasudando spavalderia. «Un diplomatico di successo che attualmente lavora a Cuba.»

All'inizio Mihee era rimasta allibita, poi si era arrabbiata. Aveva guardato l'insegnante, la signora Bong – una donna di buon cuore, ma anche molto ligia alle regole –, aspettandosi di vedere sul suo viso la medesima reazione che aveva avuto lei. Invece, la signora Bong non sembrava né sconvolta né contrariata. Casomai, sembrava triste. Era rimasta in silenzio e aveva lasciato che Yeonjoo tornasse al suo posto indenne, senza ulteriori domande o rimproveri.

Eppure, non poteva non sapere che Yeonjoo aveva mentito. Suo padre non era a Cuba, era in un campo di lavoro forzato. Era risaputo che era stato beccato a rubare forniture mediche nell'ospedale dove lavorava come custode. E tutte le persone di buonsenso, compresa Mihee, naturalmente, si rendevano conto che la sua famiglia, avendo un *songbun* bassissimo, non poteva ambire a incarichi prestigiosi come quello di diplomatico. Girava anche voce che sua madre, per sbarcare il lunario, aveva cominciato a mettersi il rossetto rosso e ad accogliere in casa gli uomini mentre Yeonjoo era a scuola. La pagavano in cibo e beni vari, come riso, orzo, carbone e vestiti. Le cose che non si potevano mangiare né indossare finivano nelle mani di Yeonjoo, che a volte le portava a scuola per distribuirle ai compagni che le stavano simpatici, dicendo che erano regali mandati da Cuba, da suo padre. Mihee, a quanto pareva, era una delle poche con cui Yoenjoo avrebbe voluto fare amicizia.

Lei, però, aveva detto al padre che non ci teneva a diventare amica di una bugiarda tanto sfacciata. L'impudenza di Yoenjoo era sconvolgente. Mihee non riusciva a credere che una bambina della sua età fosse capace di mentire senza pudore davanti a tutta la classe, e pure davanti alla maestra, senza mostrare alcun rimorso. E non si capacitava del fatto che nessun adulto la punisse, questo la faceva arrabbiare.

«Sei una ragazzina intelligente, Mihee», le aveva detto suo padre.

Non le era sfuggito il tono, più basso e graffiante del solito: la voce di quando la sgridava. Suo padre non urlava mai. Aveva un altro modo di rimproverare, parlando lentamente, ed era calmante ma intenso, come un tramonto.

Mihee lo osservava, occhi e orecchie spalancati.

Suo padre le aveva detto di non preoccuparsi se, sul momento, quello che stava per dirle l'avrebbe lasciata un po' confusa, perché alla fine l'avrebbe capito. «Non tutte le bugie sono cattive, Mihee. In certi casi non servono a fare del male agli altri, sono solo un tentativo di sopravvivere. Uno sforzo di mantenersi sani di mente.»

Mihee aveva aggrottato la fronte, confusa, ma aveva continuato ad ascoltare.

« Yeonjoo non ha cercato d'ingannarti per poterti rubare qualcosa che ti appartiene. Il suo era piuttosto un modo per nascondere un passato doloroso. Come un cerotto che protegge una ferita. »

Dopo qualche istante di silenzio, suo padre si era inginocchiato davanti a lei e le aveva afferrato le braccia con delicatezza. Le era parso grandissimo e piccolissimo al contempo.

« Qualche volta, Mihee, l'inganno più grande di tutti, e anche il più misericordioso, è lasciarsi ingannare. Per l'altra persona rappresenta un conforto prezioso, tesoro. »

Negli occhi del padre, Mihee aveva visto il dolore, uno scintillio appannato che l'aveva spinto a mordersi il labbro. Ma in un attimo lui l'aveva cancellato col suo solito sorriso, dolce e setoso, come una caramella mou. Le aveva deposto un tenero bacio sulla fronte e l'aveva abbracciata forte. Il profumo astringente della sua lozione per capelli le aveva inondato le narici. Mihee se lo sentiva un pochino anche in bocca, zenzero e anice. Le metteva sempre euforia e poi sonnolenza. Gli aveva sorriso.

Come solo i bambini sanno fare, Mihee aveva recepito quello che suo padre le aveva detto senza rendersene conto. Il giorno dopo, al termine delle lezioni, si era avvicinata a Yeonjoo e l'aveva ringraziata. Le aveva espresso la sua riconoscenza per aver condiviso con lei un regalo tanto significativo e le aveva detto che capiva perché fosse orgogliosa di essere figlia di suo padre. Le aveva chiesto di raccontarle di Cuba e di tutte le cose affascinanti che suo padre le aveva riferito del mondo esterno. Sebbene la fronte imperlata di sudore tradisse le sue ansie, Mihee aveva fatto del proprio meglio per apparire sincera.

Non avrebbe mai dimenticato l'espressione del viso di Yeonjoo.

Ha capito che so tutto. Mihee se n'era resa conto subito.

Yeonjoo la guardava in silenzio, con la bocca socchiusa e gli occhi ardenti. Mihee non avrebbe saputo dire se stesse per scoppiare a piangere come una neonata o per dare in escandescenze.

Poi la bocca di Yeonjoo si era incurvata in un sorriso, il più puro e triste possibile. Le ricordò quello di suo padre, quando le aveva fatto quel discorso sull'inganno. Gli occhi di Yeonjoo, leggermente incurvati agli angoli, erano colmi di lacrime e sulle guance le erano spuntate due profonde fossette. Nella sua bocca spalancata dalla contentezza, si vedevano tutti i denti.

Le bambine si erano avviate verso casa insieme, chiacchierando. Era soprattutto Yeonjoo a parlare, mentre Mihee ascoltava. Raccontava del volo che aveva portato suo padre a Cuba, dell'aereo che tremava, dei motori che rombavano; delle donne di Cuba che, notoriamente, erano poco vestite e spesso e volentieri scoprivano le cosce e il solco tra i seni; della carne che i cubani grigliavano dopo averla ben spalmata di burro salato, e delle gambe dei tavoli che tremavano sotto il peso di vassoi carichi di salsicce e cotolette di vitello e agnello. Mihee aveva l'acquolina in bocca, pur sapendo che Yeonjoo si stava inventando tutto. Sapere che Mihee conosceva la verità non faceva differenza. Non avrebbe potuto sminuire il significato e il piacere di quello che avevano condiviso quel giorno, tornando a casa da scuola. Il sorriso lacrimoso di Yeonjoo aveva rivelato a Mihee che, fintanto che la storia fosse durata e lei l'avesse ascoltata, Yeonjoo sarebbe stata la persona più felice del mondo.

La finzione condivisa creava intimità.

Yeonjoo e Mihee erano diventate migliori amiche e lo erano rimaste fino al momento di separarsi per andare alle superiori.

Suo padre sapeva.

Forse non gli erano nemmeno servite prove concrete.

Certe cose non s'intuiscono e non si deducono. Si sanno e basta.

Probabilmente sua madre era convinta di aver sempre abbindolato tutti, ma alla fin fine l'unica persona che non aveva abbindolato, anzi, che abbindolava lei senza alcuna difficoltà, era il suo amato marito.

Lui l'aveva ingannata lasciandosi ingannare. E lei non l'aveva mai capito.

Per l'altra persona rappresenta un conforto prezioso, le aveva detto suo padre.

« Non ti sembra ora? » disse sua madre, senza guardarla.

Sulla fronte di Mihee atterravano rade gocce di pioggia.

« Ormai non c'è più niente che ci trattiene. »

Sua madre chinò la testa grigia sul petto. Voleva dire che si rendeva conto del peso di quelle parole. Mihee avrebbe dovuto risponderle con rabbia, ma non ci riuscì. Le si stringeva il cuore. Non poteva comportarsi da ipocrita, non quel giorno.

Sua madre continuò: « Mi consegnerò prima io e affronterò le conseguenze. Ci vorrà qualche mese. Sarà meglio che sparisca anche tu per un po'. Ma non per molto, te lo prometto ».

Mihee ascoltava le gocce tamburellare sulle foglie dei platani. Attraverso la spessa coltre di rami arcuati, sentiva le prime cicale frinire. L'estate aveva già imbevuto gli alberi, ma presto l'intensificarsi della pioggia zittì gli insetti estivi.

Nessuna delle due si mosse. Attorno a loro, l'aria era densa e lussureggiante come velluto.

Poi Mihee parlò. « Ma potrebbero mettersi sulle tue tracce, mamma. Davvero è quello che vuoi? Significherebbe vivere scappando e nascondendosi, con un nome falso sino alla fine dei tuoi giorni. »

Si accorse che, attraverso la pioggia battente, la sua voce era uno strillo acuto. Non sapeva se strillasse contro sua madre o contro se stessa.

«Mia cara, ma non lo stiamo già facendo?» rispose sua madre, sottovoce.

Mihee non avrebbe mai creduto che la decisione più importante della sua vita sarebbe scaturita da fatti tanto normali: la nascita di un figlio e la morte di un genitore. Come se non fosse diversa dalla maggior parte delle donne che conosceva.

Forse a questo punto della mia vita mi merito qualcosa di normale, pensò, non senza un certo senso di colpa.

L'acquazzone era diventato una pioggerella che bussava languida alle vetrine, in cui le luci del lunedì erano raminghe quanto la strada deserta. Pur essendo zuppa, Mihee non sentiva freddo.

Come faceva spesso quando pioveva, andò alla stazione della metropolitana di Chungjeongno. Ma non aveva intenzione di prendere il treno per tornare a casa. Quella era la sua stazione preferita in tutta Seul. Si trovava in pieno centro, eppure non era mai affollata, nemmeno all'ora di punta. L'esatto contrario della sua vicina, la fermata di Sicheong, che era sepolta dalla folla dalla mattina alla sera, infestata dal rumore continuo di passi frettolosi. Chungjeongno era anche la stazione più spoglia e sbiadita di Seul. Mentre Sicheong era rivestita di mattoncini bordeaux e il passaggio centrale era punteggiato da un colonnato di elegante marmo bianco, l'interno di Chungjeongno era un flusso monotono di piastrelle grigie, grezzo rivestimento superficiale per gli enormi blocchi di cemento che ne formavano l'ossatura.

Ma era proprio il cemento brutalista ad averla attirata lì, più e più volte, soprattutto con la pioggia. « L'odore grigio », lo chiamava da piccola. Quello all'ingresso del campo di aviazione di Hyesan. Muffido e muschiato, un incrocio olfattivo tra la terra bagnata e la carta vetusta, con una nota di abbraccio sudato.

Mihee tornava nello studio di suo padre a Hyesan, una stanza piena di vecchi libri e vinili perlopiù illegali. Pile di volumi rilegati, macchiati dal tempo, emettevano un sospiro familiare, un alito di muffa e inchiostro. L'odore della sua infanzia.

Sapeva che non sarebbe mai tornata a casa. Non avrebbe più sentito l'odore del campo di aviazione di Hyesan. Tuttavia, era tristemente consolante sapere che, quando i ricordi di suo padre avevano il sopravvento, quando voleva risentire l'odore della sua infanzia, con la pioggia poteva tornare lì, nella stazione della metropolitana di Chungjeongno.

Rousseau

« Come sta Aram? »

Le sue prime parole. Dopo la lunga assenza, la sua voce mi risuona nell'orecchio, strana come quella di un personaggio famoso che doppia un coniglio in un cartone animato.

« Lui sta bene », le dico, ricacciando in gola un gemito. « Gli manca sua madre. Come a me manca mia moglie. »

Mi sento come se fossi tornato bambino, vulnerabile, piagnucoloso, con la costante paura dell'abbandono. Quand'è nato Aram, ho promesso a me stesso e a lui che non avrebbe mai dovuto fare i conti con quell'ansia.

Nel periodo della sua nascita, ho saputo della morte di Hoyeon.

Overdose di oppioidi. Il corpo era stato trovato quattro giorni dopo, nel suo appartamento di Los Angeles, dalla fidanzata ucraina. Lei aveva confermato che, negli ultimi mesi della sua vita, Hoyeon assumeva quantitativi di droga sempre maggiori. Soprattutto eroina. Non era possibile stabilire se si fosse trattato di un errore o di un gesto voluto.

Solo la nascita di mio figlio ha impedito che la sua morte assorbisse tutti i miei pensieri.

Il neonato è stato un buco nero da cui mi sono lasciato felicemente risucchiare. Una tempesta perfetta che, tra pianti, riposini lampo e appetito vorace, ci ha tolto il sonno e ha scombinato tutte le nostre abitudini quotidiane, riempiendo al tempo stesso ogni nostro istante di meraviglia. Ci riportava alla mente i prodigi dimenticati della nostra infanzia: la percezione del mondo che avevamo da novellini, quando ogni oggetto e ogni persona, sebbene normalissimi, rinfocolavano la nostra infinita riserva di curiosità. La compagnia di qualcuno tanto pieno di amore per la vita è un'esperienza che ti risolleva lo spirito.

A mia moglie non piaceva Jean-Jacques Rousseau, perché aveva abbandonato tutti i figli alla nascita. Considerata la totale mancanza d'igiene negli orfanotrofi parigini del Settecento, è improbabile che quei bambini siano sopravvissuti a lungo dopo l'abbandono. Secondo Seong-mi, era una terribile ironia che un uomo passato alla storia come fautore della giustizia e dell'uguaglianza, uno che predicava l'amore per la fanciullezza e la mente bambina, avesse lasciato tutti e cinque i suoi figli a morte certa subito dopo la nascita.

Jacquelin Rousseau, mio padre, ha abbandonato me e mia madre quando avevo nove anni. Amore e stabilità non mi sono mancati, grazie a lei e ai miei nonni, ma l'assenza di un padre ha creato nella mia vita un vuoto tanto piccolo quanto incolmabile. Un punto di domanda arenato nel limbo degli interrogativi senza risposta. Poi sulla mia strada ho trovato Aimé Adel, un filosofo che aveva tutte le risposte. Mi piaceva per lo stesso motivo per cui piaceva a Hoyeon, naturalmente: era un simbolo di speranza e un esempio per tutti i reietti del mondo occidentale. Ma per me non rappresentava solo un modello di successo. È stato il suo punto di vista sul matrimonio a catapultare il giovane studente Adrien Rousseau, cioè me, nel suo mondo letterario. Aimé Adel vedeva nel matrimonio tradizionale una convenzione che aveva i giorni contati. «Un viaggio dallo straordinario all'ordinario.» Un lento processo di disillusione. Per quanto brutale e pessimistico, il suo fatalismo forniva la risposta filosofica al mistero della mia vita, la giustificazione che avevo cercato, inconsciamente, lungo tutto il corso della mia infanzia. Perché mio padre era quel che era? Perché ci aveva abbandonati all'improvviso? L'idea di Adel che il matrimonio fosse una tradizione arcaica destinata al fallimento rendeva molto più sopportabile, e quasi comprensibile, la diserzione di mio padre. Mi suscitava un perdono di seconda mano, un sentimento che da bambino non riuscivo a provare. La cicatrice che guardavo ossessivamente non mi sembrava più tanto ripugnante. Adel mi ha risparmiato di odiare mio padre per il resto della mia vita. Aspettandomi di meno dagli altri, diventava più facile ingoiare la tristezza del mondo. Io stesso diventavo meno critico nei loro confronti. Uno come Adel, da imperfetto doppiogiochista qual era, era riuscito comunque ad arrivare in alto e a fare molto per tante persone. Forse era così che volevo immaginare anche mio padre. Un uomo imperfetto, ma che a modo suo avrebbe potuto essere un grande.

Credo che sia questo il motivo per cui me l'ero presa tanto con lei, per quello che aveva detto su Adel.

Non si era lasciata ingannare da una giustificazione superficiale ed era stata così coraggiosa – o schietta – da dirlo.

«Prima di tutto, devi sapere che ti amo e che voglio

bene ad Aram. Adesso il mio unico desiderio è stare con voi due. Voglio che tu lo capisca.»

Seong-mi serra la bocca come se fosse arrabbiata o se stesse cercando di non piangere. Sapere che non sono solo io a essere nervoso mi fa sentire meglio. Lei ha la voce roca e tesa come un elastico che sta per spezzarsi. Mi ricorda il nostro primo incontro alla Church of New Life di Shenyang, quando mi ha raccontato la storia della sua vita. Adesso sembra diversa. Più giovane, più vulnerabile. Ha intrecciato le dita, come se pregasse, le stringe così tanto che le nocche sono bianche. Sbatte ripetutamente le palpebre.

Io ho un nodo allo stomaco. Ho il terrore di quello che mi dirà.

Secondo il mio scrittore preferito, il mio matrimonio – storia d'amore tra due esseri umani particolari, in circostanze particolari – sarebbe destinato a finire male.

Aimé Adel affermava che un amore sbocciato in circostanze estreme non può sopravvivere all'autunno della monotonia e della quotidianità.

Ma io non sono più un adolescente pessimista, senza alcuna esperienza dell'amore e della paternità. E lui, sebbene fosse uno scrittore eloquente, in fatto di matrimonio e relazioni impegnate era infantile. Non ha provato di persona le responsabilità di diventare genitore. Non sapeva cosa volesse dire tenere a un altro corpo umano più che al proprio. Quello che poteva capire era limitato alla sua testa di studioso. È morto senza conoscere questa sensazione viscerale.

E poi cosa c'è di tanto brutto nella banalità?

Durante l'assenza di mia moglie, le cose che mi sono mancate di più del nostro matrimonio sono state le più triviali.

Un capello color carbone sulla spalla della mia giacca. La sigla di una squallida soap che lei canticchiava sempre in cucina. La morbidezza del gilè di lana beige che indossava in casa nelle serate fredde. « La mia pecorella », la chiamavo per scherzare, oppure « l'orsacchiotto di peluche che vorrei portarmi a letto ». Il profumo della saponetta economica con cui si lava il viso, il sentore di cetriolo e limone del suo cuscino. Le risatine smorzate, sue e di Aram, dietro la porta chiusa del nostro appartamento. A volte, prima di aprire la porta e tornare a casa da loro, restavo in silenzio per un minuto intero, solo per ascoltare ancora un po' il suono di quell'innocente felicità. Mi mancavano quei pezzetti della nostra vita insieme. Particolari insignificanti che sono importanti solo per me, per noi.

Lei schiude la bocca, ma guarda a terra. Ho una stretta al petto.

Segue un altro silenzio, più rumoroso e più denso di un urlo.

Mentre lei raccoglie i pensieri, io mi guardo attorno. Siamo seduti su una panchina nel parco dedicato a Sohn Kee-chung. I platani alti proiettano ombre ovunque, lasciando solo qualche chiazza di luce tremolante qua e là. Alzo lo sguardo. Nel cielo sta diffondendosi un crepuscolo aranciato. L'aria, finora soffocata dal frinire estivo delle cicale, è occupata dal solitario *cri-cri* dei grilli. È arrivato l'autunno.

Allora è qui che vieni per le tue passeggiate solitarie, penso. « Perché hai voluto che ci incontrassimo qui? » le chiedo.

« Perché il faro non illumina la propria base », mormora, come se parlasse nel sonno, sempre guardando a terra. « È l'ultimo posto dove si aspetterebbero di trovarmi. »

La sua strana risposta mi dà la sensazione di un déjà-vu. Sento un campanello nella testa, un tintinnio metallico. Vorrei esprimerlo a parole, ma mi trattengo: meglio sentirlo dire da lei, quando sarà pronta. Inoltre, stranamente, mi sembra di conoscere già metà delle risposte. Speranza e angoscia, due farfalle in guerra tra loro, strattonano le pareti del mio stomaco.

Alla fine lei mi guarda in faccia e parla. « Devo confessarti una cosa, Rou. » Lo dice come se fosse la battuta di un copione su cui si è esercitata parecchio. Ma la voce le trema lo stesso.

« Anch'io, Seong-mi », le dico, guardandola negli occhi.

Vedo l'ansia prolungata che li abbandona. Per un attimo entra in scena la sorpresa, ma subito si materializza la curiosità, insieme con un pizzico di terrore. Adesso capisce come mi sento. I nostri reciproci segreti creano una nuova intimità.

Allora Mihee si presenta, prima nemica ma poi amica.

L'OTTAVA VITA

Le otto vite di una trasformista centenaria

La prospettiva della morte spinge la maggior parte delle persone verso la sincerità, ma una piccola minoranza va nella direzione opposta. Nel corso del progetto dei necrologi mi imbattei in un buon numero d'imbroglioni fatti e finiti. Quando chiedevo loro di raccontarmi in breve la storia della loro vita, s'inventavano una leggenda, un amalgama dei loro patimenti e delle loro fantasie. Tre mesi prima di morire, il signor Park Myeong-yi affermava di essere stato un killer addestratissimo che, inviato in Corea del Nord, era quasi riuscito a uccidere Kim Il-sung. Ma quando mi rivolsi all'associazione dei veterani della HID, l'unità dell'esercito per le operazioni speciali, mi confermarono che non c'era mai stato nessun soldato che corrispondesse a quel nome e a quella descrizione. Un altro novantenne, il signor Gaam Boo-yong, mi confessò di essere stato il braccio destro di Chun Doo-hwan, il peggior dittatore militare della storia sudcoreana, e ne andava fiero. Non mi presi la briga di controllare, perché avevo capito subito che era un bluff: il signor Gaam era il tipo di uomo che ciarla di politica dandosi arie da grande esperto, accusando tutti i liberali di comunismo o di opportunismo. Alla sua morte, quattro mesi dopo quella scottante confessione, non arrivarono corone funebri a nome di Chun. Anzi, non arrivò proprio nessuna corona e nemmeno visitatori addolorati.

Una domanda che continuo ancora a pormi, a proposito di questi vecchi, è: chi volevano impressionare con le loro leggende inventate? Me? Un'insignificante scrittrice di necrologi? Oppure se stessi? Forse pensavano che una bugia raccontata in maniera convincente potesse prendere vita e diventare una verità privata. Forse era così che volevano ricordare se stessi, prima che la loro mente si dissipasse. E io facevo del mio meglio per rispettare le loro ultime volontà, ascoltandone i racconti con attenzione e senza giudicare, a prescindere dalle mie opinioni personali. A volte, ascoltare è l'unica, se non la migliore, cosa che possiamo fare per chi soffre.

Mook Miran era diversa. Non era come quei personaggi esagerati e disperati. Anzitutto, era la prima donna, tra quelle che avevo conosciuto alla Golden Sunset, a spararle grosse. Capitava che le nonnine esagerassero, ma erano esagerazioni innocue, riservate alle imprese dei loro figli o nipoti, e raramente alle proprie.

Quando le chiesi com'era possibile che avesse vissuto tutte le vite di cui mi aveva parlato, lei mi rispose con assoluta sicurezza e sguardo saldo che ai suoi tempi era possibile.

Una risposta generica per un'anima anziana, pensai. *Ecco la bugiarda più spudorata che abbia mai conosciuto.*

Sosteneva non solo di essere un'assassina, ma un'assassina seriale. « Dicono che ci si guadagna questo titolo dopo il terzo. Siete in molti ad ammirare il numero tre », mi disse, con un sarcasmo sfuggente. Le chiesi quante persone avesse ucciso e mi rispose: quattro.

« E allora come mai non è in prigione? Assassina seriale e spia, per sua stessa ammissione. » Non le credevo.

« Per caso Kim Hyon-hui è in prigione? » ribatté. Il volto inespressivo.

Ma aveva ragione: Kim Hyon-hui, ex spia nordcoreana responsabile dell'attentato al volo 858 della Korean Air nel 1987, in cui erano rimaste uccise centoquindici persone, non era detenuta. Aveva sposato l'agente segreto sudcoreano che si era occupato del suo caso e avevano due figli. Viveva in Corea del Sud da donna libera, dopo che il presidente Roh Tae-woo le aveva concesso la grazia.

« Io però, nelle mie missioni di spionaggio, non ho mai fatto fuori nessuno », riprese la signora Mook.

« E allora chi erano le quattro vittime? » chiesi con rinnovata umiltà.

« Tre erano soldati. Uno, un familiare. » Nel dire « familiare », aveva esitato.

« Suo marito? » Solo dopo che mi era sfuggito di bocca, mi accorsi che avevo parlato troppo rapidamente, a volume troppo alto.

Vidi i suoi occhi animarsi di curiosità. « Ha problemi

col marito? » Mi stava prendendo in giro. La punta del canino destro le scintillava sotto il labbro.

« Ex marito. » Ecco, l'avevo detto. Avevo usato quella temutissima definizione. Era la prima volta che la pronunciavo, che la sentivo dalla mia voce. E, una volta pronunciata, non mi sembrò più tanto triste né tanto terrificante. Ripresi un po' di sicurezza in me stessa e la ripetei. Volevo abituarmici. « Io e il mio ex marito non siamo in buoni rapporti. »

Lei sbuffò dal naso. « Le separazioni non sono mai facili », mormorò, come se fosse una battuta rivolta a un pubblico segreto. « Comunque, ho ucciso mio padre, non mio marito. Lui era un uomo meraviglioso. » Dopo la parola « marito », la sua voce si affievolì.

« E perché l'ha ucciso? »

« Autodifesa », rispose con prontezza, come se aspettasse solo la mia imbeccata. « Avrebbe ucciso me e mia madre. » E qui le era tornata la voce asciutta da annunciatrice robotica, fattuale.

Le chiesi se anche le altre volte avesse ucciso per autodifesa.

« Certamente », disse, lanciandomi un'occhiataccia amara che sembrava sottintendere: *Come puoi pensare che non sia stato così, cretina?* « È successo durante le guerre », aggiunse. Sul suo viso era congelato uno sguardo vuoto.

Restammo in silenzio perché io non osai colmarlo con nessun suono.

« Prima quella del Pacifico, poi quella di Corea », riprese lei. «Quegli uomini erano criminali di guerra. Mentivano. Rapivano le ragazze per ridurle in schiavitù. Sono morte in troppe. Io ho ucciso solo tre soldati, nel tentativo di salvare qualcuna di loro e me stessa.»

Le cosiddette *comfort women*. La signora Mook affermava di essere stata vittima della schiavitù del sesso, in tempo di guerra.

«Ecco perché conoscevo già la signora Song Jae-soon.» S'interruppe per fare un respiro profondo. «Ci siamo conosciute durante la Guerra di Corea, quando non si chiamava Jae-soon, ma Jenny. Era il soprannome che le avevano dato i soldati americani.»

Jenny. Il nome le strappò un sospiro dolente.

«Quando l'ho vista qui alla Golden Sunset, c'è mancato poco che scoppiassi in lacrime. Lei, però, non mi ha riconosciuta. Aveva perso la memoria, ormai. Io invece mi ricordavo tutto quello che mi aveva detto. Le storie della sua infanzia, delle sue sorelline. È stato parlando con lei che sono riuscita a superare quel periodo.» I suoi occhi arrossati si chiusero mentre un sorriso dolce le tornava sul viso. A poco a poco, tuttavia, lasciò spazio a un sorriso diverso: quello maligno, col canino che luccicava. «Prima di scappare al Nord, ho liberato quelle poverette. E poi ho dato fuoco alla casa dove le tenevano, vicino a Busan. L'ho guardata crollare, inghiottita dalle fiamme. Non avevo idea che con quell'azione sarei diventata una terrorista ricercata al Sud.»

La signora Mook ridacchiò, una sinistra vampata di

gioia. Ma anche questa si trasformò ben presto in qualcos'altro, un suono a metà tra un gorgoglio infantile e un sordo ringhio animalesco. Il ghigno divenne una risata fragorosa e poi un accesso di tosse che fece tremare con violenza il suo esile petto. Mi precipitai al suo fianco, ma lei mi allontanò con una forza che non mi sarei aspettata da polsi tanto fragili.

« Mi lasci in pace », sussurrò, senza fiato. « Non mi tocchi. »

Volevo chiamare l'infermiera, ma lei rifiutò con fermezza, dicendomi che non avrebbe potuto fare nulla per aiutarla. « Ho solo bisogno di un momento per calmarmi », disse a bassa voce, le dita strette attorno al corrimano della sedia a rotelle.

Forse avrei dovuto smettere, a quel punto, e riportarla in reparto.

Non lo feci. Non volevo interrompere la nostra conversazione, come non lo voleva la signora Mook. Non vedevo l'ora di saperne di più sugli omicidi che aveva commesso. Per educazione, le chiesi se volesse cambiare argomento e lei mi rispose con un burbero no, senza guardarmi.

« Allora mi dica come li ha uccisi », la esortai.

Sebbene per la sua età non fosse piccola, la signora Mook non mi sembrava una che potesse fare a pugni, soprattutto non con militari addestrati.

Allungò le braccia verso di me, col palmo rivolto all'insù. Sotto le spesse maniche bianche della giacca imbottita, le vidi i polsi scheletrici. Due ramoscelli tremanti che sembravano appartenere a un cerbiatto invece che a una persona adulta.

«Secondo lei? A mani nude?» Scoppiò a ridere e io pure. «Veleno», disse poi, tagliente. Appena pronunciata quella parola, l'espressione del suo viso cambiò. Il sorriso malizioso svanì, le morbide curve delle guance non c'erano più. Le tornò lo sguardo inespressivo di prima. «Il veleno si trova ovunque, perché tutto può essere velenoso», sussurrò. «Qualsiasi sostanza può uccidere, dipende dalla quantità e dalla velocità con cui entra nel corpo.» Mi disse che si può trovarlo anche in casa. «Nelle prigioni, nelle scuole. In posti come gli ospedali e le case di riposo, poi, ce n'è quanto ne vuole. Anche qui.» Si girò a guardare la lunga striscia di terra nuda che formava un semicerchio attorno al giardino, quella dove fiorivano le cosmee, in autunno. Il sole aveva cominciato a calare e l'aria stava rinfrescando.

Tirai su la cerniera del piumino. Mi accorsi che la signora Mook aveva il naso arrossato, quindi dispiegai la coperta di lana che teneva appoggiata sulle ginocchia e gliela avvolsi attorno.

Lei non reagì. Teneva lo sguardo fisso sulle aiuole vuote. Lentamente, alzò un braccio e puntò il dito ossuto verso l'alta recinzione. «È là, il veleno», disse. «Ne sento l'odore ogni volta che il vento spira da quella direzione.» A occhi chiusi, inalò l'aria fredda che veniva da nord ed espirò piano. «Dietro la recinzione c'è un terreno abbandonato, prima di arrivare al bosco.

Un terreno incolto pieno di erbacce alte. Ci cresce la *sanak*, l'arachide dei serpenti. In abbondanza. Ha un odore particolare, di nocciole e al tempo stesso di marcio. »

Mi fece segno di annusare e io ubbidii, a occhi chiusi. Ma non sentii nulla, tranne il profumo terroso, di verde, che si sente in ogni campo incolto di Paju.

« Significa che qui la terra è buona », proseguì lei. « La *sanak* non è un'erba che si trova facilmente. Cresce solo su un certo tipo di substrato. Dev'essere composto per metà circa da limo e per metà da sabbia, con un pizzico di argilla. Né troppo asciutto, né troppo bagnato. L'odore rivela che qui il terreno è buono e ricco. » Inspirò ancora il vento gelido. Poi spalancò la bocca per ingoiarlo.

Quando la vidi schioccare le labbra, ebbi un brivido lungo la schiena.

« La *sanak* è un'erba medicinale, ma può essere velenosa. Se ne mastichi tre foglie – se ce la fai, visto che ha un odoraccio – ti fa dormire un bel sonno senza sogni. Ma, se bevi una tazza di infuso fatto con le sue radici, non ti svegli più. Le radici hanno un odore molto meno forte e sono molto più velenose. Il veleno da solo, però, non basta. Quello che richiede ingegno è come e quando somministrarlo. » Strizzò gli occhi fino a ridurli a due fessure. « Il modo più facile, coi soldati, è negli alcolici. Whisky e rum, *sake* e *soju* da quattro soldi », sussurrò, le dita nodose strette a pugno. « Bevevano fino a stordirsi, i soldati. Soprattutto verso la fine della guerra.

Forse volevano ripulirsi dai peccati e dai ricordi, sterilizzarsi e immunizzarsi.» Dalle labbra socchiuse le sfuggì una risatina. «Quando sono già ubriachi e vogliono solo altro alcol per non riprendersi troppo in fretta, tu colpisci. Se sono troppo ubriachi, non si accorgono di un sapore o di un odore strano. È così che li ho ammazzati.»

Le spalle rilassate in un piccolo arco, si appoggiò allo schienale della sedia a rotelle. Adagiò le mani sui braccioli, col palmo rivolto al cielo. Come una regina, silenziosa e soddisfatta.

Non vidi traccia di sensi di colpa.

«La scrittrice», mi chiamò la signora Mook all'incontro successivo, per prendermi in giro.

Le vacanze per il Capodanno erano terminate da un pezzo e il giardino delle cosmee era tornato in voga. Una decina di pazienti passeggiava sul vialetto pavimentato o prendeva il sole in sedia a rotelle vicino alla recinzione.

Io e la signora Mook preferivamo parlare in privato, quindi la portai nella stanza che usavamo per la consulenza psicologica.

«Non c'ero mai stata», disse lei, sorpresa, spalancando gli occhi.

Le spiegai che di solito rimaneva vuota, nei pomeriggi infrasettimanali. «Quindi abbiamo tutto il tempo per chiacchierare, prima dell'ora di cena», conclusi, entusiasta.

«È qui che scrive?» mi domandò, guardandosi attorno. Le pareti erano dipinte di un verdino latte-e-menta, una tonalità che in teoria dovrebbe far bene agli occhi, aiutare a rilassarsi. Eppure, trovandomi a riempire quello spazio angusto insieme con lei, faccia a faccia, mi sentivo piuttosto su di giri.

Le risposi che non era il mio ufficio e che non ero nemmeno una scrittrice.

Lei fece spallucce, un movimento brusco. «Scrive della vita della gente e ha dei lettori che le vogliono bene per questo. Quindi è una scrittrice.»

Mi fece piacere sentirglielo dire e mi accorsi che stavo arrossendo. Mi spuntò in faccia un sorriso sincero, quello che scopre denti e gengive. Quello che non mi piaceva. Pensavo che mi facesse sembrare un'imbecille. Lo ritirai il più in fretta possibile, ma la signora Mook non si sarebbe mai lasciata sfuggire un'occasione tanto ghiotta. Aspettai che mi facesse una battutina.

Invece non la fece. Nel suo sguardo non c'era traccia di scherno. «È stato il suo desiderio fin da bambina, quello di diventare scrittrice?» mi chiese, serissima.

Mi resi conto che non eravamo mai state così vicine. Stare sedute l'una di fronte all'altra in una stanza di quattro metri quadri, arredata col minimo indispensabile - scrivania, due sedie e un vasetto con un pothos -, mi rivelò particolari fisici di lei che non avevo notato. Due macchioline sulle guance, che mi erano sembrate fossette, si rivelarono cicatrici, forse lasciate da una malattia. Anche la pelle del lungo collo e delle clavicole era punteggiata da cicatrici simili, di varie dimensioni. Una, particolarmente evidente, cominciava dalla punta della clavicola destra e scendeva in diagonale verso il cuore.

Si accorse che la guardavo e sospirò appena. « Si sta chiedendo come me le sono fatte? »

Non le risposi, ma sapeva che era così.

« Bruciature di sigaretta, coltelli militare, e via dicendo », bofonchiò, con un sospiro più profondo. « Mi scusi, ma oggi non me la sento di parlare di certe cose. »

Aveva giusto cominciato a piovere, segno che la primavera stava arrivando. Le temperature si erano già alzate, ma con l'aumento dell'umidità molti pazienti lamentavano dolori alla schiena e alle articolazioni. La signora Mook era più silenziosa e pensierosa del solito. Le spalle incurvate rivelavano che era stanca.

« Sì, da bambina era il mio sogno, diventare scrittrice », le dissi, con un sorriso stavolta timido. « E anche... diventare madre. » Sentii il sorriso svanire e sapevo benissimo cosa l'aveva scacciato: la parola « madre ». Un'altra parola su cui dovevo lavorare, insieme con « ex marito ». M'imposi di pronunciarla di nuovo, dopo aver preso fiato. « Madre. Ho sempre desiderato dei figli. So che, come donna, non è più di moda sbandierarlo ai quattro venti, ma io mi sarei voluta occupare della casa e dei bambini. » Feci una risatina.

«Che cosa gliel'ha impedito?»

«Il mio ex marito. Secondo i medici, aveva pochi spermatozoi. Io volevo provare con l'inseminazione artificiale, ma lui si è rifiutato.»

Le raccontai di lui. Non era mai stato violento, non alzava nemmeno la voce, quando stavamo insieme, ma sapeva essere incredibilmente ostinato. Ero sicura che il suo rifiuto netto e freddo fosse irrevocabile. E al tempo stesso avevo paura di perderlo. Avevo paura di invecchiare da sola, perciò mi ero adeguata a fare la vita senza figli che desiderava lui. Alla fine, mi ero ritrovata lo stesso dove temevo: vecchia e sola. Il lato positivo era che il terrore aveva perso il suo ascendente. Solo vedendo l'incubo dall'interno avevo capito che non era poi tanto terrificante. La realtà di vivere sola non era brutta com'era stata nella mia immaginazione, dove la paura fermentava fino a perdere il senso delle proporzioni. C'erano lo shock e il dolore, ovvio, ma stavano a poco a poco scemando. A tratti avevo ancora piccoli attacchi di solitudine, ma riuscivo ad affrontarli. Vivere da sola era fattibile, e lo diventava sempre di più, ogni giorno che passava.

«Ma sono ancora arrabbiata», le confessai. «Con lui, per avermi impedito di diventare madre. E ormai è troppo tardi. Sono già in menopausa. *Zac.*» Col pollice, feci il gesto di tagliarmi la gola, come se l'umorismo potesse nascondere la mia sofferenza. Sentii un singhiozzo agitarsi sotto il diaframma e lo soppressi. Era il mio modo di gestire la rabbia: siccome dare in escandescenze mi faceva sentire ancora peggio, la trasformavo in tristezza e ci piangevo sopra. In compagnia della signora Mook, però, non mi veniva da piangere. Avrei sprecato il suo poco tempo prezioso. Così ricacciai indietro le lacrime.

Volli comunque raccontarle di quanto mi fossi arrabbiata quando avevo saputo che era andato alla clinica della fertilità con la sua nuova fidanzata, che aveva solo cinque anni più di sua nipote. Osservai attentamente l'espressione della signora Mook, aspettandomi che facesse un commento caustico sul mio ex marito. Invece rimase in silenzio. Si limitò ad annuire, con gli occhi bassi.

« Com'è essere madre? » le chiesi.

« Meraviglioso », sussurrò. « E difficile. »

Guardava lontano, anche se davanti a lei non c'era altro che un muro verde. Poi s'illuminò, arrossendo come una bambina. Sapevo che stava pensando a sua figlia. E provai una profondissima invidia.

« Mia figlia era molto bella, da piccola, ma anche tanto difficile », disse, il volto increspato dai ricordi agrodolci. « Cosa posso dirle? Tale madre, tale figlia », concluse con un sorriso affettato. « Dicono che i più intelligenti sono anche i più difficili da crescere e, in base alla mia esperienza, è vero », proseguì. « Mia figlia è andata all'Università Kim Il-sung di Pyongyang. La migliore della Corea del Nord. »

Vantarsi della figlia sembrava averle tolto un peso di dosso; raddrizzò il collo e la schiena, assumendo una silenziosa aria di trionfo, la stessa bizzarra emanazione che avevo percepito in giardino, quando mi aveva confessato di aver avvelenato i suoi stupratori.

Ma quel cambiamento la rese anche più accessibile, più avvicinabile come persona. Avevo visto spesso quell'espressione: l'orgoglio e il piacere delle nonne che parlavano dei successi di figli e nipoti. Scoprirla in lei fu tanto sorprendente quanto rassicurante. La signora Mook, dopotutto, conosceva uno dei linguaggi condivisi delle donne comuni: era una madre orgogliosa. Provai di nuovo invidia, ma fui anche profondamente felice per lei.

La signora Mook aggiunse che le sarebbe piaciuto vedere sua figlia intraprendere la carriera diplomatica, ma lei era più attratta dall'intelligence. « Non ho saputo fermarla », mormorò. « Era testarda come sua madre. » Le sfuggì un gemito, poi una risatina nervosa.

Pensai che fosse un buon momento per chiederle della sua incarnazione che, dopo quella di madre, mi sembrava la più interessante: quella di spia. Tuttavia, la mia domanda richiamò nei suoi occhi uno sguardo freddo e inespressivo.

Poi venne la risposta, che mi parve stereotipata come i messaggi registrati delle segreterie telefoniche. « Ci sono questioni di sicurezza nazionale di cui non sono autorizzata a parlare », disse. « Rientra nell'accordo che ho stretto coi servizi segreti », aggiunse sottovoce.

« Quindi, se mi rivela qualcosa, poi dovrà uccidermi? » le chiesi in tono giocoso, aspettandomi che lei mi venisse dietro col suo solito sarcasmo.

Invece mi diede una risposta serissima, che mi fece sentire una sempliciotta. « Io ormai sono troppo vecchia per temere conseguenze, ma potrebbero essercene per mia figlia, suo marito e suo figlio, che vivono negli Stati Uniti. » Aveva assunto un'espressione severa e distante, come se stesse parlando a un'estranea.

Eppure, quando le dissi che non sapevo avesse un nipote, eruppe in un ampio sorriso e il volume della sua voce tornò normale.

« Sì, un bellissimo ragazzo. Mia figlia ha sposato un americano e si sono trasferiti nella sua zona di origine. Insegnano in una buona università. » L'orgoglio vicario tornò a raddrizzarle la schiena e il collo, uno snobismo per cui non potevo biasimarla.

La reticenza della signora Mook a parlare delle sue attività di spionaggio mi sembrava convincente. Gli altri spacconi che avevo conosciuto alla Golden Sunset, come il signor Park Myeong-yi e il signor Gaam Booyong, non vedevano l'ora di enumerare le loro pericolose missioni da sicario e da braccio destro di un dittatore. La mancanza di parenti stretti era, per loro, un incoraggiamento a lavorare di fantasia; non c'erano figli che venissero a trovarli, cui avrei potuto chiedere conferme. Pensai che, se la signora Mook fosse stata una mitomane fatta e finita, avrebbe snocciolato senza esitazione una quantità di storielle, come gli altri vecchietti.

O forse no?

Il pappagallo del dubbio gracchiò sulla mia spalla una scomoda verità. La signora Mook poteva essersi chiusa a riccio solo perché non aveva nulla da dire. Come poteva descrivermi un lavoro che non aveva mai fatto? Come poteva parlare la lingua dello spionaggio, se non la conosceva? Il modo migliore per proteggere quella falsa identità sarebbe stato tacere. A parlare troppo, ci si contraddice, lo sanno bene i poliziotti.

E il fatto che sua figlia e suo genero fossero professori in un'università americana rinfocolò il mio scetticismo.

Vivono negli Stati Uniti.

Era una frase che si sentiva spesso alla Golden Sunset. Molti anziani residenti, soprattutto quelli che non avevano parenti prossimi e non ricevevano molte visite, affermavano che i loro figli e fratelli vivevano all'estero, e gli Stati Uniti erano la meta più gettonata. Quei parenti di solito erano medici e avvocati, professori e industriali. A volte era tutto vero, altre volte era difficile da dimostrare o perfino palesemente falso. Certi pazienti mentivano per salvare la faccia, altri per proteggere i figli dalle critiche. Non volevano che passassero per ingrati che non venivano mai a trovare i genitori.

Quale che fosse la ragione delle loro menzogne, c'era una convinzione comune a tutte: che l'America fosse la terra delle opportunità, della ricchezza e del potere. Al giorno d'oggi, le condizioni di vita degli americani non sono molto diverse da quelle dei sudcoreani, ma la mente degli anziani non è al passo coi tempi. I ricordi di gioventù, con l'età, sembravano assumere un ruolo predominante: la guerra cui erano sopravvissuti e la potente mano degli americani che vi stava dietro. In fin dei conti, la signora Mook, pur con tutte le sue straordinarie peculiarità, restava una donna della sua generazione, quindi forse sognava potere e successo – o almeno il loro simulacro – al pari di molti suoi coetanei, il cui scopo nella vita era lasciarsi alle spalle povertà e oppressione.

Dovetti però rendermi conto di quanto fosse difficile non giudicare. Ricordai a me stessa che il mio proposito era ascoltare le storie della signora Mook, vere o inventate che fossero. Ero convinta che ascoltare con tutta l'attenzione possibile il racconto della sua vita presentato con parole sue fosse il regalo più prezioso che avrei potuto farle nei suoi ultimi anni. In realtà, non facevo che scomporlo in bocconi più digeribili nel tentativo di scovare indizi di verità o falsità. Più la conoscevo e più sentivo il bisogno di individuare fatti concreti. Più m'interessavo alla sua vita, più volevo che le sue storie fossero vere.

Tornai al presente e guardai l'anziana davanti a me.

I suoi occhi vagavano nella piccola stanza. Per un po' osservò il soffitto basso, poi passò al pothos nel vaso color ocra appoggiato in un angolo. Le lucide foglie a forma di cuore si stringevano l'una sopra l'altra, implorando più spazio.

« Dovrebbero rinvasare quella povera pianta », disse sottovoce, chinandosi verso il pothos. Ne accarezzò le foglie rigogliose con le dita ossute, abbassò la testa e annusò. « Lo sa come si chiama in inglese? » mi disse, ma non mi lasciò il tempo di pensare alla risposta. « *Devil's ivy,* edera del diavolo », sussurrò. « Da piccola l'ho sentito dire a un missionario canadese e pensavo che dovesse contenere un veleno malefico, come la *sanak*. Invece no. Il nome deriva dal fatto che cresce bene ovunque e che resta verde anche se viene tenuta al buio. »

Le dissi che io avevo un pothos a casa per lo stesso motivo: era una pianta vitale che richiedeva pochissime cure.

Il suo sorriso sparì quando lo sguardo lasciò le foglie verdi e si spostò di nuovo sul soffitto basso. « Lo sa cosa mi manca di più, qui alla Golden Sunset? » disse, senza guardarmi. « Non è una lamentela, s'intende. Per essere una casa di riposo pubblica, è ottima », si affrettò ad aggiungere, lanciandomi un'occhiata di traverso.

La incitai a dirmelo.

« Dormire all'aperto », fu la risposta. « Non è assurdo? » Fece una risata stridente, gli occhi ancora fissi al soffitto. « Lo odiavo. Lo odiavo con tutto il cuore quando ho dovuto farlo per forza, durante la guerra. I bombardamenti incessanti avevano distrutto praticamente tutti gli edifici. Avevo perso il conto delle notti passate senza un tetto sopra la testa. » La sua voce s'indurì. Si fermò per riprendere fiato. « Di notte, all'aperto fa molto freddo. Se piove, puoi stare certa di prenderti un raffreddore. Alcuni profughi morivano così, non per le bombe e le pallottole, ma per l'ipotermia, la polmonite, a causa del freddo umido della notte. Però a volte, se non era troppo freddo, quando non c'erano nuvole si vedeva la bellezza. Il cielo più bello che ci sia. È stato in una di quelle notti che ho visto la mia prima stella cadente, mentre ero accampata all'aperto. Certe notti erano talmente svuotate dei rumori umani che sentivi la luna alitarti addosso, un alito frizzante, mentolato e sonoro », sussurrò. Poi ridacchiò come una bambina che soffre il solletico. « Secondo mio marito, dovevano essere solo i grilli che cantavano in lontananza. Ma la luna era così matura, tonda, radiosa, che si poteva contarne tutte le cicatrici. » Fremette, come se le membra fossero state attraversate da un brivido di freddo. L'espressione euforica del viso era sinistramente affascinante. « Ogni tanto mi costringevo a restare sveglia per non perdermene neanche un minuto. »

Mi descrisse la brezza notturna che sospirava e fischiava contro il cielo scuro, e le stelle di una luminosità così potente da sembrare un milione di fuochi artificiali congelati in uno specifico istante. Quanto le piaceva assistere alla lieve transizione del cielo dalla notte all'alba, allo scintillio azzurrognolo del mattino che si rovesciava languido sull'orizzonte.

« Di notte vorrei tanto poter uscire all'aperto », disse, sempre guardando il soffitto. « Alla mia età, i giorni sono brevi, ma le notti sono lunghe. Si dormono sonni inquieti.» Mi disse che la radura vicino al bosco, dietro l'alta recinzione del giardino, sarebbe stata il posto ideale per sdraiarsi a guardare il cielo notturno. «E potrei anche raccogliere qualche foglia di *sanak*, da mettere da parte per le notti insonni. Per un vecchio corpo rinsecchito come il mio, una basterebbe.» Un sorriso le tese le labbra. «Dormirei come una bambina.»

Cominciai a sentirmi a disagio. Non capivo più se fosse la nostalgia a farla parlare o se stesse velatamente chiedendomi di violare le regole per lei, organizzandole un'evasione.

«La *sanak* farebbe bene anche a lei, tra l'altro», aggiunse con disinvoltura.

Le chiesi cosa intendesse.

La signora Mook continuò, ignorando la mia domanda: «La vecchiaia ha anche un insospettabile lato positivo. Con l'età non si ha più paura di parlare delle cose che una volta ci terrorizzavano».

«Ma perché dovrebbe farmi bene, quell'erba? Io dormo tranquilla», insistetti.

«Lo sa cosa non mi fa più paura, a questo punto della mia vita?» disse lei, tenendosi il mento con la mano, come una bambina innocente e curiosa. Seguì un momento di silenzio stuzzicante. «L'ergastolo. La condanna a morte», mormorò.

Non le feci altre domande. Restai a fissarla, sentendomi per metà irritata e per metà incuriosita.

«Cosa succederebbe a quell'irresponsabile? A quel

bugiardo che una volta era il suo uomo? Cosa gli succederebbe se una come me fosse libera per una notte o due? »

Ero senza parole.

« Me lo dica », insistette, con un'espressione vuota. « Che fine farebbe? »

Prima sentii un fischio acuto nell'orecchio, un suono che diventava a mano a mano più sottile e tagliente. Poi di colpo m'investirono tutti i rumori esterni: il ronzio delle automobili; la voce graffiante dell'infermiera Docgo che sgridava un paziente; i passi impigriti degli anziani in corridoio.

« Ma che cazzo sta... »

La signora Mook fece una risata strozzata che la scosse come un singhiozzo, su e giù. Il suo viso si colorì. « Gliel'ho fatta », disse, senza fiato. « Gliel'ho proprio fatta, eh? » Continuò a ridacchiare, finché il riso non si trasformò in una tosse secca.

« Sì, mi ha spaventata », le dissi, con un sospiro tanto d'irritazione quanto di sollievo. Le massaggiai la schiena per placare la tosse.

Quella sera, mentre tornavo a casa, ebbi un piccolo ripensamento, improvviso come uno starnuto.

E se avessi mantenuto la calma? Se avessi mostrato un certo interesse? Sarebbe scoppiata a ridere lo stesso?

Mi ero già data una risposta. E preferii non indagare oltre.

La settimana successiva, andai nell'ufficio dell'amministrazione.

Nessuno s'insospettì, perché c'ero andata spesso per conto della direttrice Haam, a prendere documenti vari.

Volevo cercare, tra i fascicoli dei pazienti, quello di Mook Miran. Quando lo trovai, lo aprii e fotografai rapidamente il contenuto, che non occupava nemmeno tre fogli. Li lessi durante la pausa caffè, rimanendo delusa nel non trovarci molte informazioni nuove.

Quando però lo rilessi una seconda volta, più attentamente, scoprii una cosa strana. Sulla fotocopia della carta d'identità c'era la data di nascita. Calcolai mentalmente l'età: novantotto anni. Incredula, usai la calcolatrice e il risultato fu lo stesso.

Sui documenti ufficiali, l'età della signora Mook era novantotto anni.

Compirò cent'anni dopodomani, mi aveva detto. Infatti non le avevo creduto. In quel momento però mi resi conto di aver frainteso alcune cose. Anzitutto, non avevo colto la metafora: *dopodomani,* un modo di dire usato soprattutto dagli anziani per indicare « tra due anni ». Allude alla velocità con cui sembra passare il tempo dopo una certa età. Nonostante la lucidità mentale e il fisico da ottantenne, la signora Mook era davvero quello che sosteneva d'essere. Le mancavano solo due anni a diventare centenaria.

Sospinta da uno strano moto di energia, mi diressi nell'ufficio della direttrice Haam. Era un piccolo museo della maternità. Le sue mensole erano stracariche dei successi dei figli, dai tornei di taekwondo alle gare d'inglese e di pianoforte. C'erano centinaia di trofei e certificati col nome di quei tre. Per non parlare delle foto. I ritratti sorridenti dei bambini decoravano la scrivania e le pareti, alcuni dentro cornici colorate fatte con gli stecchini dei ghiaccioli.

Nell'ufficio, però, regnava un discordante odore di seduzione. Era il sensuale profumo francese che la direttrice spruzzava sul cappotto e si diffondeva in tutta la stanza. Poteva risultare gradevole oppure no, a seconda del clima e dell'umore del momento: nelle giornate rilassanti, di tempo fresco, era rinvigorente; nei caldi pomeriggi estivi, umidi e spossanti, dava la nausea.

Quel giorno, nonostante le temperature alte, mi sentii rinvigorita. La direttrice mi fissava coi suoi occhi da lepre spaventata, immobile sulla sedia mentre ascoltava il mio prolisso discorso sulla signora Mook: la verità sulla sua età, la sua intelligenza, l'errore che qualcuno aveva commesso spostandola nel reparto A e così via. Quando ebbi terminato di sproloquiare, ero addirittura senza fiato.

La direttrice Haam sospirò. « Volevo già parlarle di questa faccenda », mi disse. « Anzi, avrei dovuto farlo prima. » Si chinò e aprì l'armadietto di metallo grigio incuneato tra la parete e la scrivania, seminascosto alla mia vista. Prese un fascicolo di cartoncino arancione e lo lasciò cadere rumorosamente sul tavolo. « La caposala e l'infermiera Docgo mi hanno riferito che lei passa un po' troppo tempo con la signora Mook. Sono preoccupate. E anch'io.»

Avvertii una stretta al petto, non sapendo se fosse per preoccupazione o pietà.

«Quello che ho imparato da due divorzi, crescendo da sola i figli di due padri diversi, è che il segreto per mantenere buoni rapporti con qualcuno è una sana distanza. Che siano uomini o donne, o perfino i propri figli. Con tutti, insomma.» All'improvviso si alzò e si mise a camminare in circolo, con le mani affondate nelle tasche della felpa di ciniglia.

Il suo abbigliamento mi distrasse dal discorsetto che mi stava facendo. *Chissà dove l'avrà comprata, una felpa aderente di velluto bordeaux!* Non me lo chiesi con sarcasmo, ma con sincera curiosità.

«Lei è una ragazza meravigliosa e so che ultimamente non ha passato un periodo facile. Ho solo paura che stia cercando consolazione nel posto sbagliato.»

Mi sembrò poco appropriato che mi definisse «ragazza». Avevo quarantasette anni. Però era anche dolce: la direttrice dimostrava sempre forti sentimenti materni per chiunque fosse appena più giovane di lei e se ne prendeva cura come meglio poteva.

«Dovrebbe stare più attenta, con la signora Mook. Non è chi pensa che sia», concluse.

Le domandai cosa intendesse.

«Una volta le ho detto che questo non è il mio lavoro ideale, ma ciò non significa che io non ci tenga. Ho sempre gestito bene la nostra struttura. I pazienti ricevono pasti adeguati e fanno un bagno come si deve due volte alla settimana. E non ho mai e poi mai usato i fondi pubblici in maniera scorretta. Ecco perché abbiamo sempre tante persone in lista d'attesa. C'è perfino chi cerca di corrompermi, pur di aggiudicarsi un posto per i propri genitori alla Golden Sunset. Ma io rifiuto categoricamente. Sono ligia alle regole. La signora Mook ha avuto il posto perché è una disertrice nordcoreana. Loro, come i familiari degli eroi di guerra e dei combattenti per l'indipendenza nazionale, hanno la priorità nell'ammissione agli istituti scolastici e alle strutture sanitarie pubbliche. Che sia nordcoreana è l'unico dato di fatto accertato, tra tutto ciò che racconta.» La direttrice sospirò di nuovo. Poi scosse la testa e incrociò le braccia distogliendo lo sguardo da me. «I disertori spesso mentono sulla loro età, quando arrivano in Corea del Sud. I giovani dichiarano di essere ancora più giovani per poter studiare gratuitamente all'università, e i vecchi di essere ancora più vecchi per ricevere la pensione di anzianità. Spesso cambiano anche nome. Dato che non possiamo controllare negli archivi oltreconfine, qui al Sud le loro invenzioni diventano realtà e si traducono in nuovi documenti», disse con un sorriso amaro. «Non che si possa criticarli, naturalmente. Hanno il diritto di ricominciare», aggiunse, anche se con riluttanza.

Aprì la cartelletta arancione.

«Mook Miran. Un nome strano, non trova? Mook non è un cognome comune in Corea del Sud, e Miran è troppo moderno per una donna quasi centenaria.» Girò di centottanta gradi il fascicolo aperto e me lo mise sotto il naso. «Sarei autorizzata a mostrarlo solo al personale medico, ma stavolta farò un'eccezione», disse, dopo una leggera esitazione.

Era una cartella clinica, piena della calligrafia illeggibile di un medico. Cominciavo a sentire una certa irritazione e una grande stanchezza. Il profumo stucchevole della direttrice, sommato all'afa, si stava facendo sentire. Le chiesi cosa significasse.

Senza dire una parola, la direttrice Haam voltò pagina. Vidi una decina d'immagini che mi sembrarono la risonanza magnetica di una testa. «La signora Mook ha un tumore al cervello. Inoperabile. Grande come una palla da tennis...» La voce della direttrice si affievolì.

Io, pur avendo la bocca aperta, non sapevo cosa dire.

«È sempre stata una persona speciale. Quand'è dell'umore giusto, è una chiacchierona, come ha potuto appurare anche lei. E ha un senso dell'umorismo pungente. C'è chi la trova rigenerante e spiritosa. Altri la trovano arrogante e maleducata. Spesso corregge la grammatica e il lessico del personale infermieristico che non le sta simpatico, per il solo piacere d'infastidirli.» S'interruppe per fare una risata.

E capii il motivo per cui l'infermiera Docgo non nascondeva la propria ostilità nei confronti della signora Mook.

La direttrice ritrovò una triste serietà e riprese a parlare. «Ma le sue espressioni facciali, il modo in cui cambiano da un secondo all'altro, come se le venissero strappate di dosso... Ha presente? E il modo in cui guarda nel vuoto nel bel mezzo di una conversazione. Sono cose nuove. Pensiamo che sia il tumore a causarle. »

Avevo le mani sudate.

« Uno dei motivi per cui l'abbiamo messa nella stanza della signora Song è che vanno d'accordo. La signora Song sembra stare molto meglio con lei che con le altre pazienti con cui ha condiviso la stanza in passato. Ma il motivo principale è che soffrono entrambe di picacismo. »

Picacismo. Mi sembrava di conoscerne già il significato, senza bisogno che me lo spiegasse.

« Entrambe mangiano cose che non sono cibo, soprattutto sostanze non nutrienti e nocive. La signora Song è famosa perché ogni tanto assaggia i suoi escrementi, mentre la signora Mook mangia... sì, mangia la terra », mi sussurrò.

La terra. La direttrice Haam pronunciò quella parola con un tale imbarazzo da far pensare che stesse parlando della promiscuità sessuale della signora Mook. Era rossa come un mattone.

« All'inizio dell'anno scorso, l'infermiera Docgo l'ha sorpresa ad abbuffarsi di terriccio nel giardino delle cosmee. Le abbiamo impedito di uscire per una settimana. Però, la settimana dopo, l'abbiamo trovata nell'atrio a rubare la terra dal vaso del cactus di Natale. »

Ero confusa: la terra era l'ultima cosa che avrei associato alla scrupolosa e sprezzante signora Mook. L'idea di vederla in ginocchio, a infilarsi in bocca manciate di terra, era assurda quanto quella della direttrice Haam vestita da monaca.

Trascinò la cartelletta arancione verso di sé e girò ancora qualche pagina. Poi la spinse di nuovo verso di me. Massaggiandosi le tempie, mi disse di guardare la foto.

Impiegai un attimo a capire cosa rappresentasse.

La consistenza sembrava quella di un impasto troppo fermentato, malamente montato con le fruste.

Guardando meglio, vidi che si trattava di lunghe cicatrici curve, sulle quali pieghe di pelle umana inflaccidita pendevano come tende informi, come se la signora Mook avesse gigantesche branchie sulla pancia.

Mi girava un po' la testa.

« Dopo la prima ecografia di controllo cui l'abbiamo sottoposta, il dottor Koo mi ha detto che le manca l'utero », mi spiegò la direttrice. Le dita si muovevano in disperati circoli sulle tempie. Sembrava triste e arrabbiata. « Secondo lui sono cicatrici vecchissime. Nessun medico capace effettuerebbe un'isterectomia in quel modo, ormai. Dev'essere successo quando era molto giovane. Non ha mai potuto avere figli, povera donna. Del resto l'ha dichiarato anche lei nel modulo di ammissione, che non ha figli. »

Avevo la gola secca, come se fosse piena di polvere. La bocca era rimasta aperta troppo a lungo, sterile di parole.

«Ho sentito che le sue storie stanno diventando sempre più incredibili, soprattutto quand'è con lei. Non saprei dire se sia colpa del tumore o se la signora Mook ci metta del suo, ma non ha importanza. Quello che mi preoccupa è lei, il suo benessere.»

Non riuscivo a guardare negli occhi la direttrice. Mi sentivo come se fossi complice di una mitomane.

«Se il pensiero magico della signora Mook è quello che la rende felice alla fine della sua vita, ben venga. La signora ci lascerà presto e nessuno le dirà di tenere la bocca chiusa. Ma lei, mia cara...» Un altro sospiro. Lungo e roco. «Lei mi sembra un po' troppo presa da quello che le dice la signora Mook. Non dimentichi che sta ancora riprendendosi dagli inganni che hanno devastato il suo matrimonio. Non posso restare a guardare mentre altre menzogne la feriscono, non adesso che è così vulnerabile e ancora provata dal divorzio.»

Il mio cuore era un orologio. Lo sentivo ticchettare forte e chiaro.

Mi presi delle ferie. Quasi due settimane. La direttrice Haam fu molto comprensiva. Osservò che viaggiare mi avrebbe fatto bene. Ma io restai a casa. Di notte, guardavo vecchi film sui canali via cavo. Di giorno, leggevo romanzi e sonnecchiavo. Feci comunque lo sforzo di andare in palestra tre volte alla settimana, era l'unico motivo per cui uscivo.

Mi leccai le ferite. Pensavo a molte cose: il mio matrimonio, il mio ex marito e il mio capo. Ma, soprattutto, pensavo alla signora Mook. E alle sue storie. Alla mia reazione alle sue storie. Sebbene avessi sempre nutrito un ragionevole dubbio sulla loro veridicità e avessi giurato a me stessa di restarne comunque fedele sostenitrice, essere messa al corrente della loro smaccata falsità da un'altra persona, una persona autorevole munita di prove, mi aveva sconvolta. Mi aveva ricordato l'ironica fitta che avevo provato scoprendo la verità sul mio ex: sapevo che la maggior parte degli uomini tradisce, eppure non mi aspettavo che il mio l'avrebbe fatto. Ero arrabbiata con la signora Mook.

Tuttavia, mi faceva anche pena. Era triste che lei, come gli altri nonnetti spacconi, si fosse dovuta redimere inventandosi un'esistenza fasulla. L'ultima felicità che si era preparata era un'illusione. Ero triste perché lei mi sembrava superiore, mi pareva che meritasse molto di più. Avrebbe potuto usare la sua intelligenza eccezionale per scopi ben più costruttivi.

E poi il tumore. Grande come una palla da tennis e in crescita. Fu il motivo per cui andai di nuovo a trovarla, almeno per un'ultima volta. Pur sentendomi ancora tradita, avevo bisogno di rivederla, per me: mi sarei sentita terribilmente in colpa se non avessi portato a termine il lavoro che avevo cominciato. Avevo bisogno di dirle addio come si deve. Di rivedere il suo viso prima che morisse o perdesse le sue facoltà. Temevo che il tumore inoperabile, una bomba a orologeria dentro la sua testa, mi avrebbe privata di un'ultima possibilità di parlarle.

Ci incontrammo nel giardino delle cosmee. Non potevo portarla fuori di notte, come mi aveva chiesto, ma almeno potevo fare in modo che si godesse un bel pomeriggio di sole, visto che all'aperto sembrava già primavera. I rami degli alberi erano ricoperti di minuscoli germogli verde chiaro e l'erba secca, color sabbia, aveva lasciato il posto a steli lussureggianti. L'aria era frizzante come ghiaccio triturato, ma la brezza che mi lambiva il viso era più rinvigorente che gelida. Ovunque, gli uccellini cinguettavano forte.

Lei apparve in sedia a rotelle, come sempre. Stavolta era con la signora Hwang, la più giovane tra le infermiere del reparto A. E anche la più spumeggiante. « Fatevi una bella chiacchierata », ci disse, con la sua voce da mezzo soprano. Aveva guance paffute che si alzavano quando sorrideva. La sua affabilità sembrava aver contagiato la signora Mook. Era più contenta e rilassata del solito. Nonostante il clima mite, aveva ancora la spessa coperta invernale sulle gambe. Le chiesi se avesse freddo e mi rispose che stava bene.

Mi ripromisi di lasciare che si godesse la primavera almeno per un po', ma la mia pazienza non durò a lungo.

« Mook Miran è il suo vero nome? » le chiesi, dopo un breve silenzio.

« No », mi rispose piano, ma senza esitazione. Il suo sguardo era saldo e tranquillo. Privo di sensi di colpa.

Ne restai sorpresa. Avevo sparato la domanda a

bruciapelo, pensando di prenderla in contropiede. « E qual è, allora, il suo vero nome? »

« Dipende da cosa intendiamo per vero nome », disse lei, senza cambiare tono.

« Il nome con cui la chiamavano sua figlia e suo marito. »

Lei mi squadrò con cipiglio. Schioccò la lingua in segno di disapprovazione. « Ma, secondo lei, i servizi segreti sudcoreani mi avrebbero permesso di tenere il nome che usavo al Nord? Gliel'ho detto, ho concluso un accordo con loro. Non se le ricorda, le cose che le ho raccontato? Devo proteggere delle persone. » La voce era diventata dura e secca. Brontolò sonoramente.

All'improvviso provai un forte bisogno di morsicarmi un'unghia, ma resistetti.

« Vuole sapere come mi chiamavano mio marito e mia figlia? Yongmal. Ma non è il mio vero nome. Cos'altro vuole sapere? La lista dei nomi che ho usato nella vita è piuttosto lunga. Deborah, il nome inglese. Kaiyo, il nome giapponese. Cosa si aspettava? »

Era arrabbiata. Ma avrei dovuto essere io, ad arrabbiarmi.

« Perché non mi ha detto del tumore al cervello? »

« Avrei dovuto? » Mi guardò male, poi scosse la testa.

La rabbia le stava passando, ma l'irritazione no.

« Che differenza fa? Se gliel'avessi detto, mi avrebbe compatita fin dall'inizio. Evitiamo i sentimentalismi, mia cara. Ho raggiunto e superato l'età media delle donne. A questo punto farebbe differenza morire di tumore al cervello o di angina? O magari di infarto o influenza? La morte è la morte. Sto morendo comunque, con o senza tumore.»

«E sua figlia? Quella che vive in America?» Mi accorsi che mi tremava la voce.

La signora Mook non sembrava più arrabbiata. Ogni segno di emozione aveva lasciato il suo viso. Restavano solo gli occhi vuoti e le labbra serrate. In un certo modo, erano peggio che reagire aggrottando la fronte e imprecando. «Se vuole giocare al gioco della verità, non ci sto», borbottò con voce sintetica da messaggio registrato. Mentre girava dall'altra parte la sedia a rotelle, lentamente, le vene viola e blu delle sue braccia fragili si gonfiarono.

Afferrai i manici della sedia. Lei si voltò a guardarmi con la stessa espressione gelida. A bassa voce, le chiesi scusa, perché ero davvero dispiaciuta. Lo ripetei mentre lei distoglieva gli occhi da me e guardava verso l'ingresso del giardino. Senza tornare a voltarsi verso di me, mi chiese per cosa mi stessi scusando.

«Non volevo impicciarmi nelle cose della sua famiglia.»

Lei era immobile sulla sedia, non emetteva il minimo suono.

«Se non vuole parlare della sua famiglia, va bene. Rispetto la sua scelta. Ma penso che mi debba delle spiegazioni su altre cose. Dopotutto, è stata lei a scegliermi per scrivere la sua vita. È stata lei a chiedermelo.»

Pur non vedendola in viso, intuii che ci stava ripensando. Aveva ancora le mani appoggiate sui corrimano delle ruote, ma non si era mossa.

«Può dirmi perché mangia la terra? Non la giudicherò, voglio solo capire.»

La sentii sbuffare. Il rumore breve e scrocchiante che ormai conoscevo. Mi era mancato.

Le chiesi se la geofagia fosse una nuova abitudine, generata dal tumore al cervello.

A questa domanda, si voltò di nuovo verso di me. Ne fui profondamente sollevata.

«No. Mangiavo la terra già da piccola. Spesso e volentieri. In quantità. Magari smettevo per un certo periodo, ma poi ricominciavo, come un'alcolizzata che ci ricasca sempre. Poi, verso i trent'anni, ne ho perso completamente la voglia, così, per magia.» *Clic.* Schioccò le lunghe dita scheletriche. Sul suo viso si materializzò uno strano sorrisetto. «Non ci sono ricascata per più di mezzo secolo. Poi, un bel giorno, la voglia è rispuntata, come se non avessi mai smesso.» Il sorrisetto si allargò in un sorriso con tutti i crismi, spontaneo come quello di una bambina felice.

Ne parlava come se fosse una dipendenza, eppure il solo pensiero l'accendeva di euforia, neanche avesse appena ritrovato il senso del gusto dopo tanti anni.

Disse che le persone, invecchiando, sembrano tornare indietro nel tempo. La signora Song era tornata alla prima adolescenza; molte altre pazienti della Golden Sunset, che avevano l'Alzheimer, avevano dimenticato il viso delle figlie e chiamavano i figli col nome del marito. Ma anche chi non ha l'Alzheimer viaggia nel tempo a modo suo, precisò. Ricade in vecchie abitudini quasi cancellate dalla memoria. Molti tornano bambini: il loro corpo si restringe, non sanno più camminare da soli, portano il pannolone e perdono i denti. I loro sorrisi tutti gengive somigliano sempre di più a quelli dei neonati: candidi e innocenti. Sono inermi. Hanno bisogno di occhi e braccia altrui ventiquattr'ore al giorno, proprio come i neonati. Ma la differenza sostanziale tra un anziano e un neonato è che l'anziano non ha futuro, disse. Ed è per questo che il ritorno alle vecchie brutte abitudini è giustificabile. All'anziano non resta granché da rovinare, deve solo inseguire i piccoli momenti di felicità che domani potrebbero non ripresentarsi. Se sei un corpo novantenne, esausto, e ti viene voglia di fumare una sigaretta, la fumi e basta, concluse.

«Se mi viene voglia di mangiare la terra come mai prima, la mangio e basta. Non è che valga la pena di conservare il mio corpo puro e vivo fino a centovent'anni.» La signora Mook ridacchiò. Osservò che il *carpe diem* non andava predicato agli adolescenti, che erano già abbastanza sconsiderati, ma piuttosto ai vecchi corpi rinsecchiti come il suo. «Cogli l'attimo. Non c'è garanzia del futuro, in senso letterale», sussurrò, ridacchiando di nuovo.

Disse che gli anziani sono come i salmoni: la loro mente nuota controcorrente nel ruscello del tempo e dei ricordi. Non sanno nemmeno perché lo facciano, sono programmati così. Spesso parlano del *gohyang*, il luogo dove sono nati, dove affondano le radici i ricordi d'infanzia. Perfino i rifugiati nordcoreani che lei aveva conosciuto in Cina e in Corea del Sud, persone che avevano rischiato la vita pur di scappare dal totalitarismo della loro patria, spesso sognavano di tornare al loro *gohyang*. Raccontavano che quei sogni si tramutavano quasi sempre in incubi, nei quali si rompevano il collo per scappare dalla polizia segreta. Si svegliavano madidi di sudore, con un urlo intrappolato sotto la lingua. Di tanto in tanto però speravano di riavere quegli incubi, che erano il solo modo per rivedere il loro *gohyang*.

Mi lesse in faccia la confusione e mi chiese dove fosse il mio, di *gohyang*. Probabilmente per aiutarmi a capire. « Vengo da Ulsan, nel Gyeongsang-do », le dissi, ma aggiunsi che non ne avevo grande nostalgia; anzi, non ci pensavo quasi mai. Non desideravo affatto tornare a viverci. Preferivo Seul o Incheon. « Significa che sono ancora giovane? » scherzai.

Mi rispose con un secco no. Disse che non mi mancava perché sapevo di poterci andare quando volevo, mi sarebbe bastato comprare un biglietto per il treno ad alta velocità che collega Ulsan e Seul. Ma, quando si sa di non poterci tornare, cambia tutto. Mi disse di provare a immaginare che mi fosse proibito per sempre. « Il nido dei suoi primissimi ricordi, dove si è formata la sua idea di famiglia e di amicizia. Sa che è ancora là, dov'è sempre stato, ma ormai gliel'hanno precluso per sempre. Lo immagini.»

Le chiesi che cosa le mancava di più del suo *gohyang*.

Mi rispose: la terra. «Non è buffo?» disse. «Sono proprio incorreggibile, eh?» Arricciò il naso, fingendosi disgustata. «La mia prima missione di spionaggio l'ho fatta qui a Paju», sussurrò, con gli occhi velati. «È talmente vicino al confine che anche adesso, nelle giornate senza vento, si sente la propaganda radiofonica del Nord. Molto tempo fa, quando c'era la grande base americana poco più su di qui, ci sono venuta per raccogliere informazioni. Mi avevano addestrata a disegnare mentalmente una pianta dettagliata della base e a memorizzarla. Riesco ancora a vederla con chiarezza, se chiudo gli occhi.» Li chiuse e alzò la mano destra. Una direttrice d'orchestra cieca, che agita una bacchetta invisibile. O una ballerina: le sue dita danzavano svelte nell'aria, una piroetta dopo l'altra. «Ma ormai è inutile. La base è vuota, obsoleta.» Abbassò la voce, riaprendo gli occhi pianissimo. Le spalle strette s'incurvarono. «La terra, invece, è ancora la stessa. La terra di Paju è simile a quella che mangiavo da bambina al Nord, nel mio *gohyang*.»

Sul viso le ricomparve un sorriso nostalgico.

A proposito di tornare ai luoghi d'origine, proseguì, voleva che mi facessi portavoce ufficiale di un suggerimento alla direzione. Le risposi che ero curiosa di sentire di cosa si trattasse. Lei si schiarì la voce e disse che avremmo dovuto far costruire una fermata d'autobus davanti all'edificio principale. Una fermata come si deve, con una lunga panca di legno e una tettoia con la struttura di metallo, e pareti e copertura di vetro, in modo che i pazienti potessero godersi il sole col bel tempo ma ripararsi dalla pioggia e dal vento col temporale.

Fece una risatina, quando vide la mia espressione sorpresa. Mi rassicurò dicendo che sarebbe stata una fermata finta, non una vera da cui i pazienti sarebbero potuti fuggire a piacimento. Anzi, lo scopo era l'opposto: farli restare, in tutta sicurezza, alla Golden Sunset.

Nella sala di lettura, sfogliando i quotidiani, si era imbattuta in un articolo su una casa di riposo tedesca per malati di Alzheimer. « Non è l'unica a leggere giornali e riviste, qui », mi disse con una strizzatina d'occhio. Dopo svariati episodi di pazienti che si davano regolarmente alla fuga, diceva l'articolo, la direzione aveva deciso di costruire una piccola fermata d'autobus vicino al cancello. I pazienti che si avventuravano fuori, spinti dal loro istinto di tornare nei luoghi d'origine, come i salmoni, avevano cominciato a ripararsi sotto la tettoia, pensando di aspettare il bus che li avrebbe riportati a casa. C'erano stati un paio di incidenti automobilistici causati da pazienti maschi che, una volta evasi dalla casa di riposo, si erano ritrovati a vagare sulla vicina autostrada; d'inverno i pazienti venivano ritrovati in vari punti dell'ampio giardino, soprattutto nei cespugli o dietro i grandi platani, in ipotermia. La fermata d'autobus aveva posto fine a quelle pericolose sortite.

Mentre aspettavano, oltretutto, gli anziani avevano occasione di chiacchierare e trovavano conforto nella compagnia. L'autobus passava a prenderli davvero e li portava a fare un giro del quartiere per una decina di minuti. Poi li ridepositava al punto di partenza e veniva detto loro che erano arrivati, che erano a casa. In questo modo si convincevano d'essere tornati dove avrebbero dovuto e rientravano nelle loro stanze senza fare resistenza. Rientravano volontariamente ed erano soddisfatti.

« La signora Song correrebbe meno pericolo e sarebbe molto più contenta, se qui ci fosse una fermata d'autobus », concluse la signora Mook. « Non vi toccherebbe più fare inseguimenti notturni con una siringa piena di Haldol. »

Le dissi che mi sembrava un'ottima idea e lei parve raggiante. La ringraziai e le promisi di mettercela tutta per realizzarla. La mia approvazione la fece addirittura arrossire. Aveva le lacrime agli occhi e sussurrò un grazie. Vederla ammorbidirsi fu un sollievo.

« Oggi è il suo giorno fortunato », mi disse, tamponandosi gli occhi con la manica della camicia da notte bianca. Alzò un angolo della spessa coperta che aveva sulle gambe e mi mostrò cosa celava. Sulle cosce ossute, spinte in su dai piedi coi talloni alzati, erano posati dei quaderni. M'indicò di prenderli. « Avanti », disse, spazientita.

Erano sette in tutto. Avevano la copertina morbida e la carta beige, sottile, quasi trasparente come *hanji*, la carta tradizionale coreana fatta coi gelsi. Le pagine erano lisce e lucide, piacevoli al tatto.

Tutti i quaderni avevano lo stesso titolo: *8 vite*. Sotto il titolo, però, ciascuno riportava un numero diverso, da due a otto. E tutti erano pieni della grafia grande e irregolare della signora Mook.

« Ho scritto tutto in maiuscolo. Avevo solo pastelli a cera », precisò. « Gliel'avevo detto che nella cassettiera non c'era nulla di proibito. » Mi sbirciò trionfante, come se avesse vinto una scommessa.

Mi ricordai della cassettiera nella sua stanza e del cassetto in basso, dove avevo intravisto un mucchio di carte e una confusione di piccoli oggetti colorati. Ora capivo cos'erano e cosa intendeva dire: nel reparto A era proibito tenere in camera oggetti appuntiti, tra cui penne e matite, quindi era stata costretta a scrivere coi pastelli a cera.

Mi spiegò che quei quaderni contenevano la sua vita. « Solo la verità », sussurrò. « Ma ovviamente è la mia versione della verità. »

Le chiesi perché avesse scelto me.

« Ha acconsentito a scrivere il mio necrologio », rispose. « Lo consideri un necrologio esteso. »

Allora le chiesi il perché del titolo. Lei scrollò le spalle e sporse il labbro inferiore. *Non c'è un significato particolare,* diceva il suo linguaggio corporeo. « Eravamo d'accordo così, no? Otto parole. Le basta, come motivazione?» rispose, scrollando le spalle di nuovo. «E poi mi piace il numero otto, come a lei piace il tre.» Mi lanciò un'occhiata maliziosa. Disse pure che in Cina era un numero speciale, simbolo di ricchezza e fortuna. «Ma soprattutto mi piace la forma», mormorò. «Gli anelli tondeggianti che si possono disegnare con un unico tratto continuo. Se li si disegna bene, non si capisce dove comincia e dove finisce.» Disegnò il numero nell'aria con la cadenza misurata di una poetessa; mentre tracciava i semicerchi in alto e in basso, il suo dito rallentò con grazia e accelerò a mano a mano che si avvicinava al restringimento snello dell'intersezione.

«Dov'è il quaderno numero uno?» le chiesi. «Vedo solo quelli da due a otto. Quindi, sette vite in totale. Non otto.»

Arricciò le labbra e mi mostrò i palmi aperti, come se avessi detto una cosa senza senso. «Infatti, dov'è? Non è pronto?» Aveva rigirato a me la domanda. Disse che il suo necrologio, quello che avrei scritto io, sarebbe stato il capitolo iniziale. Era sicura che avrebbe chiarito benissimo in che modo la sua vita era diventata un libro. «Le do carta bianca», disse con finta solennità, come un sacerdote che assolve un peccatore. Con mano tremante, tracciò in aria un segno della croce.

Avevo ancora un mucchio di domande su quei sette quaderni, ma immaginai che molte avrebbero trovato risposta una volta che avessi iniziato a leggerli. Un interrogativo, però, restava.

Le chiesi come avesse fatto a trovare il tempo di scrivere. Doveva essercene voluto parecchio: diverse ore di lavoro ininterrotto, per almeno sei mesi, pensavo. Nel reparto A i pazienti erano monitorati ventiquattr'ore su ventiquattro e, per facilitare la cosa, la loro giornata ruotava attorno ad attività di gruppo. Credevo che la signora Mook usasse il suo pochissimo tempo libero per sfogliare i quotidiani nella sala di lettura.

«Ho scritto di notte», mi disse. «È il momento più tranquillo. Il migliore, per pensare.» Un accenno di sorriso le tese la bocca. «Non ho scelto la stanza della signora Song solo perché volevo esserle utile. L'ho scelta anche perché lei sarebbe stata utile a me. Quasi tutte le sere le danno il sonnifero e qualche volta le fanno addirittura un'iniezione di Haldol. Dorme così profondamente che non la sveglierebbe neanche un terremoto. Nelle stanze dei pazienti le luci sono spente, ma io accendo la torcia del cellulare e scrivo.»

«Ha un cellulare?» strillai. «Aveva detto di non avere nulla di proibito!»

Ribatté che la mia domanda riguardava solo il cassetto in basso della sua cassettiera. «È un cavillo? Forse. Ma non può dire che le ho mentito.»

«Come se l'è procurato?»

Chinò la testa e si lasciò sfuggire un piccolo sbuffo. «Diciamo che lei non è la mia unica ammiratrice, qui dentro», rispose, alzando la testa languidamente. I suoi occhi socchiusi sembravano implorarmi: *Se non vuoi che ti racconti bugie, non farmi domande.*

Pensai alla spumeggiante infermiera Hwang, ma tacqui. Meglio non fare nomi.

Un lungo silenzio ci divise.

Nella mia mente si avvicendavano pensieri contrastanti. La signora Mook, invece, sembrava essere nel suo mondo pacifico. I suoi occhi, impastati di ricordi, erano già mezzi chiusi. Osservai le zampe di gallina affondare ancora di più nella sua pelle, mentre un appagamento sognante le calava sul viso a poco a poco.

Mi accovacciai per guardarla meglio. Avvicinai il naso ai suoi capelli bianchi come ossa e risucchiai l'aria che la circondava. Aveva un vago odore di cucciolo bagnato, che ho sempre associato alle persone anziane. Un profumo dolce e solforico che mi confortò.

Eravamo entrambe rivolte verso un'enorme zelkova, oltre la recinzione del giardino, che cresceva scontrosa e solitaria a decine di metri dalla casa di riposo. I rami erano talmente frondosi che, da lontano, l'albero sembrava un gigantesco broccolo. A guardare meglio, però, si distinguevano migliaia di foglioline scintillanti nella luce sciropposa del tardo pomeriggio. S'increspavano tristemente quando il vento ne solleticava i bordi.

Mi voltai verso la signora Mook e sentii di nuovo il vento del Nord sul viso.

La vidi inspirare a fondo, le narici allargate come quelle di un toro eccitato. Sapevo che stava trangugiando aria.

Guardandola nei vecchi occhi volpini, le posi la domanda che fino a quel momento non avevo osato porle.

Lo feci quasi per un obbligo morale, come un prete con un condannato a morte.

Le chiesi se si fosse pentita di aver commesso quegli omicidi.

Lei sbuffò dal naso. « La farebbe sentire meglio? » mi rispose. « Vuole sentirmi dire che sono pentita, perché significherebbe che provo un senso di colpa? » Chiuse gli occhi e aprì la bocca. Fece un altro respiro profondo e le spuntò in faccia un sorriso inerme e innocente. « Io, mia cara, non mi arrischio a compatire e non mi arrischio a perdonare. »

Il giorno dopo, mi svegliò una telefonata della direttrice Haam. Mi chiese, col gelo nella voce, se per caso fossi stata già informata di quello che era successo. In circostanze normali, l'insolita gravità del suo tono mi avrebbe intimidita, ma erano le sei della mattina di sabato ed ero a letto, ancora intontita dal sonno che era arrivato solo verso le quattro.

« Ma di che... Informata di cosa? » borbottai, brusca.

La sentii emettere un lungo sospiro. « Oookay », disse.

Quale che fosse l'accusa, la mia sincera perplessità sembrava avermi scagionata.

La direttrice proseguì: « Avevo il terrore che lei ci avesse messo lo zampino. Ne sarei rimasta molto, molto delusa ».

Si percepiva ancora l'ipotetica rabbia nella sua voce,

che m'irritò ulteriormente. « Ma di cosa sta parlando? » sbottai.

La direttrice mi spiegò in poche parole cos'era successo durante la notte.

Mi alzai e mi vestii. Non mi preoccupai di farmi la doccia. Non sentii nemmeno il bisogno di un caffè. Quello che mi aveva riferito stava già pompandomi adrenalina acida in tutto il corpo. Mentre guidavo verso la Golden Sunset, pensai agli occhi imploranti della signora Mook, il giorno prima. *Se non vuoi che ti racconti bugie, non farmi domande.* Avevo creduto che volesse proteggere se stessa, custodire i propri segreti, invece mi resi conto che era me che voleva proteggere. Sapeva che, lasciandomi all'oscuro, non ci sarebbero stati dubbi sulla mia innocenza. Se avessi saputo, anche solo a grandi linee, che cosa stava per fare, avrei trasudato ansia e senso di colpa, suscitando sospetti infondati nei miei colleghi.

La signora Song si era svegliata troppo presto e aveva cominciato a ridere e poi a cantare. Non volevano che svegliasse tutti gli altri, quindi erano andati in camera sua per farle un'iniezione di sedativo. Lì, però, avevano scoperto che il letto della signora Mook era vuoto. Avevano chiamato la sicurezza e l'avevano cercata su tutto il piano, senza esito. Allora avevano ampliato le ricerche a ogni stanza e a ogni anfratto della casa di riposo, composta da due edifici, due vasti giardini e un parcheggio. La signora Mook non si trovava. Non c'erano indizi su dove potesse essere: nessun segno di effrazione in entrata o in uscita, tutte le finestre e le porte erano chiuse a chiave. La signora Mook sembrava svanita nel nulla. Avevano deciso di chiamare la polizia. E la direttrice aveva chiamato anche me.

Ore dopo, gli agenti si spostarono fuori del Golden Sunset, oltre il terreno abbandonato dietro il giardino delle cosmee, e cominciarono a percorrere lo stretto passaggio che portava nei boschi bui e fitti di alte betulle. Lì trovarono il primo segno: la vestaglia bianca. A loro si unirono quattro dipendenti della casa di riposo, tra cui io e la direttrice, e continuammo a addentrarci nel bosco. Arrivammo alla piccola radura all'estremità settentrionale e fu lì che la trovammo.

Non si sa ancora come abbia fatto a evadere di notte, senza che nessuno se ne accorgesse. Una delle telecamere di sicurezza puntate sul corridoio non funzionava; le altre non l'avevano ripresa nemmeno di striscio. Il sorvegliante di turno sosteneva di essere stato sveglio tutta la notte, ma di non aver visto nulla. La polizia non ritenne necessario aprire un'inchiesta, considerato che si trattava di un'anziana paziente di un reparto per malati di Alzheimer, la quale oltretutto soffriva di un tumore al cervello inoperabile. Non c'erano parenti che potessero chiedere l'autopsia. Conclusero che doveva essere morta di ipotermia: di notte, all'aperto, la temperatura poteva scendere anche a due gradi e lei indossava solo la leggera camicia da notte bianca delle nostre pazienti e un paio di sandali di gomma senza calze. Si era trattato di uno sfortunato incidente. Il caso venne subito considerato chiuso.

Quando trovammo il corpo nella radura restai sconvolta, ma non lo diedi a vedere come avrei fatto di solito perché, incredibilmente, la direttrice Haam sembrava stare molto peggio di me. Era la prima volta che la vedevo senza trucco. Un paio di unghie laccate di rosso erano scheggiate. Aveva gli occhi gonfi. Era anche la prima volta che la vedevo piangere; tremava e aveva la voce rotta. Mi avvicinai e le sussurrai all'orecchio che non doveva sentirsi in colpa. Quello che era successo era inevitabile, non c'era nulla che avremmo potuto fare diversamente. « Conosceva la signora Mook », le dissi. « La spuntava sempre lei, in un modo o nell'altro. »

Mentre l'abbracciavo, mi voltai per cercare l'infermiera Hwang.

Era dietro un gruppo di poliziotti e piangeva appoggiata all'infermiera Docgo. I suoi singhiozzi erano più acuti della sua voce da mezzo soprano e l'infermiera Docgo la cullava come una bambina per calmarla. Lo shock e il dolore sembravano autentici, quindi accantonai i miei sospetti iniziali, e cioè che avesse aiutato lei la signora Mook a portare a termine il suo piano.

Quel pomeriggio stesso, arrivò un'altra sorpresa.

Verso le quattro una coppia si presentò alla Golden Sunset. Una donna coreana e un uomo straniero. Lui attirò l'attenzione di tutti: non si vedono molti bianchi in una casa di riposo pubblica nella campagna coreana. In più, era piuttosto alto e di una bellezza scura. Il suo abbigliamento non avrebbe potuto essere più anonimo - pantaloni di cotone beige, scarpe nere di pelle e una giacchetta imbottita, sempre nera -, eppure spiccava come un cigno nero tra i suoi simili bianchi. Le due giovani receptionist, allungando il collo, mormorarono tra loro quanto fosse alto e bello.

La donna che lo accompagnava, invece, si notava solo in un secondo momento e di sfuggita. *Non è niente di che*. I sussurri delusi delle receptionist erano tinti di gelosia. Accanto al suo uomo, sembrava bassa e scialba. Ma, intanto che la coppia mi veniva lentamente incontro, mi accorsi che la donna non era affatto bassa: era almeno una decina di centimetri più alta di me. Indossava jeans blu scuro, un trench nero e una sciarpa grigia. I capelli neri naturali le ondeggiavano sotto le orecchie. Niente trucco. Erano due persone che preferivano non attirare l'attenzione ma, inevitabilmente, finivano per farlo.

Lei aveva degli zigomi pazzeschi e un nasino troppo piccolo per essere considerato bello. Non in base ai canoni tipici della bellezza coreana. Eppure ne ero affascinata. Doveva essere per il modo in cui si muoveva il suo corpo snello, svelto e aggraziato, come quello di un levriero. Mi tese la mano senza indugio, mentre mi diceva di chiamarsi Mihee, come fanno gli americani nei film. Però il tono della voce era delicato e l'accento di Seul impeccabile, quindi non mi sembrò che potesse essere coreano-americana. Non potei fare a meno di chiedermi perché avesse avvicinato proprio me, tra le sei persone che c'erano nell'atrio. In effetti ero la più alta in grado (gli altri erano le due giovani receptionist e tre inservienti di mezza età), ma di solito ero quella che emanava meno autorevolezza. Ignorando la mia perplessità, la donna proseguì: « Sono venuta per la signora Mook Miran. Sono sua figlia ».

L'aria s'immobilizzò per la durata di qualche respiro.

Il suo sorriso ottimista mi rivelò che non era venuta per il funerale.

La coppia venne fatta accomodare nell'ufficio della direttrice Haam.

Non l'avevo mai vista tanto stressata. Sebbene fosse un donnone con le spalle larghe, quel giorno sembrava piccola piccola. Le brutte sorprese l'avevano abbattuta. Stava per rimettersi a piangere, mentre mi diceva che non ne sapeva nulla, della figlia della signora Mook e del marito americano, ora seduti nel suo ufficio. E le credevo: sembrava persino più allibita di me.

Mi scongiurò di aiutarla. Voleva che fossi io a parlare alla coppia. Ero quella che conosceva meglio la signora Mook, mi disse, e anche l'ultima persona con cui aveva parlato prima di morire. Meravigliata di me stessa, mi diressi nell'ufficio senza esitazioni, pur consapevole che acconsentire a fare da portavoce avrebbe significato comunicare la triste notizia. Nonostante la paura, morivo dalla voglia di conoscere la figlia della signora Mook.

Dita delicate, una donna molto esile. All'inizio temetti che crollasse davanti ai miei occhi, travolgendo la diga delle mie emozioni, che avevo trattenuto per tutto il giorno. Invece, la prese meglio di me e delle mie colleghe. Per qualche secondo, rimase pietrificata. Non si lasciò andare né a un suono né a un movimento. Quando cominciò a muovere le mani, mi preparai ad assistere a uno sfogo, ma lei serrò gli occhi, come se pregasse. In compenso, i grandi occhi scuri del marito s'inumidirono. Le appoggiò una mano sulla schiena e con l'altra le strinse le dita. Vedendoli, mi sentii sola. E sollevata. Sapevo che la signora Mook avrebbe provato la stessa cosa, guardando sua figlia e suo genero nella loro silenziosa intimità.

Una risatina di Mihee ruppe il silenzio. « È proprio tipico suo », mormorò, quasi tra sé, scuotendo la testa. Sulle sue labbra comparve un sorriso triste. « Lei è la signora Lee Sae-ri, vero? La sua biografa. » Mi guardò con gli occhi socchiusi. Appoggiò un braccio sul tavolo e sollevò indice e medio, come se reggesse una sigaretta invisibile. Non era la copia sputata della signora Mook, eppure il modo di fare le accomunava. I rapidi movimenti delle mani, il tono tranquillo della voce, le risate sommesse e i sospiri. Lo stesso fascino non convenzionale.

Avrei voluto confessarle che non ero propriamente una biografa, bensì una sconosciuta compilatrice di necrologi, ma non mi sembrava il momento giusto e tacqui.

«Ormai la conoscerà bene quanto la conoscevo io», proseguì Mihee. «Non è così, signora Lee?»

«A quanto pare, no», le risposi, perché era vero. Ma non trovai il coraggio di dirle che fino a quel momento non avevo creduto nemmeno alla sua esistenza. Per rimediare, le dissi che non ero al corrente del suo arrivo. «La signora Mook lo sapeva?» le chiesi.

Mihee sbuffò: lo stesso identico suono che faceva sua madre. «Secondo lei?» Sollevò di nuovo le dita, aggrottò la fronte. «Ovvio che lo sapeva.»

Le dissi dei sette quaderni che la signora Mook mi aveva dato il giorno prima.

«Le ha chiesto di cambiare i nomi dei personaggi?» mi chiese lei.

Le risposi di no.

«Visto?» Chiuse gli occhi. «Gliel'avrebbe chiesto, se avesse avuto intenzione di rimanere tra noi. Sapeva benissimo cosa stava facendo.» Le mancò la voce. Si coprì il viso con entrambe le mani. Fece qualche respiro profondo e riappoggiò le mani sulla scrivania. Niente lacrime, ma aveva gli occhi rossi. Sussurrò al marito che voleva parlarmi in privato.

«Certamente», rispose lui, sorprendendomi, in un coreano perfetto. Prima di uscire, la tirò a sé e le baciò la tempia per alcuni lunghi secondi.

«Sono venuta qui, oggi, con l'intenzione di portare mia madre in America con noi», mi confidò Mihee, con un gemito. « Lei ne era al corrente. Non sono potuta venire a trovarla prima, viste le circostanze insolite in cui ci trovavamo, e di cui lei è a conoscenza, ma ci parlavamo con regolarità. »

Col cellulare, pensai. Che la polizia non aveva ritrovato. Senza dare nell'occhio, gliel'avevo cercato addosso e poi l'avevo cercato in tutta la radura, ma nemmeno io ero riuscita a trovarlo.

« Quando abbiamo preso la decisione di consegnarci alla Corea del Sud, siamo sparite dai radar, e anche dopo, a maggior ragione. Poi mi sono trasferita in America con mio marito, che è americano. Abbiamo aspettato che prendessi la cittadinanza per poter chiedere a mia madre di raggiungerci negli Stati Uniti, ma non da clandestina. Volevamo che fosse tutto in regola, perché avevamo vissuto nascoste per troppo tempo, non ne potevamo più. Quando mi ha riferito del tumore, le ho detto che non importava. Sarebbe rimasta con noi lo stesso per tutto il tempo che avesse vissuto, respirato. » Mihee si girò di scatto verso il muro, che era coperto di disegni dei figli della direttrice Haam. « Voleva tanto bene a suo nipote Aram. » Nel pronunciare queste parole, non era riuscita a mantenere la voce salda, come se stesse ancora ricacciando indietro le lacrime. « Sapevo che non le andava di lasciare la Corea, di trasferirsi in un Paese straniero alla sua età. Aveva paura di diventare un peso. Io ero convinta che, una volta con noi, avrebbe cambiato idea. Però l'unica cosa positiva che mi diceva, quando parlavamo di questo progetto, era: 'Almeno vedrò Aram tutti i giorni'.» Chinò la testa sul petto. Giunse le mani e le infilò tra le ginocchia. Come se volesse scusarsi. «La mamma lo sapeva», disse, sottovoce. «Lo sapeva. Che, se ci fossi stata io a tenerla d'occhio, non sarebbe riuscita a fare una cosa simile.»

Per un momento rimase in silenzio, immobile. Poi si sforzò di sorridere. Gli occhi iniettati di sangue luccicavano.

«Avermi qui, a sciogliermi in lacrime, è l'ultima cosa che avrebbe voluto», disse, tirando su col naso. «I sentimentalismi la mettevano in difficoltà. Non le piaceva lasciarsi andare e non sopportava che lo facessero gli altri. Me compresa.» Le sfuggì una risata nostalgica. «L'unica eccezione era mio padre. Tra loro due, non c'era limite alle effusioni. In Corea del Nord non ho mai visto una coppia che avesse un rapporto intenso come il loro, sia fisicamente, sia emotivamente. Una volta sono stati perfino arrestati, per offesa al pudore. Perché si tenevano per mano in pubblico, negli anni '70 a Pyongyang.» Mihee aveva gli occhi pieni di lacrime, ma sorrideva ancora. «Mi ha parlato della morte di mio padre una sola volta, per darmi la notizia. Poi non ha più tirato fuori l'argomento. Si sentiva in colpa perché, mentre noi vivevamo qui al Sud sotto falso nome, lui era morto da solo al Nord.»

«Pensa che abbia deciso di fare la stessa cosa, cioè morire sola, per punirsi?» le chiesi.

Non mi rispose. Si strofinò le guance rigate di lacrime col palmo della mano, nascondendo gli occhi per qualche secondo.

« Io non credo », dissi, quasi tra me.

Con gli occhi arrossati, lei mi guardava senza fiatare.

« Forse è stato uno dei motivi, non lo so. Ma di certo non il motivo principale. » Ne ero sicura. Le chiesi se anche lei soffriva di geofagia, domandandomi se fosse ereditaria.

Prima mi guardò senza capire, poi si accigliò, confusa. Evidentemente non conosceva il significato di quella parola. Glielo spiegai.

Mi rispose di no, ma spiegò che era stata adottata, quindi non poteva sapere se fosse ereditaria. E aggiunse, sussurrando, di non avere idea che sua madre ne soffrisse, non gliene aveva mai parlato.

Su una cosa Mihee non aveva torto: forse conoscevo bene la signora Mook, meglio di quanto pensassi. *Che strana, l'intimità umana,* riflettei. *A volte ci confidiamo con gli estranei, raccontiamo loro dei segreti che non riveleremmo mai a chi ci sta vicino.* All'improvviso mi dolevano le ossa. Era una fitta di nostalgia: la signora Mook mi sarebbe mancata.

Chiesi a Mihee se fosse pronta per vedere il corpo di sua madre.

Si dice che siamo quello che mangiamo. La signora Mook aveva gustato e ingerito la terra dei vari luoghi in cui era vissuta. Perciò non solo era stata molte persone diverse, ma anche molti luoghi diversi.

Diceva che la terra di Paju le ricordava il suo villaggio in Corea del Nord. Paju è talmente vicino al confine che nelle giornate senza vento si sentono gli altoparlanti della propaganda berciare le loro promesse obsolete, le loro glorie tramontate. Un luogo del passato, dove non si può ritornare.

Quando chiesi a Mihee se fosse pronta per vedere il corpo di sua madre, mi rispose che prima voleva sapere com'era nel momento in cui l'avevamo trovata. Mi chiese di descrivergliela in tutti i particolari, senza indorare la pillola. « Mia madre mi ha cresciuta per essere forte », spiegò. « Posso sopportare la verità. »

Così le raccontai la verità, come la vedevo io.

L'avevamo trovata sulla piccola radura nel boschetto di betulle.

Il vento aveva ricominciato a soffiare da nord e mi sembrava di sentire un vago odore di spazzatura rimasta al sole. A mano a mano che mi avvicinavo al corpo, e inginocchiandomi accanto a esso, però, si era tramutato in qualcos'altro. Un odore strano e familiare al tempo stesso. Per descriverlo, l'odore che ci si avvicinava di più era quello dello *yulmu-cha*, il tè coreano fatto con una pianta che si chiama lacrima di Giobbe. È una bevanda di cereali, opaca, così densa e lattea che a volte sembra di ingoiare una pappa. Ha un appagante aroma di panna e nocciole. Era, ironicamente, la *sanak*, dolce e repellente. L'odore proveniva dalla sua bocca e da entrambe le mani. Sotto le unghie aveva minuscole mezzelune verdi.

Gli arti erano allungati in modo scomposto sull'erba. La chioma bianca, accoccolata attorno alla testa, sembrava un cuscino di neve. Il pacifico abbandono di una bambina nel suo letto, gambe e braccia che spazzavano la neve per disegnare la forma di una farfalla, prima di cedere al sonno.

Accucciata accanto a lei, avevo guardato il cielo.

Era azzurrissimo, senza nuvole e aperto in tutte le direzioni. Il tempo era così da un paio di giorni, quindi si era goduta una nottata perfetta, tempestata di stelle. Tra le labbra leggermente socchiuse, s'intravedeva la punta del dente sbeccato. Gli angoli della bocca tendevano all'insù, in una specie di sorriso che aveva intrappolato per sempre le cicatrici sulle sue guance in rughe verticali, una coppia di fossette tatuate.

Quando nessuno mi stava guardando, le avevo aperto delicatamente la bocca.

Ed eccola, la lingua.

Quella che aveva accompagnato la mia incorreggibile trasformista, una vita dopo l'altra.

Come mi aspettavo, era ricoperta da uno strato granuloso di terra, simile a polvere di zucchero su una caramella.

RINGRAZIAMENTI

Molti degli eventi di questo romanzo sono realmente accaduti, ma mi sono presa delle libertà con la cronologia e i particolari. *Contastorie* è ispirato ai racconti delle *comfort women* sopravvissute, soprattutto quelli contenuti nei film *Herstory* di Chung Seo-woon e *Spirits' Homecoming* di Cho Jung-rae, e nella graphic novel *Song of a Butterfly* di Chung Ki-young e Kim Kwang-seong. Per certi particolari riguardanti la vita in Corea del Nord e lo spionaggio, mi sono basata su *Per mano nel buio* di Barbara Demick (Piemme, Milano, 2010), *La ragazza dai sette nomi* di Hyeonseo Lee (Mondadori, Milano, 2015), *The Spy and the Traitor* di Ben Macintyre (Penguin, London, 2018) e *L'impero delle luci* di Kim Young-ha (Metropoli d'Asia, Milano, 2013). L'inganno messo in atto in *Il neo e io* è ispirato alla famosa storia vera di Arnaud du Tilh.

Diversi capitoli del libro sono stati pubblicati singolarmente su riviste letterarie americane. *Vergine fantasma al confine nordcoreano* è uscito su *Meridian*, estate 2018; *Quando smisi di mangiare la terra* su *Black Warrior*

Review, autunno/inverno 2019; *Contastorie* su *Pleiades*, inverno 2020; *Abbattere le pareti* su *Shenandoah*, autunno 2020; *Il neo e io* su *The Massachusetts Review*, autunno 2021.

Ringrazio la mia agente Nicki Richesin; la mia editor di Virago Anna Kelly e tutto il suo straordinario team, comprese Zoe Carroll e Hazel Orme; Mary Gaule ed Emma Kupor di Harper; Erin Wicks, Jenny Meyer e il team della Wendy Sherman Associates, comprese Callie Deitrick e Heidi Gall, Page Richards e Brittani Sonnenberg; i miei amici disertori nordcoreani della Seoul Church e Joo-myeong.

Grazie ai miei figli, ai miei genitori e a Jonafe, a mio zio Kim Jin-soo e a mia zia Lee Jeom-soon; grazie a mia nonna Kim Nam-soon che non è più con noi, e alla mia prozia Kim Byeong-nyeo, il cui percorso ha ispirato questo romanzo.

Infine, come sempre, grazie a mio marito.

Questo libro è stampato col sole

GRAFICA VENETA

Azienda carbon-free

Certificato PEFC

Questo prodotto è realizzato con materia prima da foreste gestite in maniera sostenibile e da fonti controllate

PEFC

PEFC/18-31-226

www.pefc.it

Fotocomposizione Editype S.r.l.
Agrate Brianza (MB)

Finito di stampare
nel mese di dicembre 2023
per conto della Casa Editrice Nord s.u.r.l.
da Grafica Veneta S.p.A. di Trebaseleghe (PD)
Printed in Italy